간호사를 부탁해

정인희 지음

원더박스

part 1

개고생 혹은 진정한 배움
: 한국 종합병원에서의 3년 1개월

part 2

여기는 좀 다를까?
: 호주에서의 간호사 생활

part 3

병원 일기
: All OR Nothing

part 4

종합병원 생활
: 멘탈 털림 방지 가이드

나는 특별하지 않다

'가장 덜 귀찮은 일은 무엇일까?'

아무 생각 없이 진로 계획서에 장래희망을 적어넣던 중학교 때도, 10년차 간호사가 된 지금도 내가 무언가를 선택해야 할 때 가장 중요하게 나 자신에게 던지는 질문은 이것이다.

물론 보통의 다른 사람들처럼 가장 먼저 마음이 가는 것을 선택한다거나, 경제적인 측면이나 여러 가지 이익도 고려하지만 길고 긴 고민의 끝엔 '그래서 뭐가 덜 귀찮다고?'가 항상 기다리고 있다. 경제적으로 조금 손해를 보더라도, 사람들에게 조금 욕을 먹더라도, 지금은 당장 온갖 에너지를 쏟아야 하더라도 장기적으로 내 마음이 편하고 귀찮은 일이 더 이상 생기지 않을 선택이라면 그것이 나에겐 최선의 선택이라 오랫동안 믿어왔다.

그러나 이런 내 속마음을 남들에게 내보이기란 쉽지 않았다. 열심히 안 해도 열심히 하는 척을 해야 하고, 열의가 없어도 없는 열의를 만들어서 보여줘야 하는 사회 분위기 속에서 '이걸 왜 선택했느냐고요? 그냥 이게 덜 귀찮을 것 같아서요'라고 말하는 것은 금기를 깨는 일이었다. 더구나 '사명감'을 요구받는 직업인 '간호사'를 선택함에 있어서 '아픈 사람을 돕는 것이 제 오랜 꿈이었어요'라든가 '환자들에게 힘이 되어주고 싶었어요. 누군가를 돕는다는 것은 행복한 일이잖아요'와 같은 사회에서 기대하는 이상향에 부합하지 않는 대답은 안 하느니만 못한 것이었다.

'어머, 간호사세요? 아, 백의의 천사셨구나~'라며 똘망똘망한 눈으로 쳐다보는 미래의 환자 혹은 환자 보호자 앞에서 그 누가 '아니, 그게 아니고 간호학과는 성적 맞춰서 간 거예요'라거나 '다른 이유 없어요. 취업이 다른 학과보다 쉬울 것 같아서요'라고 용감하게 말하겠는가?

10년차 간호사가 되어 이제야 솔직하게 말하면, 그렇다, 그게 나다. 동네 병원부터 큰 병원까지 병원이 널렸고, 병원이 아니라고 해도 간호사 면허증이 필요한 곳은 많으니 간호학과를 나오면 취업이 쉽게 될 것 같았다. 어떤 대학이고 간호학과는 있고 어떤 성적이 나와도 간호학과는 갈 수 있겠구나 싶어서 간호학과를 간 고등학생. 난 태어날 때부터 나이팅게일도 아니었고, 그저 보통의 생각을 갖고 있던, 공부도 하기 싫고 놀 궁리만 하던 보통의 아이였다. 아무런 생각 없이 초등학교 때는 왠지 간호사 언니들은 다 예쁜 것 같아서 간호사가 되고 싶었고, 중·고등학교 때는 위에 쓴 것처럼 간호사를 하면 진학도 취업도 어렵지 않을 것 같아서 선택했다. 이런 나 자신에게 죄책감은 없었다. 내 사고의 범위 안에선 보통의 중·고등학생은 사명감을 염두에 두고 장래희망을 진로 계획서에 적지 않는다.

그럼에도 최소한 나보다는 바람직한 동기로 간호사가 되었을 친구들은 병원에 취업하고 얼마 되지 않아서 병원을 떠나거나 간호사 면허가 필요 없는 일들로 직업을 바꾸었다. 아이러니하게도 10년이 넘도록 나라까지 바꿔가며 병원에 남아서 매일매일 환자에게 반갑게 인사를 하고 미운 정 고운 정을 쌓고 있는 사람은 남들이 말하기에 애초에 의도가 글러먹은 나였다. 더 무시무시한 일은 이런 내가 앞으로도 30년은 더 환자들 곁에 머물 결심을 하고 있다는 사실이다.

미래의 환자들의 걱정과 염려를 줄여드리기 위해 결론부터 말하자면 지금은 없던 사명감도 조금은 생겼다. 칭찬이라면 사족을 못 쓰니 사명감이 넘쳐난다고 말해서 좋은 말이라도 한마디 듣고 싶지만 그건 사실이 아니다. 분명한 건 사명감이라는 것이 내 속에 있기는 있고 어제보다 오늘 조금 더 커지고 있다는 사실이다. 그리고 내 정체성의 큰 부분을 '간호사'라는 역할이 차지한다는 것을 인식하고 있고, 그 사실이 시간이 지날수록 편안하고 기분이 좋다는 것이다. 간호사로 불리는 나 자신이 어색하지 않다.

성적에 맞춰서 대학을 가고, 취업 때문에 학과를 선택하고, 졸업을 하고, 국가고시를 통과하면 어느 날 '갑자기' 간호사가 된다. 간호학과를 갔으니 언젠가는 간호사가 되겠거니 알고는 있지만 사회적으로 '당신은 이제부터 간호사예요'라고 역할을 부여받는 것은 그야말로 어느 날 갑자기다. 역할만 부여받으면 괜찮은데 나는 아무것도 모르는 이제 데이 1 간호사이건만 환자를 위해 평생을 헌신한 나이팅게일과 동일한 수준의 사고와 행동은 물론 사명감을 바란다. 좋은 간호사는 국가고시를 통과했다고, 면허증을 받았다고 갑자기 하늘에서 뚝 떨어지는 것이 아니다. 면허를 받은 그날부터, 간호사 면허를 받고 어딘가에서 간호사 일을 시작하는 그날부터 퇴직하는 그날까지 차곡차곡 조금씩 완성해 나가는 것이다.

나는 이 책을 통해서 좋은 간호사가 되는 방법 같은 건 말할 생각이 없다. 애초에 나도 그런 방법 따위는 모르기 때문이다. 그리고 솔직하게 말해서 그 어떤 간호사도 '좋은 간호사가 되는 방법은 이거예요!'라고 정답은 알고 있지 않을 것이라고 확신한다. 단지 '귀찮은 일은 딱 질색이야'라고 하던 아이가 할 일이 너무 많아 계속 뛰어다니며 10시간을 일해도 그 근무시간이 너무 짧은 간호사 일에 어떻게 적응을 했는지, 그리고 지난 10년간 그리도 어색했던 '간호사'라는 이름을 내 삶 속에서 어떻게 편안하게 받아들이고 그 이름을 어떻게 나만의 방법으로 잘 쌓아왔는지를 '이런 간호사도 있더라' 정도로 공유하고 싶다.

병원에서 살아남은 10년차 간호사는 발에 차일 정도로 많고 그들만의 독특한 스토리와 생존 방법은 나의 이야기보다 더 유익하고 재미있을 것이 분명하다. 그리고 나는 중간에 일이 훨씬 편한 외국으로 도망을 쳤기 때문에 내 이야기가 한국에 있는 간호사 혹은 미래의 간호사

나는 특별하지 않다 프롤로그

들에게는 큰 위안이나 해결책이 되지 않을 수도 있다. 하지만 내가 강조하고 싶은 것은 내가 취한 방법보다는 그러한 방법을 취하게 된 삶과 간호사라는 직업을 대하는 내 태도와 시각에 있으므로 독자들도 이 부분을 염두에 두고 읽어주길 바란다.

* 이 책에 나오는 환자, 간호사, 의사 등은 신원을 알 수 없도록 이니셜로 표기를 하였고, 사건의 세부 사항은 내용에 맞게 수정하였습니다.

part 1

개고생 혹은 진정한 배움
: 한국 종합병원에서의
3년 1개월

종합병원 수술실 그리고
어리바리한 첫 시작

"남자친구는 있어?"

"아니요."

"5년 안에 결혼할 것 같니?"

"결혼은 안 할 것 같은데 애는 낳고 싶어요."

"결혼은 안 하고 애는 낳겠다고?"

재단 병원 특채로 합격이 확실시된 면접을 보러 가니 간호부장님은 굉장히 친근하고도 무례한 질문으로 면접을 시작하셨다. 나의 대답에 간호부장님은 어디서 이런 엉뚱한 애가 왔어? 하는 눈빛에 엄마와 같은 말투로 핀잔을 주셨다. 나는 사람 좋은 듯 헤헤거리며 대답을 했지만 속으론 이런 의문이 들었다. '제가 남자친구가 있으면요? 5년 안에 결혼을 할 생각이 있다면요? 결혼 안 하고 아기를 낳을 계획이라면요? 그러면 불합격인가요?' 감히 묻지는 않았지만 우리는 모두 그 질문의 정답을 알고 있었다.

"남자친구도 없고, 5년 안에는 결혼하지 않을 것 같습니다."

배울 것 많고 할 것 많은 대학병원 간호사 일을 몇 년에 걸쳐서 가르치고 이제 혼자 일 좀 하는 것 같다 하는 시점에 결혼을 한다며 그만두는 간호사들이 많았기 때문에 법적으로 허용된 질문이건 아니건 간호부에서 헛고생을 하고 싶지 않은 마음에 그런 질문을 한다는 것은 잘 알고 있었다. 지금 생각하면 참으로 어이가 없는 성적에 정답을 알면서도 엉뚱한 대답을 하는 면접을 해놓고도 졸업도 전에, 국가고시 결과가 나오기도 전에 병원 생활은 바로 시작되었다.

우리 병원은 간호사가 원하는 부서를 세 곳까지 지원할 수 있었다. 대학 내내 정신간호가 제일 재미있었던 나는 1지망을 정신과로 했고, 2지망은 수술실, 3지망은 중환자실을 적었다. 자신의 희망에 간호부의 필요와 과장, 부장님들의 눈썰미가 더해져서 부서가 배정되었다. 그 당시에는 간호 선배님들의 눈썰미로 신규 간호사들을 각 부서에 배정한다는 것이 의아스러웠지만 몇 년 병원 생활을 하면서 그 눈썰미라는 것에 동의하게 되었다.

병원에는 많은 과가 있었고 과마다 분위기와 특징이 달랐다. 처음 보는 사람의 행동이나 성격을 보면 대충 이 사람은 외과계 혹은 내과계, 세밀하게는 수술실 타입인 것 같다거나 내과 병동 혹은 외래가 잘 맞을 것 같다는 판단이 생겼고 보통은 병원에 오래 있었던 사람들의 그런 판단은 맞아들었다. 그렇게 내 첫 부서는 간호부의 눈썰미와 내

개고생 혹은 진정한 배움
: 한국 종합병원에서의 3년 1개월

PART
1

희망에 따라서 수술실로 배정되었다.

　학교 다닐 때 수술실에서 실습을 하기는 했지만 특별히 기억에 남지는 않았다. '오, 난 졸업하면 꼭 수술실 간호사가 될 거야!'와 같은 다짐의 순간도 없었다. 사실 실습 내내 그런 다짐을 들게 하는 과는 아무 곳도 없었다. 정신과는 워낙 학문 자체가 매력적이었고, 모든 약과 검사를 다 알 것 같은, 간호의 끝판왕 같은 중환자실 간호사는 대학병원에 지원하는 간호사들이라면 누구나 한 번씩 고려하는 과였다.

　수술실 경력이 10년이 넘는 지금에 와서 수술실의 매력을 한 가지 꼽으라면, 순식간에 들이닥친 초응급수술을 초인의 힘으로 다 같이 해내는 팀워크라고 생각하지만, 간호 학생으로선 실습 중에 그런 경험을 하거나 볼 기회가 없었다. 그럼에도 수술실을 2지망으로 했던 것은 그저 막연히 '나 수술실 가면 잘할 것 같아'라는 기분, 수술상 위에 정리되어 있던 기구들이 매력적으로 보였던 순간의 기억이 다였다.

　비난받을 각오를 하고 쓰자면 수술실을 2지망으로 지원한 또 다른 이유, 더욱 구체적인 이유가 있기는 하다. 수술실엔 보호자들이 없고 환자들은 거의 대부분 수술실에 있는 내내 잠들어 있다는 점. 대외적으로 인정하고 싶지 않지만 사실은 이게 수술실을 지망한 진짜 이유인지도 모른다. 누군가는 새로운 사람을 만나고 알아가는 것에서 기쁨을 느끼고 에너지를 받지만 어떤 사람들은 사람이 너무 많은 곳에서, 너무 많은 대화 속에서 피로를 느낀다. 나는 내가 후자에 해당하는 사람인 것을 잘 알고 있었다. 최소한 전자에 해당하는 사람이 아닌 것은 확실했다. 그렇다 보니 간호사는 해야겠고, 무슨 과를 가야 사람들을 덜 만날까 고민하다가 찾아낸 곳이 수술실이었다.

병동은 어떨까? 상상을 해본 적도 있다. 그리고 수술실 실습보다는 병동 실습이 더 기억에 많이 남았고 병이 나아서 퇴원하는 환자들의 모습을 보는 것은 겨우 간호 학생인 나조차 보람된 기분을 느끼게 만드는 좋은 경험이었다. 병원 밖에서 내가 생각하지도 못할 나쁜 일을 저지른 사람이건, 누군가에게 상처를 주는 못된 사람이건 병원 침대에 누워 있는 환자들은 다들 애처로운 눈빛을 하고 의료진의 손길을 필요로 했고 그 모습은 어쩐지 마음을 요동치게 만들었다. '저 사람들을 돕고 싶다! 저 사람들에게 잘 해주고 싶다!'

동시에 병원에는 아픈 사람들이 대부분이고 그들이 며칠이고 머물며 치료를 받는 곳이 병동이다. 출산으로 새로운 식구를 맞이하게 되어 너무 기쁜 환자와 보호자들도 있고, 그렇게 기다리던 이식 수술을 받게 되어 들뜬 환자들도 있지만, 대부분은 근심이 가득한 아픈 환자와 걱정이 가득한 그 보호자들이다.

기쁜 일로 입원을 했든 근심스러운 일로 입원을 했든 병원에 있는 환자와 보호자들은 당연하게도 그들의 평상심과는 거리가 먼 심리 상태를 보인다. 동네 병원에 감기 때문에 잠깐 들르는 게 아니라 종합병원에 입원을 했다. 그런 환자를 우리는 매일 보니까 그런 일이 우리 자신이나 가족들에게 일어나기 전까지는 '종합병원에 입원할 정도로 아프다'는 사실이 한 사람과 그 가족들에게 얼마나 충격적인 위기의 상황인지 잘 감지하지 못한다.

상황이 그렇다 보니 환자와 보호자들은 의료진의 작은 행동에도 서운해하거나 화를 내고, 때로는 해야 할 일이라서 한 당연한 행동에 과하게 감사해한다. 머리로는 이해를 하면서도 그런 감정 상태의 환자와 보호자들을 평상심의 내가, 무슨 이야기만 하면 이성과 논리를 따지는 내가 그분들의 마음을 잘 다독이고 보살필 수 있을지 확신이 서지 않았다. 그 기간이 얼마나 될지는 모르겠지만 타협점을 찾을 때까지, 혹은 내가 지쳐서 나가떨어질 때까지 환자와 보호자의 마음을 상하게 하거나 내 마음이 상하거나 둘 중에 하나일 것이었다. 환자가 나가떨어지는 일은 없을 테니 해보나 마나 내가 진 게임이었다. 난 수술실로 간다!

수술실에서 근무를 시작하고 처음 보는 사람들은 반가운 마음에 나에게 말을 걸었다. 앞으로 몇 년을 같이 일할 신규 간호사가 들어왔으니 수술실 간호사 선생님들과 외과계 각 부서 집도의들의 관심은 당연한 것이었다. 하지만 만나는 사람마다 직종과 직위를 불문하고 신상을 물으니 그런 관심을 받아본 적이 없던 나는 그 관심이 부담감으로 느껴졌다. 게다가 누군가가 나를 혼내거나 감시하는 것도 아니었건만 '지적당하면 어떻게 하지? 혼나면 어떻게 하지?' 하는 걱정도 근무 시간 내내 하고 있었다. 많은 것들이 불편하고 불안했다. '이런 관심은 새로운 신규가 나타날 때까지만 지속될 것이고 일을 아무것도 모르는 신규가 지적당하는 것은 당연해. 나는 곧 그들 중 한 명으로 적응할 거야.' 머릿속으로 스스로를 다독였지만 그런다고 나아지는 것은 없었다.

새로운 환경에서 생전 경험해보지 못한 긴장과 함께 정상적인 판단이 안 되던 며칠이 지나고 드디어 첫 부서 회의를 앞둔 어느 날이었다. 그날은 공식적으로 신규인 나를 소개하는 날이었다. 회의 며칠 전 시니어 간호사인 A선생님이 수간호사 선생님에게 넌지시 하는 말을 들었다.

"정인희 간호사의 특기가 플루트래요. 회의 시간에 연주 들어봐야 하는 것 아니에요?"

병원에 들어가고 인적사항을 적는 종이엔 취미와 특기를 적는 난도 있었다. 간호부 책상 한 켠에 앉아서 인적사항을 적고 있는데 간호부 선생님 한 분이 옆에 와서 보더니 말씀하신다.

"수영을 잘하는구나. 그런데 재단 체육대회 종목엔 수영이 없어."

"그래요? 수영이 있었다면 제가 대표로 나갈 수 있었을 텐데, 아깝네요."

멋쩍게 싱거운 대답을 하고는 슬금슬금 눈치를 보며 계속 적어나가고 있는데 한마디 더 하신다.

"플루트라…"

아쉬움이 담긴 말투다. 특별히 어떤 생각이나 목적을 갖고 취미와 특기를 갖는 것은 아니지만 이런 상황이 되고 보니 순간 죄송한 마음과 함께 '난 왜 이런 도움도 안 되는 취미를 가졌을까?'라는 생각이 저절

로 떠올랐다. 간호사로서 간호 면허뿐만이 아니라 간호 외의 내 작은 하나하나가 병원에 도움이 되어야 한다는 기대. 대학을 떠나 직장인이 되었다는 사실이 실감되었다.

회의 시간에 플루트를 가져오라는 수간호사 선생님의 말씀을 듣고는 그날의 대화가 떠올랐다. 직장생활은 처음이니 하늘과 같은 수간호사 선생님이 하라면 뭐든 해야 할 것 같았고 더구나 체육대회에 도움도 안 되는 특기와 취미를 가진 것에 죄송해하던 차에 회의 시간에 뭔가를 하라고 하니 도움이 되는 건가 싶어서 바로 "네"라고 대답을 했다.

하지만 이게 얼마나 바보 같은 일이었는지는 곧 밝혀졌다. 회의는 아침 7시 30분에 시작됐고 그 시간은 8시 수술을 준비하러 의사들이 수술실로 들어오는 시간이었다. 수술실 입구 가까이에 있는 회의실에서 눈에 보이는 사람이 전부겠거니 생각하고 취미로 해서 별 실력도 없는 연주를 했는데, 회의가 끝나고 하루가 시작되자 그 자리에 없었던 사람들도 나를 보면 물었다.

"아침에 플루트 분 게 정인희 간호사야?"

어떻게 아는 것인지 의아해하며 우물쭈물 "네"라고 대답하면 그들은 웃고 지나갔다. 왠지 키득거리는 느낌이었다. 대체 이 질문의 의도를 알 수 없었다. 잘했다는 거야? 못했다는 거야? 왜 보는 사람마다 묻는 거야?

퇴근하고 친구들을 만나 술을 마시다가 아침 회의 시간에 플루트를 불었다고 말했을 때 친구들의 반응이 그 진짜 대답을 알려주었다.

"미쳤어? 그걸 왜 불어? 그게 뭐야? 누가 회의 시간에 장기자랑을 해?"

그제야 뭔가 부끄러운 짓을 했다는 기분이 들었지만 속으로는 계속 '아니야, 아닐 거야…'라고 스스로를 다독였다. '애들아, 제발 아니라고 말해줘! 너네도 회의 시간에 장기자랑했잖아. 솔직히 말해봐! 그렇지?'

맥주를 한 잔 벌컥벌컥 마시고는 죄도 없는 친구들에게 소리쳤다.

"수선생님은 대체 왜 나에게 그런 걸 시키신 거야?"

친구들은 키득거렸다.

이후 3년을 그 병원 수술실에 있으면서 그 어떤 신규도 첫 회의 시간에 장기자랑을 하지 않는 것을 보면서 시킨다고 다 하던 순진한 시절의 내가 얼마나 길이 남을 추억을 만들었는지 알게 되었다. 아, 이게 뭐야! 창피해!

실습, 소문보다 엄청난
병원이라는 폭풍우

어리바리하게 병원 생활을 시작하고 원하지 않았음에도 순식간에 병원 삶이 내 삶의 대부분을 차지하게 되었다. 근무하는 병원이나 부서에 따라서 근무 시간이 다르기는 하지만 내가 일하던 지방 대학병원 수술실은 보통 아침 7시에 출근해서 오후 5시나 5시 30분에 퇴근을 했다. 사실 진짜 출퇴근 시간이 몇 시였는지, 내가 법적으로 혹은 계약서상 1주일에 몇 시간을 일하기로 되어 있는지는 그때도 자세히 몰랐고 지금도 모른다. 그저 선배들이 오라는 시간에 오고 가라는 시간에 가면 되는 것이었다.

병원마다 그리고 부서마다 문화가 다르겠지만 그곳은 내 바로 위 선배보다 일찍 출근하는 것이 관례였다. 다시 말해 신규인 나는 낮 근무자 중 가장 먼저 출근을 해야 한다는 것. 그 시간은 보통 아침 6시 30분이었다. 어쩌다 늦잠이라도 자서 조금이라도 늦는 날엔 탈의실에서

개고생 혹은 진정한 배움
: 한국 종합병원에서의 3년 1개월

PART
1

나보다 먼저 온 선배들에게 "1년차가 나보다 늦게 와?"라는 빈정거림을 듣고는 했다. 그렇게 출근해서 10시간 내내 점심시간 15분을 빼고는 서 있었고, 10시간 내내 주위 사람의 눈치를 보고 일을 익히느라 신경이 곤두서 있었다.

아침에는 일찍 출근하니까 그렇다 치지만 혹시 운 좋게 5시에 퇴근하는 날도 이후의 시간은 내 시간이 아니었다. 퇴근을 하고 오면 그야말로 방에 들어서자마자 침대 위로 쓰러졌다. 씻지도 못하고, 저녁도 못 먹고, 옷도 못 갈아입고 일단은 그냥 누웠다. 퇴근 후 집에 도착해서 문을 여는 순간 몸도 마음도, 내 안의 모든 스위치가 자동으로 꺼졌다.

1주일에 이틀의 오프가 있었지만 그날도 상황은 다르지 않았다. 시간이 있을 때 쉬어두어야 한다는 압박감이 밀려왔다. 내 시간이지만 나를 위한 아무 일도 할 수 없는 그저 병원에서 쌓아온 피로를 푸는 시간들. 실습을 하기 전에도 병원 생활이 힘들다는 것은 선배들에게 자주 들었고, 실습을 하면서 어느 정도 짐작을 했지만, 실제 병원 생활은 상상 이상으로 힘들었다. 이 정도로 온몸과 마음의 기가 쭉쭉 빨려나가리라고는 예측하지 못했다. 더 이상 내 삶의 아무것도 아름답지 않고 아무것도 즐겁지 않았다. '힘들다, 지쳤다'라는 감정만 남았을 뿐 아무것도 없는 무감동의 상태가 지속되었다. 이건 겨우 생존하는 것이지 사람답게 사는 게 아니잖아!

병원 실습을 하면서 내가 어느 정도 병원 생활을 맛보고 있다고 생각했다. 간호의 핵심은 '환자를 돌보는 일'이고, 교실에서 배운 것들이 환자가 있는 그 현장에서 어떻게 적용되는가를 확인하는 실습은 3학년부터 매 학기 필수였다. 3학년 때는 학교 옆에 있는 재단 병원으로 실습을 나갔고 4학년 때는 서울과 경기도에 있는 4개의 재단 병원으로 나누어서 실습을 나갔다. 지루한 교양과목을 듣던 1학년이 지나고, 과목 이름을 듣기만 해도 머리가 어질어질한 해부, 병리, 생리, 약리의 기초 의학을 배우던 2학년이 지나고, 그렇게 기다리던 병원 실습이었다.

병원이 무섭다는 말, 정확하게는 간호사 선생님들이 무섭다는 말을 너무 자주 들어서 한 발자국 더 현실의 간호에 가까워졌다는 기대감과 함께 걱정도 가슴 한구석에 안고 실습을 시작했다. "학생이니까 잘 돌봐주실 거야"라고 담당 교수님들은 말씀하셨지만 그런 교과서 같은 말보다는 이번에 어떤 선배가 병원에 입사했는데 너무 힘들어서 6개월 만에 그만두었다는, 어디서 들었는지 기억도 안 나는 그런 소문들만 머릿속에 가득했다.

실습은 간단했다. 각 병동에 다섯 명 정도 되는 학생들이 배정되고 간호사 선생님들의 간호 행위를 관찰하고 질병이나 환자를 한 명 선택해서 케이스 스터디를 하는 방식이었다. 병동에 따라서 프리셉터(preceptor, 멘토 간호사)가 따로 정해지는 경우도 있었지만 보통은 선생님들과 같은 시간에 출근을 해서 그날 근무자 중 가장 친절해 보이는 선생님을 마음속으로 정하고 그분을 하루 종일 따라다니며 간호 행위를 관찰했다. 그렇게 한 분을 따라다니다가 혹시 어떤 환자가 평소 궁금했던 검사를 받으러 간다거나 간단한 시술을 받으러 가면 그 환자를 따라가서 그곳에서 행해지는 간호를 관찰하기도 했다.

실습은 엄격하면서도 꽤나 자유로운 편이라 "선생님, 저 이거 해보고 싶은데 그래도 되나요?"라고 했을 때 근거 없이 "어디서 학생이… 안 돼!"라고 하는 경우는 없었다. 단지 내가 그 정도로는 의욕이 없었다는 것이 문제였다면 문제였을까. 물론 태어날 때부터 나이팅게일이었던 친구들은 뭐가 그렇게 궁금한 것도 많고 해보고 싶은 것도 많은지 기회는 이때다 하고 실습 기간을 100퍼센트 활용해서 교실에서 배웠던 것들을 직접 해보려 했다.

졸업하고 병원에 들어오면 다른 과를 돌아볼 여유도 없이 지원한 과나 병원에서 정해준 과에서 바로 일을 시작하기 때문에 실습 기간에 각 과의 특성을 적극적으로 알아보는 것은 중요한 일이었다. 중환자실, 응급실, 수술실처럼 실습을 안 해보고도 그 특성을 알 것 같은 과도 있지만 다 비슷할 것 같은 병동도 내과 병동이냐 외과 병동이냐, 외과도 신경외과냐 정형외과냐에 따라 분위기가 다르고 간호의 성격이 다르다. 그렇기 때문에 나중에 5년이고 10년이고 즐겁게 일할 수 있는 자신의 적성과 흥미에 맞는 과를 찾아내는 것은 실습의 가장 중요한 목적이었는지도 모른다. 태어날 때부터 나이팅게일이었느냐고 내가 비웃었던 학생들의 그 실습 태도가 사실은 모범적이고 바람직한 모습이었던 것이다.

나의 이런 의욕 없는 태도가 얼굴에 나타났는지 하루는 어떤 선생님을 따라서 환자를 보고 나오는데 스테이션으로 향하던 선생님이 뒤로 휙 돌아서더니 한마디를 하셨다.

"학생은 너무 안 웃는 것 같아. 좀 웃어. 그러면 아무도 안 좋아해. 거울 보고 웃는 연습 좀 해."

일단! 많은 사람이 동의하겠지만 나 역시 무표정할 때면 화가 난 듯 보인다. '아니, 가만히 있는데도 히죽거리는 상이라면 그게 이상한 거 아냐?' 그 선생님이 조언이라고 해주셨던 말을 배배 꼬아서 들었다. 물론 퇴근 후 쪼르르 친구들에게 달려가 "내가 혈압을 잘못 쟀어, 환자를 막 대했어? 웬 얼굴을 갖고 지적이야? 뭐 이래? 역시 병원은 소문대로 헬이야!"라며 하소연을 해댔다. 어떻게 본다면 실습도 사회생활의 작은 시작인데 '전 학생이니까요'의 태도로 감정도 표정도 숨기지 않고 있던 나에게 날아왔던 한 방. 취업하고 몇 년 지나 이러저러한 일을 겪고 마음고생을 하고 난 후 웃음과 미소가 해결해줄 수 있는 일이 많다는 것을 알게 되기까지 그 선생님의 조언은 한동안 조언으로 생각되지 않았다.

그렇게 싫은 소리라도 들은 날엔 실습 후 같은 조원끼리 모여 병원 생활을 흉내 냈다. 간호 학생이라면 다 그렇겠지만 아는 게 병이라고 잘 알지도 못하면서 본격적인 간호를 배우는 3학년부터는 사람들을 보면 없는 병을 만들어 진단을 하고 간호 계획을 짜는 게 놀이 중 하나가 된다. 급하게 뛰어와 헐떡거리는 친구를 보고는 옆 친구에게 "왜 이렇게 헐떡이시니? 평소 폐가 어떠냐고 물어봐. 그리고 금연 교육 좀 시켜드

개고생 혹은 진정한 배움
: 한국 종합병원에서의 3년 1개월

PART
1

려라"라고 담배를 피우지도 않는 친구를 놀리거나, 누군가 엄한 소리를 해대면 "왜 자꾸 헛소리야? 현실 인식 좀 시켜드려"라고 농담을 한다. 그러면 옆 친구가 다른 친구에게 "환자분, 여기가 어디예요? 오늘이 무슨 요일이에요?"라며 맞받아쳤다. 맥주를 마시다가 누군가 중간에 화장실에라도 가면 "쟤 왜 자꾸 화장실 가? 소변줄 끼워드려"라고 우리만 아는 농담도 주고받으며 실습 스트레스를 풀었다.

케이스 스터디는 의외로 공부가 많이 되고 환자들과의 관계 형성에도 많은 도움이 되었다. 각 과에서 가장 흔하게 볼 수 있는 환자와 케이스를 정해서 이미 배웠던 것들을 실제 환자를 보면서 더 깊게 파고들다 보면 그냥 교과서를 볼 때와는 달리 머릿속에 모든 것이 하나의 이미지로 차곡차곡 정리되는 기분이었다. 거기다 간호사가 되면 환자와 평생 함께할 것이라는 사실을 머리로는 알고 있으면서도 막상 환자를 프로페셔널한 환경에서 직접 대하는 것은 처음이라 막연히 '어떻게 말을 해야 하지…' 싶다. 하지만 실습을 하면서 환자 한 명을 내 환자로 정해서 그와 그의 현재 최대 관심사인 자신의 병에 대해서 이야기하다 보면 막연히 생각했던 환자에 대한 무서움이 조금은 사라졌고 실습 마지막 즈음엔 진심으로 환자의 병이 꼭 낫기를 기원할 만큼 라포rapport 가 형성되었다.

한번은 케이스 스터디를 하는 환자에게 이것저것 묻다가 문득 웃음이 나왔다. "수술 받으시고 가스는 나왔어요?" "화장실엔 다녀오셨어요? 변이 어땠어요? 단단했나요? 묽었나요?" "물은 얼마나 드셨어요? 소변량 체크 좀 할게요." 대체 남이 밥 먹고 방귀 뀌고 똥 싸는 데 이렇게 관심이 많은 직업이 또 있을까? 소변 색이 맑네, 탁하네, 붉은 기가 있네 없네… 환자의 상태를 파악하기 위한 기초 정보이고 중요한 내용인데 아무리 생각해도 너무 웃겼다.

아픈 환자들과 근심이 가득한 환자 보호자들이 있는 병원, 그리고 그 옆을 24시간 지키는 간호사. 그런 웃긴 상상을 하자 이 모든 심각한 일들이, 무섭기만 했던 병원이, 걱정만 가득했던 실습이 갑자기 친근하고 거리감 없이 다가왔다. 물론 그런 순간은 아주 짧았다. 문득 병원 생활이 그렇게 나쁘지만은 않을 것 같다는 친근감이 드는 날엔 또 금세 누군가 나타나 쓴소리를 던졌다. "학생은 태도가 왜 그래?" 엥, 제가 뭐요? 뭐 또 잘못했나요?

물론 재단 병원 실습만 있는 것은 아니었다. 국립정신병원에서 급성기 환자들과 그에 따른 간호를 관찰하고, 보건소에서 지역사회 간호도 실습했다. 양호교사 실습은 우연히 내가 졸업한 초등학교로 배정되어서 모교로 실습을 가서 운동장 조회 시간에 나보다 최소 9년은 어린 후배들에게 인사를 하기도 했다. 초등학교 때는 조회 시간에 내 이름을 불려보는 게 소원이었는데 그렇게 많은 시간이 지나 교생으로서 이름이 불리다니… 참 웃기지?

병원을 비롯하여 다양한 곳에서 실습을 하고, 간호사 면허로 할 수 있는 일이 여러 가지가 있다고 교육을 받으면서도 아무도 강요하지 않.

건만 졸업 전에는 간호사로서 딱 한 가지 미래만 그린다. 큰 종합병원에서 일하는 것. 그 누구도 졸업하기 전부터 나는 연구 간호사가 되어 제약회사에서 일하고 싶다거나, 매일 보는 동네 환자들을 돌보는 게 좋다며 작은 개인 병원에 가고 싶다거나, 지역사회에서 좀 더 광범위한 건강 교육에 힘쓰고 싶다며 보건소 공무원이 되고 싶다고 하지 않았다. 대부분의 간호 학생들이 졸업 후 종합병원이나 준종합병원에 입사를 하고 나 역시 아무런 의심 없이 종합병원 간호사가 되기 위해 필요한 그 수많은 시간들을 지나 수술실에서 일을 시작했다.

대학의 다른 전공들에 비해서 월등하게 많은 현장 실습을 했음에도 실제 병원은 달랐다. 실제 병원 일은 환자 한 명을 선택해 케이스 스터디를 하고 B학점이나 C학점을 맞고 끝나는 일이 아니었으며, 실습 후 동기와 학생 간호사들을 잘 챙겨주지 않는 병동 선생님들 욕을 하며 다음 실습 병동으로 옮겨질 날을 기다릴 수도 없는 상황이었다. '에라, 이 과목은 포기다' 혹은 '이번 실습은 망했어. 다음 실습이나 기다리련다' 이럴 수 있다면 얼마나 좋을까만 모든 것이 실제였다. 일도 사람도 적당히 넘길 수 있는 것은 없었다.

신규로서 하루하루를 견뎌내는 것도 피곤한데 이런 와중에 1년에 한 번, 한 달 동안은 재단 체육대회를 한다며 퇴근 후에 억지로 끌려가 피구라든가 줄다리기 같은 체육대회 경기 종목을 연습하는 일도 있었다. '저는 피구 못해요' 혹은 '저 달리기 완전 못해요' 혹은 '저는 그런 데 관심 없어요'와 같은 대답은 먹히지 않았다. 재단 체육대회는 재단에 대한 충성심과 애사심을 높이고 직원 간 단합을 위한 자리였으니 특히나 적극적인 참여가 요구되었던 신규와 낮은 연차의 간호사들에겐 선택의 여지가 없었다.

나에겐 재단 체육대회가 '아니 뭐 이런 일까지 시켜? 그만큼 부려먹었으면 됐잖아요. 퇴근 좀 시켜달라고요!'였지만, 다른 과나 다른 병원 동기들은 올드(선배 간호사) 선생님의 대학원 숙제나 자료조사를 퇴근하고 집에서 대신 해주는 경우도 있었고, 병원 심사 서류 준비나 병원 서비스&의료의 질 향상QI, Quality Improvement 자료를 만들기 위해 오프마저 병원에 헌납하고는 했다. 그들은 퇴근 후에는 재단 체육대회 연습에 오프에는 올드 대학원 숙제, 거기에 QI 준비까지 했던 것이다.

병원 QI를 신규에게 시켜놓고 자신의 이름으로 보고를 하는 선생님들도 흔했지만 그거야 그나마 병원 일이니 쓸쓸한 웃음을 지으며 넘어갈 수도 있는 일이었다. 하지만 대체 거금을 들여 대학원 과정을 하면서 왜 그 공부를 신규에게 대신 시키는 것일까? 자료조사와 리포트 작성의 소중한 기회를 왜 학비를 내지도 않은 신규에게 공짜로 제공하는가? 어떤 올드 선생님들은 너무도 이타적이고 동시에 게을렀다. 자신은 학위만 갖겠으니 공부는 네가 하라는 고귀하신 의도. 선생님, 저 이제막 대학 졸업했거든요. 당분간은 공부 안 하고 싶습니다. 병원에서 새롭게 배우는 것들만으로도 머리가 터질 것 같다고요!

올드 선생님의 대학원 과제 자료조사를 해주면서 툴툴거리는 친구

개고생 혹은 진정한 배움
: 한국 종합병원에서의 3년 1개월

를 보며 난 속으로 '우리 수술실 선생님들은 아무도 대학원을 안 다녀서 다행이야'라며 안도의 숨을 내쉬었다. 선생님들, 제 밑으로 신규 들어올 때까지 제발 대학원 가지 마세요!

신규 시절 이러한 피로감은 첫 직장생활이라는 것과 이러저러한 잡다한 일 외에 심적인 부담감 때문에 더하기도 했다. 나는 이제 간호학생이 아니고 면허를 가진 간호사이고, 월급을 받는 직장인이니 뭔가를 제대로 해내야 할 것 같았지만, 수술실 실습을 하던 그때와 다를 바가 전혀 없었다. 실습 내내 바이탈 사인만 죽어라 체크해서 바이탈 사인은 귀신같이 할 수 있는데 수술실에선 환자 바이탈 사인을 잴 일도 없었고, 혈관주사 약을 섞을 일도 없었으며, 주사를 놓을 일도 없었다. 새롭게 모든 일을 다 배워가야 했다.

가장 먼저 기억해야 할 것은 각 과에서 쓰이는 수많은 기구들의 이름과 쓰임이었다. 해부학 시간 이후로 듣지도 보지도 못한 이름과 단어들을 외우는 그 시간이 다시 찾아왔지만 어쩌면 평생 할 일의 기본이 될 지식이니 적당히 어딘가 숨어서 대충 하고 넘어갈 수가 없었다. 피할 구석이 없는 일이었고 피해서도 안 되는 일이었다. 오후 5시에 근무가 끝나 선생님들이 모두 돌아가도 수술실에 남아서 기구를 하나씩 풀어보며 눈에 익히고 이름을 외웠다. 어떤 날은 너무 피곤해서 선생님들 사이에 끼어 얼렁뚱땅 같이 퇴근할 준비를 하고 있으면 누군가 "정인희, 공부하다 가야지 벌써 퇴근해?"라고 잡아내고는 했다.

이렇게 피곤한 날 기구를 펼치고 그걸 1시간이고 2시간이고 들여다 보고 있다고 한들 내 몸만 여기 있을 뿐이지 영혼은 이미 집에 가 있음에도 내가 실제로 공부를 하느냐 안 하느냐는 선배들이 보기에 중요한 것이 아니었다. 얼마나 긴 시간 병원에 있었는가? 효율과는 상관없이 시간만이 모든 것을 증명한다고 그들은 생각했다. 실제로 기구를 펼쳐놓고 초점 없는 눈으로 바라보고 있으면 정신이 안드로메다로 날아가는 것 같았다. 머릿속엔 기구 이름이고 나발이고 '아, 피곤해. 눕고 싶다'라는 생각만 가득했다.

수술은 각 과별로 배워갔고 첫 시작은 산부인과였다. 병원이 아무리 험하게 간호사들을 가르친다고는 해도 어느 날 갑자기 수술에 휙 던져지는 일 같은 건 없었다. 각 과에서 주로 이루어지는 수술을 프리셉터 선생님과 함께 참여하며 하나씩 배워갔다.

수술에 참여하기에 앞서 그 수술이 어떤 환자에게 필요하고 왜 필요한지, 수술 중 환자에게 어떤 간호를 해줄 수 있는지를 포함하여 수술할 부위에 대한 해부학적 이해, 수술의 진행 과정, 각 과정에 필요한 기구들, 쓰이는 실들, 수술 중 발생 가능한 응급 상황 등에 대한 공부는 필수였다. 새로 배우는 수술은 미리 프리셉터 선생님의 간단한 테스트가 있었기에 공부를 안 할 수가 없었다. 공부 안 하고 대답 못해서 욕먹어도 되는 일이지만 일단은 잘하고 싶으니까, 칭찬받고 싶으니까, 좋은 간호사가 되고 싶으니까 피곤한 눈을 부릅뜨고 공부했다.

병동엔 환자들과 보호자들이 있다면 수술실엔 집도의들이 있었다. 지금도 종종 병동 간호사 친구들과 이야기하다가 "진상 환자와 진상 외과의사 중 선택해야 한다면 누구를 선택할 거야?"라고 묻고는 한다. 이 질문은 "똥과 피, 둘 중에 하나 골라. 병원 일은 똥 아니면 피지. 병동에서 똥 볼래, 아님 수술실에서 피 볼래?"라는 질문과 함께 키득거리며 농담 삼아 자주 하는 질문이었다. "그 의사 알아? 그 의사가 말이지 수술 중에 어시스턴트 하는 꼴이 마음에 안 든다며…"라고 집도의들이 수술실 간호사나 레지던트에게 성질부리거나 소리 지른 이야기를 나에게 간혹 전해 들었던 병동 간호사 친구들은 "난 그냥 진상 환자랑 잘 지낼래. 넌 대체 무서워서 거기서 어떻게 일하니? 진상 환자들은 그래도 잘 간호하면 나아서 퇴원이라도 하지만 진상 의사들은 퇴원도 안 하고 몇 년이고 병원에 있잖아. 역시 진상 의사보단 진상 환자가 좋아"라며 오히려 날 놀렸다.

하지만 대부분의 집도의들은 신규 간호사가 잘 몰라서 버벅거려도 괜찮다며, 곧 잘할 수 있게 될 거라고 격려해주시는 점잖은 분들이었다. 한 번 한 실수를 또 하면 불같이 화를 내는 분들도 있었지만 아무런 이유 없이 자기 기분이 나쁘다고 무작정 간호사나 전공의에게 화풀이를 하는 분은 드물었다. 물론 아주 없지는 않았다.

대학과 전공의를 거친 학교는 서울대가 아니었는데 전문의 시험 후 서울대에서 펠로(전공의 4년을 마치고 전문의 시험 통과 후 거치는 과정) 1년 과정을 마치고 우리 병원 스태프로 온 교수가 있었다. 간혹 기구가 마음에 들지 않으면 기구를 바닥으로 내동댕이치며 "서울대에서는 이런 기구 안 써!"라고 했다. 그럼 우리는 속으로 '네, 우리나라 최고 병원인데 당연히 최고급 기구만 쓰겠죠. 암요~ 좋은 기구 쓰는 서울대 병원으로 돌아가세요~ 어서 가세요~ 당장 가세요~. 가고 싶어도 못 가서 여기 계시는 거잖아요. 우리는 뭐 좋아서 같이 일하는 줄 아나~'라고 비꼬고는 했다.

반면 스탠퍼드 대학교에서 펠로를 한 교수님은 의외로 아무 말씀이 없으셔서 그 학교에 다녀오신 것도 내가 일을 시작하고 한참이나 지나서 누가 말해줘서 알았다. 그런데 서울대에서 펠로를 한 교수님은 수술마다 서울대 이야기를 꺼내며 자신이 일하는 우리 병원 깎아내리기에 여념이 없었다. 이렇게 의사 자신의 인성에 문제가 있어서 진상을 부리는 것 말고는 내가 수술실 간호사로서 역할을 잘하면 집도의에게 지적당할 일은 없었다. 신규로서는 수술에 집중하는 모습, 하나라도 기억했다가 매번 나아지는 모습을 보이면 만족해했다.

우리 병원엔 응급수술실을 포함하여 9개의 수술방이 있었고 각 방에서 이루어지는 수술이 달랐다. 예를 들면 1번 수술실은 정형외과, 2번 수술실은 일반외과 이런 식으로 나누어졌고 각 수술실은 아침 8시부터 오후 5시까지 하루 종일 분주하게 돌아갔다. 수술실 모든 간호사들은 각자 수술 노트가 있었고 그 노트엔 각 수술에 대한 정보와 자신이 더 알아야 할 것, 주의해야 할 것들에 대한 팁이 적혀 있었다. 나 역시 산부인과, 일반외과, 정형외과, 신경외과, 비뇨기과, 안과, 이비인후과

등의 수술방을 프리셉터 선생님과 돌며 나만의 수술 노트에 배우는 수술들을 하나씩 적어나갔고 그 노트가 꽉 채워질 즈음엔 이미 폭풍 같았던 1년이 지나 있었다. 진짜 병원에서의 첫 1년은 일, 잠, 일, 잠… 이 기억밖에 없었다. 아, 내 인생!

슬슬 나타나는
적군과 아군

물론 1년 동안 나를 들들 볶아댄 것은 일뿐만
이 아니었다. 사실 일 때문에 힘들 건 없었다. 지
금은 신규 간호사라서 모르지만 꼭 알아야 할 것, 꼭 잘해야 할 것들을
배워가는 것이고 남들 수준에서 잘 배우고 익혔다.

수백 번 설명해도 못 알아듣고 못 기억하는 돌대가리라 선생님들의
속을 썩이는 일 같은 건 없었지만 동시에 '쟤는 하나를 가르치면 열을
알아! 대단해!' 같은 일 또한 없었다. 설사 그런 일이 있다고 한들 '칭찬'
은 간호 사회나 병원에 속한 단어가 아니었다. '뒷담화와 인계', 이것이
병원 간호사들에게 더 친근한 말이었고 나는 오로지 그 뒷담화의 대상
이 되지 않기 위해서만 노력했다. 뒷담화의 대상이 되지 않으려면 어떻
게 해야 할까? 내가 찾아낸 해답은 이것이었다. 눈에 띄지 않기, 조용히
있기, 가만히 있기, 적당히 있기 그리고 거리 두기.

하지만 내가 무엇을 하건, 또는 무엇을 하지 않건 수술실의 단 하나뿐인 신규였던 나는 눈에 안 띌 수가 없었다. 눈에 띄지 않는다면 아무 문제 없을 거라고 생각한 것 자체가 처음부터 말이 안 되는 것이었다. 내가 잘하고 있는지, 혹시 혼자 뭔가 실수를 하고 있지는 않은지, 가르치기 위해서 혹은 도움을 주기 위해서 모두 지켜보고 있었다.

그러한 관심은 당연한 것임에도 병원에 입사하기 전부터 들어왔던 병원에 대한 부정적인 말들은 선배들의 좋은 눈빛을 '날 혼내려고 감시하는 거야'라는 나쁜 의미로 곡해하게 만들었다. 선배들이 처음부터 신규인 나를 힘들게 할 이유가 없었다. 그들은 절대 악 같은 것도 아니고 사이코 집단도 아니다. 무턱대고 신규라고 미워하고 감시할 리가 없잖아!

선후배 관계를 강조하는 간호학과도 있겠지만 우리 학교는 소문처럼 군대식의 선후배 관계를 강조하는 것과는 거리가 멀었다. 아는 선배에게는 인사하고, '어, 저 사람 우리 학과 선배 같기도 하고 아닌 것 같기도 하고, 잘 모르겠다' 싶은 선배는 그냥 지나쳤다. 어떤 선배 중에는 '쟤 나 알지 않나? 왜 아는 척을 안 하지?' 생각했을 사람도 있었을 텐데 그 누구도 '너 나 몰라? 왜 인사 안 해. 너네 학번 다 집합하라고 해!'라고 하는 사람은 다행히 없었다.

꼭 참가하지 않아도 되는 학과 활동은 가능한 빠졌던 터라 선배들과 엮이는 일은 대학교 1학년에 들어가자마자 했던 '번팅'이 다였다. 번팅은 별것이 아니었다. 1학년 1번부터 10번은 2학년 1번부터 10번을 하루 저녁 만나서 인사를 하고 밥이나 술을 얻어먹으며 선후배 안면을 트는 그런 자리였다. 그걸 3학년 1번부터 10번을 만나서 한 번 하고, 4학년 1번부터 10번을 만나서 또 한 번 하고 그렇게 세 번을 했다. 뭔가 엄청난 것을 생각하며 각오하고 나갔지만 자기소개를 하고 선배들에게 간호학과에 대한 이런저런 이야기를 듣는 것 말고 특별한 것은 없었다. 어차피 다들 간호사가 될 것이고 많은 수의 학생들이 재단 병원에 들어갈 테니 지금 내가 인사하는 이 4학년 선배가 내가 입사할 때엔 4년차 간호사로 신규인 나를 가르칠 수도 있는 일이었다. 미리 선후배 관계를 돈독하게 해서 실습 나가서 혹은 입사해서 조금은 챙김을 더 받고 병원 생활을 수월하게 할 수 있는, 이를테면 인맥을 쌓는 자리의 시작이었다.

그런 자리를 겨우 손에 꼽을 정도로 경험했을 뿐이니 간호학과를 4년 다녔다고 한들 나의 '좋은 선후배 관계 쌓기'에 대한 경험치는 매우 낮았다. 그럼에도 잘해서 예쁨을 받을 생각은커녕 한술 더 떠서 선배들과 내 관계가 제대로 형성되기 전에 거리 두기를 시작했다. 병원 생활을 시작하면서 '병원 사람은 밖에선 보지 말자'라고 다짐했다. 개인적으로 알지 못한다면 뒷담화를 할 일도 없을 거라고 생각했던 것이다. 퇴근하고 저녁이라도 사주면서 친해지려고 다가오는 선배들에게 집에 가서 할 일이 있다며 거절을 했다. 겨우 1년차가 '병원에서 일만 하면 되지 왜 그들과 개인적으로 친해져야 하는가?'라며 선을 그었던 것이다.

이렇듯 나름 철벽 방어를 하고 있었지만 그만큼 나는 상처받는 것이 두려웠다. 사실 속으론 그 누구보다 선배들에게 사랑을 받고 싶었다. 이런 진짜 속마음을 나 자신조차 모르고 있었다. 선배들을 멀리하는 만큼 사실은 가까이하고 싶어 했다는 것은 병원을 그만두고도 한참이나 지나서야 깨달았다. 그리고 간호 학생들과 신규를 가르치는 입장이 되고 나서야 내가 선배 간호사들에게 사랑받고 싶어 하는 만큼 선배 간호사들도 나에게 관심을 받고 싶어서 그렇게 적극적으로 다가왔었다는 것을 알게 되었다. 내가 먼저 선배들에게 다가갈걸. 모두 날 좋아할 준비가 되어 있었는데 나는 무엇이 그렇게도 무서웠을까?

당연하게도 나의 이런 태도에 선배들은 슬슬 내가 자신이 생각하는 그런 말 잘 듣고 선배를 잘 따르는 신규가 아니라는 것을 알아갔다. 그들은 그런 나를 신경 쓰지 않는 '네 멋대로 살아라'라며 방관하는 사람과 '내가 너를 뜯어고치고 말겠다'라고 하는 정성이 넘치는 사람으로 나누어졌다. 양측 모두 서로에 호감이 없건만 언제나 더 많은 접촉과 교류가 일어나는 쪽은 불행하게도 물론 후자였다. 여중, 여고를 나와 여자만 있는 간호학과를 나와서 여자들만 있는 집단에서 살아남는 방법은 어느 정도 알고 있다고 믿었지만 병원 내 간호 집단은 달랐다. 여자만 있는 집단 더하기 군대와 같은 선후배 관계. 그리고 더 최악은 그 좁은 수술실 안에서 이 정성 넘치는 선배들을 피할 구석도 방법도 없었다는 것이다.

수술에는 많은 기구들이 필요하고 하나도 빠짐없이 준비하려고 노트에 적어두고 참고해도 항상 한두 개씩 빠지는 물품이 있었다. 수술 전에 시니어 선배들이 와서는 내가 준비해놓은 것을 보고는 빠진 물건을 집어냈다. 좋게 말하는 선배들이 대부분이었지만 일부는 한심하다는 눈빛에 빈정거리는 말투로 "큐렛이 없잖아. 제일 중요한 것도 빼놓고… 잘한다" 하고는 내 수술방을 휙 빠져나갔다.

　나는 한숨을 푹 쉬고 '왜 저래? 대체 왜 이렇게 날 못 잡아먹어서 안달이야? 그리고 수술에서 제일 중요하지 않은 게 어디 있어? 다 중요하지. 필요 없는 물건이 어디 있냐고요?'라고 속으로 그 등 뒤에 외칠 뿐이었다. 정말 중요한 실수를 하고 지적을 받으면 반성을 하겠지만 아주 작은 일들로 과하게 지적을 받다 보니 짜증이 쌓여갔다. 대체 1년차에

게 바라는 것이 왜 이렇게도 많으실까? 선배는 태어날 때부터 수술실 간호사였어요? 장담하건대 내가 5년차가 됐을 땐 지금의 선배보다 훨씬 더 잘하고 있을 거라고요!

물론 좋은 선배들이 더 많았다. 시간이 지나니 의외로 처음엔 막연히 무섭고 두렵기만 했던 수선생님이 편했다. 매일 수술방에서 부딪치며 내가 하는 일 하나하나에 좋은 소리, 나쁜 소리를 끊임없이 쏟아내는 선배들과는 달리 가끔 스테이션에서 만나면 응원의 한마디를 해주시던 수선생님은 은근한 버팀목이 되었다. 내가 수선생님에게 힘든 점을 이야기한다거나, 수선생님이 나를 따로 불러서 상담을 하는 일처럼 우리 사이에 직접적인 건 아무것도 없었는데 막연히 '내 뒤엔 수선생님이 있어'라는 기분이 들었다. 아마도 그게 그분의 리더로서의 힘이 아니었던가 싶다. '내가 너 힘든 거 잘 알고 있어. 너무 마음 상하지 말고 우리 조금만 더 힘내보자!' 하는 기운.

그 외에 시간을 두고 조금씩 다가오는 차분한 성격의 선배님들도 있었다. 읽어봤는데 너도 좋아할 것 같다며 책을 쪽지와 함께 내 사물함에 살짝 넣어준다거나, 누군가 한마디 하고 가면 조용히 다가와서 "괜찮아. 너 잘하고 있어"라고 격려해주었다. "진짜예요, 선생님?" 하고 기운 빠진 목소리로 물으면 "그럼. 내가 여기서 일하면서 너 말고도 신규 몇 명 봤잖아. 너 잘하고 있어"라고 다독여주었다. 하지만 부정적인 말이나 표정의 기운이란 대단한 것이어서 좋은 선배들이 좋은 말을 백번 해줘도 내가 마음에 안 차는 선배 한두 명의 앙칼진 지적에 금세 내 마음은, 내 하루는 잿빛이 되었다. 퇴근 후에도 날 사로잡았던 말들은 열 번 들었던 좋은 말들이 아니라 한두 마디의 날카로운 말들이었다.

수술실 일 자체는 재미있었다. 피만 보면 쓰러지는 사람들이 있는데 나는 살아 있는 사람의 장기를 보는 일이 신비롭게만 느껴졌다. 그리고 순서대로 차곡차곡 진행되는 수술이라는 일의 성격이 내 성격과 잘 맞았다. 앞뒤 순서가 맞고 아귀가 맞는 일. 1분 1초를 다투는 초응급수술일지라도 수술실의 모든 일은 단지 일의 박자가 더 빠르냐 느긋하냐의 차이일 뿐이지 모든 일에 순서가 있었고 앞뒤가 맞았다.

칼로 피부를 절개한다, 배를 연다, 암이 있는 내장 부위를 도려낸다, 잘라낸 양쪽 끝을 다시 이어준다, 배를 닫는다. 크게 보자면 이렇지만 그 큰 과정 속에 세세한 진행 상황이 있었고 모든 과정은 명확했다. 계획한 대로 진행되고 그 결과가 눈앞에 보인다는 것, 다음 과정을 내가 미리 알고 준비할 수 있다는 것, 내가 얼마나 수술을 잘 알아서 준비하고 예측하느냐에 따라서 수술의 질을 끌어올릴 수 있다는 것. 또한 과정이 정해진 일이기에 알아가고 공부하는 만큼 오늘보다는 내일 더 수술에 도움이 되는, 환자에게 도움이 되는 간호사가 될 수 있다는 것은 이제 1년차 수술실 간호사에게 매력적인 부분이었다.

하루에 수술이 몇 개씩 있다 보니 수술마다 스스로 얼마나 성장하는지를 알 수 있었다. 누가 말해주지 않아도 '나 오늘 수술엔 어제보다 도움이 많이 된 것 같아'라고 느끼기도 했고 대부분의 집도의들은 못

하면 못하는 즉시, 잘하면 잘하는 즉시 피드백을 해주었기 때문에 내가 얼마만큼 수술실 간호사로서 성장하고 있는지 금방 알 수 있었다. 오늘 못해서 욕을 먹었다고 하더라도 비슷한 수술, 같은 수술은 언제나 있었기 때문에 공부하고 다음 날 가서는 '자, 보셨죠? 어젯밤에 공부 좀 했어요. 저 오늘은 이렇게나 잘해요!' 하며 자존감을 다시 쌓을 수 있었다.

하지만 일이 문제니? 선배들이 날 미워한다고!

선배가 잘못된 거라고요!

내게도 나만 집중적으로 태우는('재가 될 때까지 활활 태운다'는 뜻으로 선배 간호사에게 괴롭힘을 당하거나 혼나는 것을 말한다) 선배가 있었다. 나를 향한 그녀의 사랑(?)은 날로 깊어졌다. 그녀는 지치지도 않고 매일매일 나를 뜯어고쳐 보겠다며 빈정거림과 질책을 쏟아냈다. 그녀는 내가 퇴근 후 취미생활을 위해 학원에 가는 것도 마음에 들어 하지 않았고, 내 치마도, 읽는 책도, 듣는 음악도 무작정 다 싫어하며 빈정거렸다. 누군가를 미워하는 것도 보통 에너지가 필요한 일이 아닌데 나에 대한 그녀의 에너지는 바닥이 나는 법이 없었다.

사랑받는 일에도, 미움받는 일에도 크게 신경 쓰지 않았지만 매일 같은 질책에 나도 모르는 사이에 조금씩 조금씩 무너져내리고 있었다. 특히 힘든 것은 개인적인 것에 대한 지적이었다.

"주말에 뭐 했니?"

"○○영화 봤어요."

"무슨 그런 영화를 보니?"

선배는 낮게 비웃으며 이렇게 말했다. 그런 영화가 무슨 영화인지나 알고 그러는 걸까? 날 미워하면서 대체 내가 주말에 뭘 했는지는 왜 궁금해할까? 이건 그저 핀잔을 주기 위한 미끼 질문이었던가? 개인적인 것에 대한 지적은 일에 대한 지적보다 훨씬 더 굴욕적이었다. 일이야 잘하고 못하고 판단할 수 있는 기준이 있지만 개인의 취향이라는 것엔 더 나은 것이나 못한 것이 없다. 간호사로서의 나뿐만 아니라 병원 밖 인간으로서의 나까지 끌어내리려는 것에 진절머리가 났다.

그런 그녀에 대해서 난 항상 이런 마음을 갖고 있었다. 저렇게나 적극적으로 날 미워하는 것은 나에게 관심이 너무 많기 때문이다. 사실은 나랑 친해지고 싶은 게 아닐까? 그녀는 나의 그 무언가가 부러운 것이 아닐까? 나의 무언가가 그녀의 내면을 자극하는 것은 아닐까? 또는 병원 밖 생활에 문제가 있는 것은 아닐까? 그래서 그 부정적 에너지를 나에게 풀고 있는 것일까? 그녀의 주변 사람 중 가장 스트레스 해소용 타깃으로 삼기 쉬워 보이는 사람이 나였던 것일까?

절대로 나는 그렇게 그녀에게 집중 공격을 받을 만큼 멍청한 간호사도, 나쁜 간호사도 아니다. 나에게 정말 문제가 있다면 왜 모든 사람이 아니라 저 사람만 나를 미워할까? 난 내 연차에 맞는 능력을 갖고 잘하고 있다. 저 선배가 뭐라고 하건 신경 쓰지 말자.

이런 생각을 스스로에게 되뇌며 하루하루를 버텨나갔다. 그러던 어느 날씨 좋은 날, 햇빛도 좋고 바람도 상쾌한 퇴근길이었다. 병원 문을 나서서 백 발자국쯤 걸었는데 괜히 눈물이 났다. 다른 날과 똑같은 하루였는데 갑자기 울컥하더니 꺼억꺼억 흐느낌과 눈물이 멈추질 않았다. 사실은 그녀 말처럼 내가 잘못된 사람은 아닐까? 난 언제나 나에 대한 확신이 있었고 이런 의문은 한 번도 가진 일이 없었는데 갑자기 그런 생각이 들자 우르르 무너지는 기분이었다. 결국 그녀가 이긴 것이다. 난 졌어. 절망감이 몰려왔다. 사는 게 지겹다. 이런 기분으로 저 좁은 수술실 안에서 저 사람과 앞으로 몇십 년을 어떻게 더 살아가지?

그냥 병원을 그만둘 수도 있었지만 그러고 싶지 않았다. 왜 그 사람

흑⋯ 흑⋯

때문에 내가 그만두어야 하는가? 난 수술실 일이 좋았고, 내가 종합병원 간호사라는 사실이 나쁘지 않았다. 부모님도 내가 하는 일을 항상 격려해주셨다. 그리고 그만둔다고 해도 겨우 1년 넘은 종합병원에서의 경력은 어디 가서 명함도 못 내밀 것이었다. 경력이라고 인정받으려면 3년은 버텨야 했다. 일단 3년을 채우는 게 목표였다. 버티자, 버티자, 버티자….

　퇴근길에 갑작스러운 무너짐을 경험하고 난 며칠 후, 다른 방 수술을 돕는데 그 선배가 내 방으로 들어왔다. 배를 열고 하는 수술이라 모든 물품을 카운트하고 있었고, 쓰고 난 피가 잔뜩 묻은 거즈들은 카운트하기 편하게 다섯 장씩 수술실 바닥에 정리해놓았다. 그 거즈를 보더니 선배가 수술 팀 앞에서 신경질적인 목소리로 물었다.
　"이 거즈 누가 정리했어?"
　"제가요."
　내 대답에 선배는 거즈 정리한 모양이 마음에 안 든다며 다시 정리하라고 했다. 다 쓴 거즈를 바닥에 다섯 장씩 정리하는 이유는 그게 무슨 대단한 작품이라서 수술실 미관을 위해서도 아니었고 그저 배 속에 들어갔다 나온 것을 제대로 카운트하기 위해서였다. 사방팔방 어질러놓은 것도 아니고 선배들이 가르쳐준 대로 정리해놓았는데 그저 그 모양새가 자기 마음에 안 든다는 것만으로 신경질을 내니 나도 짜증이 확 올라왔다. '이 인간은 대체 무슨 인생을 살고 있는 걸까? 제정신인가?' 싶은 마음에 짜증을 숨기지 못하고 한심하다는 눈으로 선배를 한 번 쳐다보고는 거즈를 다시 정리했다. 물론 선배는 내 눈빛을 읽고는 바로 반응했다.

"정인희! 너 눈빛이 그게 뭐야? 따라와."

그간 쓸데없는 일로 빈정대기만 했지 구석 기구 준비실로 불러내는 일은 없었는데 바로 그날이 무시무시한 소문 속의 구석방으로 불려가는 날이었다. 마취 팀에 외과 팀까지 일곱 명은 되는 사람들이 쳐다보니 괜히 지기 싫었던 나도 '오라면 못 갈 줄 알고?' 하는 태도로 선배 뒤를 따랐다. 그 방까지 따라 걸어가는 짧은 시간 동안 어떻게 할 것인가 생각했다. 잘못했다고 빌까? 내가 그 순간 왜 그랬을까? 나 이제 어쩌지? 무표정한 얼굴 뒤로 내가 저지른 일에 마음만은 이미 울고 있었다.

나는 방문을 그냥 열어놓을까 닫을까 고민하다가 혹시 왕창 깨지면 창피하니까 방문을 닫고 돌아섰다. 선배가 싸늘한 눈빛과 말투로 묻는다.

"너 아까 그 눈빛, 그거 뭐야?"

"제 눈빛이 뭐요?"

"아까 그 눈빛 뭐냐고?"

"눈빛이 뭐요?"

선배가 당황하는 모습이 느껴졌다. 사실 나도 말대답하는 그 순간이 너무 떨렸지만 이미 사고는 쳤다. 이렇게 된 이상… 이겨야 해.

"내가 거즈 다시 정리하라고 했더니 굉장히 불만 있는 눈빛으로 날

개고생 혹은 진정한 배움
: 한국 종합병원에서의 3년 1개월

봤잖아. 그 태도 어디서 배웠어?"

"전 그런 식으로 선배 본 적 없어요."

"너가 그렇게 봤잖아."

"아니요. 그렇게 안 봤어요. 제가 그렇게 안 봤다는데 선배가 그렇게 느꼈다면 그건 그렇게 느낀 선배 탓이지 제 탓인가요?"

속으로는 벌벌 떨면서도 목소리만은 차갑게 대답을 이어갔다. 선배는 대답 없이 나를 노려봤다. 역시나 속으로는 벌벌 떨면서도 '노려보려면 노려보시던가요. 노려보면 답 나와요?' 하는 눈빛으로 나도 선배를 보았다. 나 이제 어떻게 되는 거지? 아, 무서워…. 정적과 함께 영원한 것 같은 시간이 지나간다. 선배가 정적을 깼다.

"난 이제 절대로 널 가르치지 않을 거야!"

선배가 차갑게 이 말을 내뱉고는 방문을 꽝 닫고 나갔다. 나도 공포의 수술실 뒷방을 빠져나와 아무렇지 않은 척 수술방으로 들어섰다. 방에 있던 사람들은 궁금해하면서도 아무것도 묻지 않았다.

아마도 그날 그런 내 속의 무너짐이 있어서 감히 선배에게 대들었는지도 모른다. 될 대로 돼라 싶은 마음. 그렇게 그 일이 있고 며칠은 가슴 두근거림의 연속이었다. 그동안 날 못 잡아먹어 안달이었는데 말대답까지 하고 이제 날 어떻게 예전보다 더 심하게 괴롭히려나, 언젠가 다가올 그날을 기다리며 조마조마하게 하루하루가 지나갔다.

동기들의 사정도 다르지 않았다. 올드 간호사들끼리도 눈에 보이지 않게 그룹이 나뉘어 있었기 때문에 모두의 사랑을 받는 신규 간호사 같은 것은 없었다. 난 그저 나일 뿐인데, 진짜 내가 어떤 사람인지 보여줄 시간도 정신도 없이 일만 바쁘게 배우는 신규 간호사일 뿐인데, 그런 모습이 누군가는 마음에 든다며 잘해주고, 그 누군가와 반대편에 있는 그룹의 간호사들은 단지 그 간호사가 나를 좋아한다는 이유로 나를 미워한다. 그러고는 무언가 빌미를 만들어서는 "C가 잘해줘서 쟤가 저 모양이지. 타지를 않아서 저래, 쟤가"라고 비아냥거린다.

"저기요, 선생님, 제가 누구에게 대단히 돌봄이나 받고 그런 말 들으면 억울하지나 않지요. 타지를 않아서 저런다니, 제가 뭐가 어떤데요? 제가 얼마나 더 타야 속이 시원하신데요?"라고 선배에게 대들며 하고 싶었던 말을 동기는 맥주잔을 비우며 나에게 말했다.

"야, 걔네(퇴근 후 동기와의 술자리에선 '선배'나 '선생님' 같은 단어는 없다. 그저 다 '걔'일 뿐)는 왜 그렇게 사이가 안 좋은 거야?"

"내가 알게 뭐야? 지들이 사이가 안 좋은데 왜 나한테 난리야?"

이런 대화는 오프가 맞아 동기와 만나는 날 저녁이면 맥주와 함께 반복되었다. 동기의 이야기를 듣다 보면 병동이나 중환자실의 경우 그 태움이라는 것이 인계 중에 일어나는 것 같았다. 환자 한 명을 간호사 한 명이 24시간 볼 수 없으니 8시간으로 쪼개서 3교대로 간호하고 그 하루 3번의 교대 시간에 환자의 상태 변화와 앞으로의 계획에 대한 인계가 이루어진다. 환자 한 명마다 해야 할 것이 주르륵 있는데 그런 환자를 여러 명 보다 보니 아무리 노력해도 하나둘 놓치는 일이 생긴다.

물론 수술받을 환자를 금식시키는 일같이 중요한 일은 놓치지 않을뿐더러 놓칠 경우 혼나도 당연하지만 뭔가 '이런 일로 타다니, 나 진짜 억울해!' 하는 일도 있다.

"이 약 왜 바뀌었니? 이 환자 이미 심장이 이렇게 빨리 뛰는데 이 약을 주면 어떡해? 이 약 부작용이 뭐야?"

"심박수 증가요."

"알면서 준다고?"

"아니, 제가 레지던트 선생님께 이야기했는데 그냥 주라고…."

"그냥 주라면 주는 거야? 무식한 의사랑 간호사가 환자 잡지?"

아니, 저보고 어쩌라고요? 말했는데도 주라는데 어쩌라고요? 저는 이제 신규인데 레지던트 선생님이 낸 오더가 마음에 안 든다고 싸우라고요? 그럼 선생님이 대신 싸워주시던가요!

이런 경우도 있다. 어떤 환자는 장에 문제가 생겨서 끊임없이 대변을 지린다. 매번 가운과 시트를 갈아주는데 환자가 타이밍도 적절하게 인계 딱 1분 전에 대변을 지린 것이다. 그러면 인계 중 올드 선생님이 이렇게 비아냥거린다.

"넌 환자 똥도 안 치우지? 환자 저렇게 계속 놔두는 거지?"

"아니에요, 선생님. 계속 치웠는데…."

"아니긴 뭐가 아니야. 너 환자 이런 식으로 볼 거야?"

헐… 나 진짜 억울하다고요! 오늘 그 환자 침대 시트만 백번 갈아드렸다고요! 왜 안 믿는 거야? 난 이런 이야기를 친구에게 전해 듣기만 하는데도 억울해서 맥주가 목구멍으로 꿀떡꿀떡 넘어갔다.

어째서 우리는 '우리 선생님들 다 너무 좋아. 얼마나 잘해주시는지 몰라. 우리 과 분위기 완전 좋은 것 같아'라는 말을 한 번도 그 어떤 신규에게서도 들어볼 수 없었을까? 왜 '네가 생각하기에 그 약을 주면 안 될 것 같아 이야기했는데도 레지던트 선생님이 주라고 하면 일단 나한테 와. 그럼 내가 레지던트 선생님이랑 상의해볼게'라고 든든하게 말해주는 올드 선생님 이야기는 들을 수 없었을까? 병원 내엔 신규들도 행복해할 분위기 좋은 과는 정말 존재하지 않을까? 정말 올드 선생님 말처럼 신규들이 덜 타서 그런 걸까? 좀 더 호되게 타면 과 분위기가 좋으려나? 그럴 리가 없다. 힘든 이야기만 있는 이곳에 무언가 문제가 있는 것이 분명하다. 그래서 무의식중에 '선생님, 선생님이 문제예요. 제가 아니고요'라며 나는 감히 선배에게 대든 것이 아닐까? 물론 이건 나 좋을 대로 해석한 것이다.

선배와 그런 일이 있은 후 기대와 달리 아무런 일도 벌어지지 않았다. 오히려 일은 잘 풀렸다. 그녀는 나에 대해서 아무런 신경을 쓰지 않았고 그 삶이란 너무 평화로웠다. 쓸데없는 미움을 폭발시키지 않아도 되는 선배에게도, 쓸데없는 미움을 받지 않아도 되는 나에게도 그 사건 이후의 시간은 그야말로 불필요한 감정적 낭비가 없는 건설적 시간들이었다. 그리고 그때의 그 선배보다 더 시니어가 된 지금에 와서 그 당시 선배를 생각하면 참으로 귀엽다.

그녀는 선배에게 사랑받고 싶어 하는 신규의 마음과 똑같이 신규가 자신을 다른 선배들보다 더 사랑해줬으면 하는 사람이었다. 자신이 선배들에게 하듯이 후배들도 자신에게 존경과 애정을 보여주길 바라는 사람이었다. 모두에게 주목을 받고 사랑을 받았으면 하는 내적 결핍이 있는 사람이었다. 신규가 어서 자신만큼 일을 잘해서 일을 잘 못하는 신규의 몫까지 자신이 힘들게 떠맡지 않았으면 하는, 힘든 게 싫은 보통의 사람이었다. 병원이 원하는 대로 병원에서의 삶이 자기 삶의 대부분을 차지하는, 병원 외의 세상이란 상상조차 하지 않던 좁은 시야의 사람이었다. 겨우 널 이제 가르치지 않겠다는 말을 최고의 위협으로 던지고 가던 '악'과는 거리가 먼 사람이었다.

하지만 그런 평화로웠던 시간 뒤로 오히려 미움을 가슴속 깊이 쌓아두고 진상을 부릴 준비를 하고 있었던 것은 선배가 아닌 바로 나였다.

복수, 탈출 그리고
밟은 지뢰밭

환자는 많고 일은 힘들어서 들어오는 레지던트들마다 몇 달 후에 도망치던 신경외과에서 두 번째 전임 간호사를 뽑기로 결정했다.

신경외과 전공의는 일도 힘들지만 '4년만 참자!' 하고 그 힘든 일을 다 견뎌내고 전문의가 된다 한들 이미 포화 상태인 종합병원에 스태프로 남는 것은 거의 불가능했다. 신경외과만이 아니었다. 성형외과와 안과를 제외한 거의 모든 주요 외과가 상황이 비슷했다. 게다가 환자들은 수술해야 할 일이 생기면 '서울에 있는 큰 병원'을 찾다 보니 지방에 있는 종합병원들도 수입이 줄고 있는 마당에 의사 한 개인이 돈을 들여 개인 병원을 차린다고 한들 투자금을 회수하기도 힘든 실정이었고 사정은 더욱 나빠지고 있었다.

'사람의 목숨을 살린다'라는 말에 가장 잘 들어맞는, 종합병원의 가

개고생 혹은 진정한 배움
: 한국 종합병원에서의 3년 1개월

장 핵심적인 과 중에 하나인 일반외과, 신경외과, 흉부외과 같은 과들은 인기가 급속도로 식어갔다. 상황이 그렇다 보니 지원하는 전공의가 한 명도 없어 교수님이 전공의 일까지 하던 흉부외과는 이미 두 명의 전임 간호사가 있었고, 두 명의 전공의와 도망갔다가 잡혀오기를 반복하다가 결국 적응하지 못하고 그만둔 1년차 전공의가 있던 신경외과가 외과계에서는 두 번째로 전임 간호사 제도를 도입했던 것이다.

이런 신경외과에서 두 번째 전임 간호사를 뽑을 거라는 이야기를 듣고 해보면 어떨까 생각은 해봤지만 깊게 고민하지는 않았다. 워낙 첫 번째로 뽑았던 전임 간호사 선생님이 일을 잘하고 있었고, 그분만큼 잘해낼지도 의문인데다 수술실 경력만 있는 내가 병동이나 신경외과 중환자실의 일을 전임 간호사라는 이름에 걸맞게 잘 배워나갈지 확신이 서지 않았다.

지원 마감일이 다가오던 어느 날, 누군가가 날 열심히 태우던 그 선배가 그 자리에 가고 싶어 한다는 소식을 알려주었다. 나를 힘들게 할 뿐이지 그 선배는 수술실 간호사로서 훌륭했고 뽑힌다고 해도 전혀 이상하지 않을 일이었다. 하지만 그 소식을 듣는 순간, '그 선배가 그 자리에 가고 싶어 한다고? 그럼 당연히 지원해야지. 그 선배 못 가게 내가 그 자리 갈 거야'라고 내 속의 악마가 다짐하고 있었다. 객관적으로 생각해도 우리 둘의 경력만 비교한다면 그 선배가 뽑힐 확률이 높았다. 그래도 지원할 거야! 되든 안 되든 해볼 거야! 내가 방해할 거야아아아아아!

결과는 싱거웠다. 공식적으로 발표가 나기 전에 신경외과에서 내게 넌지시 이야기를 꺼냈다. "이번 봄 학회 등록하게 필요한 것 적어서 용 간호사에게 줘." 학회에 같이 간다는 말. 그 선배는 신경외과 학회에 안 가는데 나는 간다. 그 말인즉 내가 내정됐다는 말이었다. 첫 번째 전임 간호사 선생님이 병동과 중환자실을 잘 지키고 있었기 때문에 두 번째 전임 간호사의 일은 수술실을 중심으로 돌아가는 것이었다. 병동이나 중환자실에 대한 지식이 부족했지만 수술실에서 신경외과와 자주 손발을 맞췄던 수술실 경력의 내가 신경외과에선 적임자라고 생각을 했고 결국 그 자리에 가게 되었다.

첫 번째 전임 간호사 선생님 역시 수술실 경력이 있었다. 그분은 내가 수술실에 처음 들어왔을 때 5년차 선생님이었고 얼마 후 신경외과 전임 간호사로 발탁되어 수술실을 떠나게 되었다. 그분이 잘하신 덕분에 어쩌면 있었을지도 모를 신경외과 병동 지원자를 물리치고 내가 됐는지도 모른다. 누군가는 반대로 생각할지 모르겠지만 병동 간호사를 뽑아 수술실 일을 가르치는 것보다는 수술실 간호사를 뽑아 병동 일을 가르치는 게 더 빠르고 수월하다고 신경외과 교수님들이 생각했던 것도 한 가지 이유였다.

내가 그 자리에 확정되었다는 이야기를 듣자마자 궁금한 것은 딱 한 가지였다. '선배는 정말 지원했을까?' 소문대로 그 선배가 진짜로 지원을 했는지 안 했는지는 아직도 모른다. 알아볼 수도 있었지만 알고 싶지 않았다. 그 선배가 지원을 했지만 경쟁 끝에 내가 그 자리에 갔고 나는 복수를 했다라는 내 마음속 시나리오로 2년이 넘도록 선배에게 당한 설움을 위안받고 싶었다. 수술실을 커버하는 목적으로 뽑힌 것이라 신경외과 전임 간호사 일을 시작하고도 그 선배를 만날 일은 물론 많았다. 거의 매일 봤다. 하지만 나를 직접적으로 태울 명목은 없었고 그 사실을 그 선배 또한 잘 알고 있었던 터라 우리 사이엔 아무 일도 벌어지지 않았다.

그렇게 지난 몇 년간 나를 힘들게 하던 상황으로부터 내 힘으로 잘 벗어났다고 기뻐한 것은 잠시였다. 수술실에서의 힘들고 다사다난했던 2년 6개월을 뒤로하고 탈출구로 삼은 신경외과 전임 간호사 일이 문제였다.

너무 많은 가능성 속에서
길을 잃다

전임 간호사 시스템이 생기던 초창기라 전임 간호사의 일이란 것이 명확하지 않았다. 대충 인턴 선생님의 일을 하면서 1년차 전공의 선생님의 일도 하는, 이를테면 의사가 할 필요는 없지만 병동 간호사 일은 아니라 병동에도 부탁할 수 없는 그런 일들이 전임 간호사의 일이었다. 물론 전임 간호사는 '간호사'이지 의사가 아니었기 때문에 의사 면허가 있어야만 할 수 있는 검사를 오더한다거나, 시술을 한다거나, 약을 처방하는 일은 할 수 없었다.

하루 일과는 이랬다. 오전 6시 30분까지 신경외과 의국으로 출근을 한다. 7시에 다 같이 간단히 아침을 먹으며 회의를 한다. 1년차 선생님이 밤새 들어온 신환(새로운 환자)과 재원 환자의 상태 변화나 검사 결과를 리뷰하고 치료 계획을 교수님들에게 보고한 후 7시 30분부터 병동의 담당 간호사들과 함께 회진을 돌기 시작한다. 회진 중에는 주로 회의 중 있었던 내용을 짧게 요약해서 다시 한 번 이야기하고 상태 변화가 심한 환자들을 중심으로 교수님들이 직접 환자의 상태나 환부를 확인한다.

병동의 담당 간호사는 외과 팀이 간혹 놓쳤거나 다시 환기할 만한 내용을 전달하고 동시에 아침 회진을 통해 오늘 하루 환자에게 계획된 일정을 다시 확인한다. 간호사나 주치의들에게 이미 전해 들은 이야기도 교수님의 입을 통해 들으면 더 마음이 놓이는 환자와 보호자들의 심정을 잘 아는 터라 상태가 안정적인 환자들에게는 교수님들이 다시 한 번 경과와 계획을 확인해주는 일도 회진 중에 이루어진다.

이렇게 팀이 우르르 몰려와서 한껏 분위기를 잡고 알지 못할 소리를 떠들다가 금세 사라지니 한번은 젊은 환자가 민망하게 웃으며 말했다.

"저기, 제가 알아들을 수 있는 말로 해주시면 안 되나요?"

환자가 용기 내서 물어보는 모습이 귀여우면서도 '이미 환자분도 다 아는 이야기라 듣고 나면 별것 아니군 하실 텐데' 싶어 속으로 미소가 지어졌다. 서비스가 강조되는 환경은 그때도 같았을뿐더러 환자가 검사나 처치에 대해 자세한 설명을 듣지 않고 치료받았다가 부작용이 생길 경우 법적인 문제가 있기 때문에 모든 의료 행위 전후의 설명은 필수였다. 정해진 회진 시간 내에 교수님들이 빠르게 요약해서 설명하다 보니 의학 용어와 약어가 남발할 뿐 이미 환자들도 아는 내용이다.

무척 심각해 보이는 회진 시간이지만 가끔은 웃긴 일도 있다. 오후에 간단하게 회진을 돌고 있는데 한 환자가 짜장면을 먹고 있었다. 분위기 잡고 환자와 이런저런 이야기를 하는 와중에도 머릿속엔 '아… 짜장면 맛있겠다. 오늘은 퇴근하고 짜장면이나 먹을까?'라는 엉뚱한 생각이 가득했다. 그렇게 회진을 마치고 역시나 다 같이 우르르 의국으로 돌아왔는데 의국 문이 닫히자마자 교수님 왈, "짜장면 시켜!" 그렇죠? 환자가 짜장면 드시는 것 보고 저만 먹고 싶었던 것 아니죠? "넵! 교수님, 제가 시킬게요! 그런데 탕수육은요?"

환자의 상태 변화와 아침 회진 후 이루어진 검사 결과에 따라서 하루에 아침, 저녁으로 두 번 혹은 그 이상 회진을 돌기도 한다. 이렇게 아침 회진을 돌다가 수술이 있는 팀은 8시에 맞춰서 수술방으로 들어가고 남은 팀은 계속 회진을 돈다. 회진이 다 끝나는 시간이 9시 정도. 그러면 그때부터 나 혼자 병원 내 모든 신경외과 환자의 드레싱을 하러 다닌다. 환자가 많을 때는 70명 안팎, 없을 때는 40명 안팎이라 빛과 같은 속도로 드레싱을 해도 일이 다 끝날 때쯤은 점심시간이 되어 있다. 물론 그 환자들이 다 드레싱이 필요한 것은 아니기 때문에 그나마도 점심시간 전에 끝낼 수 있었던 것이다.

이곳에서의 점심시간은 수술실에서와는 완전히 달랐다. 수술실에선 수술하던 중에 점심시간이 되면 올드 선생님이 내가 점심 먹을 동안 잠시 수술을 맡아줬기 때문에 병원 식당에서 수술실 탈의실로 배달되어 온 점심을 가능한 빠른 속도로 먹고 수술실로 다시 돌아가야 했다. 공

개고생 혹은 진정한 배움
: 한국 종합병원에서의 3년 1개월

PART
1

059

식적인 점심시간은 30분이었지만 그 누구도 그 시간 동안 점심을 먹는 사람은 없었다. 식당으로 점심을 먹으러 내려갔던 올드 선생님들조차 10분 만에 밥을 다 드시고는 수술실로 돌아오곤 했다. 하지만 신경외과 전임 간호사를 하는 동안엔 어차피 그 시간엔 환자들은 물론 교수님들도 다 밥을 드셨기 때문에 나 역시 30분간 느긋하게 밥을 먹었다. 입에 들어가는 음식 맛을 느끼며 느긋하게 먹을 수 있다는 것만으로도 조금은 사람 사는 것 같다는 기분이 들었다.

점심을 먹고 돌아온 이후엔 대부분의 시간을 수술실에서 보냈다. 전공의들이 병동이나 중환자실, 응급실 일로 바빠서 수술에 못 들어오면 내가 들어가서 어시스트를 하는 방식이었다. 물론 크고 중요한 수술에는 첫 번째 어시스트로 들어가는 일은 없었다. 내가 들어가는 수술들은 비교적 간단한 응급수술이나, 큰 수술에 들어가더라도 두 번째 어시스트의 역할이었다.

수술실 간호사로서 수술에 들어가는 것과 어시스트로 수술에 들어가는 것은 역할이 다르다. 하지만 그간 어시스트들이 어떤 일을 하는지 잘 봐왔기 때문에 일은 크게 어렵지 않았다. 주의해야 할 점도, 신경 써야 할 점도, 수술이 어떻게 진행되는지도 잘 알고 있었다. 게다가 수술실 간호사로 일할 땐 수술실이 그렇게 불편했는데 신경외과 전임 간호사가 된 이후론 병동, 중환자실, 응급실 일은 낯설고 그나마 수술실 일이 익숙하니 오히려 수술실에서의 시간이 편안했다.

문제는 드레싱을 하지 않거나 수술실에 있지 않는 시간이었다. 특별한 일이 없는 한 나는 대부분의 시간을 의국에서 보냈다. 지금 생각하면 너무 후회되고 바보 같은 시간이었다. 외래도, 병동도, 중환자실도, 응급실도 전임 간호사들에게 호의적이었기 때문에 내가 원한다면 신경외과 환자가 지나가는 모든 곳, 심지어는 방사선과 일도 가까이서 보고 익힐 기회가 있었다. 쉽게 주어지는 기회가 아니었음에도 그 당시에는 내가 갖고 있는 전임 간호사라는 타이틀이 얼마나 많은 가능성을 열어줄 수 있는지 알지 못했다. 보고 배울 것이 많았음에도 나는 내가 아는 일이 전임 간호사 일의 전부라고 믿고 싶었다.

그러나 같이 일하던 선배 전임 간호사 선생님은 나와 달랐다. 모든 환자의 상태를 꿰뚫고 있었고 전공의들도 긴가민가하게 기억하는 부분들을 확실하게 기억하고는 교수님들의 질문에 대답을 했다. 모든 환자에게 들어가는 약의 이름과 용량을 알고 있었다. 그 선생님이 자리에 없는 동안 변화된 환자의 상태조차 알고 있었다. 주말 동안 일어난 일은 물론이다. 정말 놀라웠다. 어떻게 다 아는 거지?

몇 달이 지나도록 환자 파악이 안 되던 나는 바쁜 전공의들 대신 교수님과 오후 회진을 돌 때면 내가 얼마나 환자에 대해서 잘 모르는지 스스로 잘 알고 있었기 때문에 교수님들이 환자에 대해서 질문할까 봐 조마조마했다. 그리고 몇 번은 대답을 못하기도 했다. 아니다. 대부분의 질문에 대답을 하지 못했고, 몇 번 대답을 했다. 부끄럽지만 이게 사실이다.

우리 병원 신경외과에선 그 선생님이 첫 번째 전임 간호사임에도 경계가 불명확할 수 있는 전임 간호사의 일들을 별다른 시행착오 없이 잘 확립하고 수행했기에 내가 나아가야 할 방향은 확실했다. 눈앞에 명확한 롤 모델이 있었다. 그 선생님이 지나간 길만 잘 따라가면 되는 것이었다.

선배는 응급실에 신경외과 응급 환자가 있는지, 어떤 환자가 있는지 궁금해했고, 어제 수술받은 환자들은 상태가 어떤지, 중환자실 환자들은 병동에 올라갈 정도로 상태가 나아졌는지, 병동 환자들은 퇴원을 할 수 있는지, 퇴원한 환자들은 잘 지내는지 궁금해하면서 그들의 외래 방문도 가서 확인했다. 머릿속의 출혈 때문에 협조가 잘 안 되는 환자가 CT는 잘 찍고 있는지도 궁금해했고, 약 용량을 바꾼 후 환자의 반응이 어떤지도 궁금해했다. 말 그대로 선배는 환자 한명 한명을 다 궁금해했다. 선배와 나의 차이는 단순히 환자를 얼마나 알고 있느냐가 아니었다. 신경외과 전임 간호사 역할에 대한 자부심, 환자에 대한 관심, 신경외과에 대한 애정, 이 모든 것이 그 모든 차이를 만들고 있었다.

문제는 나였다. 내가 원해서 온 게 아니라 누군가에게 상처를 주기 위해서 온 자리. 애초에 나에겐 그 기대와 지지에 부응할 만한 의지가 없었다. 전임 간호사 자리를 향한 의지는 그게 내 자리로 확정되는 순간 사라졌다. 좋은 기회를 잡고도 나는 곧 놓아주어야 했다.

수술실과는 다른
병동 생활

입사하고 바로 수술실로 배정되었기 때문에 신경외과 전임 간호사가 되어 실습 이후 처음 돌아온 병동은 많이 낯설었다. 일단 큰 창으로 쏟아지는 햇빛. 병동을 떠올릴 때면 의외로 가장 처음 생각나는 것은 햇빛이 가득 쏟아지던 병원 6층에 있던 신경외과 병동 간호 스테이션의 모습이다. 신경외과 전임 간호사가 된 이후로 사람들이 가장 먼저 물어보는 질문은 이것이었다.

"수술실하고 지금하고 어디가 더 좋아요?"

장단점이 다 막강해서 어디가 더 낫다 나쁘다는 말할 수 없었지만 수술실 밖을 나와서 정말 좋은 것은 언제 어디서나 넓은 창문으로 밖을 볼 수 있다는 것이었다. 비 오는 것도, 비 오는 소리도, 바람도, 햇빛도, 해가 뜨거나 지는 것도, 더위도 직접 느낄 수 있었다. 그런 걸 직접

개고생 혹은 진정한 배움
: 한국 종합병원에서의 3년 1개월

PART
1

보고 느끼지 못하는 것이 얼마나 답답한 일인지는 경험해보지 않은 사람은 모른다. 사방이 막힌 수술실 안에서 빛이라고는 형광등과 무영등의 인공조명뿐인 환경. 비 오는 날의 축축함도, 햇빛 가득한 날의 뽀송함도 수술실 필터를 통해 들어오는 공기의 미묘한 습도 차이로밖엔 느낄 수 없었다. 하루 10시간 창문 없는 수술실에서 지내고 밖으로 나왔는데 퇴근이 늦어 바깥조차 어둠이 가득하면 그때는 정말 기분이 더욱 가라앉았다.

"병동엔 창문이 가득해서 좋아요."

나의 이런 대답에 수술실을 경험해보지 못한 사람들은 "뭐 그런 게 좋아요?"라며 어이없는 미소를 지었다. 물론 내가 이런 팔자 좋은 감상이나 하고 있을 수 있었던 것은 병동 간호사들과는 달리 없어진 휠체어, 드레싱 세트 등의 숫자를 맞추기 위해 퇴근도 못 하고 병원 여기저기를 뛰어다니지 않아도 됐고, 눈치 볼 올드 선생님도 없었기 때문이다. 신규나 주니어 간호사들은 창밖의 햇빛이고 뭐고 감상할 시간도 없이 바쁘게 일했고 무서운 책임 간호사 선생님의 눈 밖에 나지 않기 위해 정신이 없었다.

팔자 좋은 감상 외에 하나 더 달랐던 점은 '환자가 잠들어 있지 않다는 것'이었다. 2년이 넘도록 잠들어 있는 환자나 깨어 있어도 10분 안팎에 수술을 앞둔 긴장감에 아무 말도 못 하는 환자들만 봐왔다. 그러다 병동에서 움직이고 말도 하는 환자를 보니 너무도 당연한 것임에도

'오, 환자가 말도 해…'라고 종종 비현실적으로 느껴질 때가 있었다. 환자들은 말하고 움직이기만 하는 것이 아니었다. 하루는 스테이션에서 차트를 확인하고 있는데 큰 소리가 들렸다.

"내 마누라 이렇게 만든 의사 새끼 나오라 그래!"

술에 잔뜩 취한 사십 대 초중반의 남자가 간호사 스테이션에서 난동을 부렸다. 그 부인은 얼마 전 뇌 속의 동맥류가 파열되어 응급실을 통해 내원한 분으로 응급수술을 받고 중환자실을 거쳐 병동에서 회복 중이었다. 뇌동맥류 파열은 발생할 경우 30~40퍼센트의 환자가 사망하는 신경외과 질환 중에서도 가장 심각한 질환 중 하나로, 수술이 잘 이루어지더라도 많은 환자가 국소 마비나 언어 장애 등의 후유증을 겪는다. 뇌동맥류 파열로 의심되는 환자가 내원할 경우 일단 빠르게 진단하고 수술을 해서 환자의 목숨을 구하는 것이 첫 번째 목적이 된다.

보호자는 환자가 수술을 잘 받고 회복해서 병동으로 옮겨졌음에도 부인이 수술 이전처럼 말도 잘 하지 못하고 팔다리도 예전만큼 움직이지 못하니 그 속상한 마음을 풀고 있었다. 비교적 젊은 나이에 장애를 안게 되었으니 환자와 그 가족의 마음이 어떨지 이해하면서도 한편으론 보호자의 난동이 점차 심해지고 평생 들어보지 못했던 욕을 들으니 이런 마음이 들기 시작했다. '물에 빠진 사람 구해놨더니 보따리 내놓으라 한다는 속담이 이런 소린가?' 물론 병원이 공짜로 환자를 고쳐주는 것도 아니고 그간 우리가 쏟은 시간과 노력에 환자가 감사해야 한다는 것도 아니다. 하지만 동시에 최상의 결과를 끌어내기 위해 노력했음에도, 그 어떤 의료적 과실이 없었음에도 발생한 후유증에 이런 욕을 들어야 하는 것도 아니다.

그때 신규 간호사와 중환자실에서 신경외과 병동으로 올라오는 환자를 인계해주는 간호사를 잡을 때만 카리스마가 넘치는 것이 아니었던 책임 간호사 선생님이 나섰다. 그 넘치는 카리스마는 어쩌고 이럴 때 뒤로 쏙 빠지면 두고두고 중환자실 동기와 함께 욕을 할 생각이었지만 다행히 그런 분은 아니었다. 오, 선생님! 이럴 때도 카리스마 넘쳐주셔서 감사합니다!

하지만 술에 취한 보호자는 그 카리스마에도 진정되지 않았다. 낮은 연차의 간호사들은 그가 소리를 지르고 병동 바닥에서 난동을 부리는 틈을 타 혹시 모를 일을 염려하여 스테이션에서 무기가 될 만한 것들을 치우고 숨기기에 바빴다. 같은 층에 있던 환자와 보호자들이 멀리서 상황을 지켜보고 있었다. '하, 이게 뭐야…?' 한숨이 나왔다.

같은 간호사임에도, 아니 오히려 병동 간호사들보다 환자에 대해서 아는 것이 없는 경우가 많았음에도 단지 내가 간호사 가운이 아니라 흰 가운을 입고 있다는 이유로 어떤 환자와 보호자는 더 신뢰를 보이기도 했다. 전임 간호사라는 이름표가 가운에 달려 있기도 했고, 그렇지 않더라도 그들 모두 내가 의사가 아닌 간호사라는 것을 잘 알고 있었다. 그럼에도 이것이 바로 흰 가운의 위력이란 것인가 싶은, 편리하면서도 씁쓸한 순간이 있었다. 우리 모두 그 사실을 잘 알고 있기에 책임 간호사 선생님은 흘깃 나를 보며 한마디 해달라는 신호를 보냈다.

"보호자분, 진정하세요. 저랑 이야기 좀 하세요."

"넌 누구야? 의사 나오라 그래, 의사! 내 마누라 저렇게 만든 의사 새끼 나오라 그래!"

그러나 꼭 통했으면 하는 순간에 흰 가운은 통하지 않았다. 그는 아무리 술에 취했어도 내가 간호사인 것은 기억하고 있었던 모양이다.

나의 설득도 통하지 않자 결국 신경외과 4년차 레지던트인 치프 선생님을 호출했고, 보호자는 치프 선생님을 보자 그제야 마음이 조금 누그러진 듯 혹은 그제야 술기운이 조금 사라지고 제정신이 돌아온 듯 목소리를 낮추고 대화를 시작했다. 병원 경비를 불러도 될 일이지만 우리 모두 보호자가 대화를 하고 싶은 상대를 알고 있었고, 사실 하고 싶은 것은 속상한 마음을 표현하는 것뿐이라는 것을 잘 알기에 경비 대신 치프 선생님을 불렀던 것이다.

아무도 환자를 일부러 그렇게 만들지 않았다. 안타깝지만 최선을 다한 최상의 결과가 현재로선 지금의 상태임에도 환자나 보호자 입장에서는 받아들일 수 없었을 것이다.

병동엔 퇴원하는 환자들이 고맙다며 놓고 가는 케이크만 있는 것이 아니었군! 이런 이벤트라니! 하지만 아마도 응급실엔 이보다 더 많은 이벤트들이 매일매일 끝도 없이 일어날 것이다. 안 그래도 이 이야기를 대학 동기들과 오랜만에 만난 자리에서 꺼내자 응급실에서 근무하던 동기가 "야, 뭐 그 정도 일로 그래? 지난번에 우리 응급실엔 조직폭력배들이 와서는 말이야…"라며 무용담을 늘어놓았다.

대부분의 환자가 잠들어 있는 중환자실과 수술실에서는 경험할 수 없는 일들. 반년이 조금 넘는 시간 동안 단 한 번 겪었던 이런 일을 하루가 멀다 하고 겪을 응급실 간호사들을 생각하면… 당신들은 정말 대단해!

또 다른 가능성

 전임 간호사로서 명료하게 나아가야 할 길이 있음에도 불구하고 그 길을 보지 못하고 의국에 가만히 앉아 있을 때면 망망대해에 떠 있는 기분이었다. 이런 기분을 느낀 것은 일을 시작하고 겨우 두 달 후였다. 어쩌면 나는 스스로에게 너무 많은 기대를 했는지도 모른다. 잘한다고 뽑혔으니 누구보다 빨리 신경외과 전임 간호사로서 역할을 잘 해내겠지? 한두 달 후면 나도 선배만큼 해내겠지? 아무런 실행도 하지 않으면서 막연히 시간이 지나면 그런 날이 저절로 오리라 생각했던 것이다.

수술실 일을 배우는 데도 1~2년이 걸리는데 응급실에, 병동에, 중환자실까지 각 부서의 담당 간호사만큼은 아니더라도 그 비슷하게라도 그들의 일을 대충은 이해하려면 '6개월 후엔 병동 2년차만큼은 환자를 파악하자'와 같은 구체적인 목표를 정해놓고 나 자신에게 최소 1~2년의 시간은 줬어야 하는 게 아닌가 생각한다.

　수술실에서 일을 배울 때처럼 옆에 딱 붙어서 내 일을 체크하는 사람은 없었다. 그래서 더 현실을 잘 파악하고 스스로 적당한 목표를 세워서 실행하는 것이 중요했지만 나는 그러지 않았다. 그런 생각을 하지 못했다. 선배와 교수님들은 선배가 워낙 혼자 잘 해왔으니 나 역시 선배처럼 혼자 잘 배우고 익히리라 믿고 있었다. 성인이고 3년차 간호사인 나를 혼자 알아서 잘하겠지 하고 믿는 것은 당연한 일이었다. 그들의 믿음은 오히려 고마운 것이었지 전혀 잘못된 것이 아니었다. 그런 믿음 뒤로 괜히 나 혼자만 다급하고, 실망하고, 좌절하고, 속으로 생쇼를 하다가 두 달 만에 나가떨어진 것이다. 내가 문제였다.

　그렇게 나 자신에게 실망하고 우울하게 하루하루를 보내고 있었다. 여전히 아침 6시 30분까지 출근을 하고, 그 많은 환자의 환부를 소독하고, 수술에 들어가고, 응급수술이 있으면 가끔은 자정까지 수술을 하고 아침 6시 30분이면 또다시 출근을 했다. 주말이면 전공의 선생님들과 토요일 오후까지 남아서 환자와 수술 장부 정리를 하고 밀린 차트 쓰는 것을 도왔다. 하루하루 뭔가는 하는 듯했지만 맥없이 흘려보냈다. 매일매일은 바빴지만 내 인생 전체에서 본다면 아무것도 진행되지 않고 있었다. 나는 이제 어떻게 해야 할까 고민만 할 뿐 아무것도 눈에 보이지 않았다. 그러던 어느 날 평소와 다름없이 친구들을 만나서 이러저러한 이야기를 나누던 중에 B와 C가 미국에 가서 간호사를 하겠다고 했다.

"뭐? 미국? 미국엔 왜?"

같은 고등학교, 같은 대학교를 나와 같은 병원 중환자실에서 일하고 있던 C와 같은 코스로 1년 선배였던 B는 새로운 환경에서 우울해하고 있던 나에게 갑작스럽게 자신들의 계획을 밝혔다. 매일 병원에서 있었던 일 이야기를 하느라 바빠서 개인적으로 계획하는 미래나 희망 같은 것에 대해서 말하지 않았던지라, 그 이야기를 듣고 나는 조금 충격에 빠졌다. 소도시에서의 삶을 나와 함께 끝까지 추구할 줄 알았던 절친한 B와 C가 서울도 아니고 미국에 간다니! 취업하고 3년째에 찾아온 '나 이제 어떡하지?'에 이 친구님은 패닉 상태에 빠져 있는데 뭐라고? 너네 는 다음 계획이 있었어? 4, 5년차 선배들이 서울의 다른 병원에 경력직 으로 옮겨가는 모습을 봤기에 누군가 서울로 갈 수도 있겠다고 막연히 생각은 했지만 나만 놔두고 너네끼리 미국이라고?

집으로 돌아와 인터넷을 돌아다녔다. 당장 병원을 그만두고 외국에 가기로 결심한 것은 아니었지만 나에게도 B와 C처럼 다른 옵션이 있을 지 궁금했다. 설사 내가 그 옵션을 선택하지 않더라도 '아무것도 없어 서 여기에 있어야만 하는 것'과 '이 수많은 가능성 중에 내가 여기를 선 택했기 때문에 이곳에 계속 머무는 것'은 완전히 다른 이야기였다. 그 옵션을 선택하든 안 하든 내가 선택할 수 있는 옵션을 찾아내고 그 목 록을 늘려가는 것은 중요했다.

간호부의 뜬금없는
애정 혹은 만행

미국, 영국, 호주. 내가 선택할 수 있는 나라들이
었다. 나는 많은 고민 끝에 호주로 가기로 결심
했다. 호주 쪽에서 원하는 서류 작업의 시작과 함께 입학에 필요한 영
어 점수를 만들기 위해서 영어 공부도 바로 시작했다. 가입학 허가서도
안 나왔고, 입학에 맞는 영어 점수도 없는 시점이라 어쩌면 호주에 갈
지도 모른다는 말은 친한 친구들 빼고는 병원 내 누구에게도 말할 수
없었다. 신경외과 교수님들이나 선배 전임 간호사 선생님이 잘 챙겨줬
지만 역시 말씀드릴 수 없었다.

일단은 영어 공부를 한다. 그것만 생각하기로 했다. 오후 늦게 들어
온 응급수술로 일이 늦게 끝나건 아니면 제시간에 끝나건 간에 퇴근을
하면 병원 옆 학교 도서관에 가서 밤 10시까지 영어 공부를 했다. 너무
늦게 가서 30분밖에 공부를 할 수 없더라도 갔다. 몸은 힘들었지만 그

개고생 혹은 진정한 배움
: 한국 종합병원에서의 3년 1개월

PART
1

렇게 공부를 마치고 도서관에서 나와 집으로 돌아가는 그 순간, 묘하게 마음만은 가벼웠다. '나 이제 어떡하지?' 하는 막막한 고민은 더 이상 없었다. 밤공기가 상쾌했다.

　그렇게 영어 공부를 한 지 5개월 정도 되었을 때 한두 달만 더 하면 입학 점수를 만들 수 있겠다는 확신이 들었고 병원에 그만두겠다고 말해야 하는 시점이 왔다. 우리 병원은 그만두려면 2개월 전에 말을 해야 했다. 대체 그때 말하고 남은 기간 동안 그 눈치를 받으면서 어떻게 병원에 다니라는 건지 이해할 수 없었지만 그동안 잘 다니던 병원을 그냥 박차고 나올 수는 없었다. 여러 가지 일이 있었고 마음도 많이 다쳤지만 전체적으로 본다면 성적이 바닥인 나를 뽑아서 트레이닝해주고 3년차 간호사로 만들어준 고마운 사람들이 있는 고마운 곳이었다. 그만두는 날까지 눈치 보며 다니기 싫다고 어느 날 갑자기 병원에 안 나타나는 짓은 할 수 없었다. 일단은 직속상관인 선배 전임 간호사에게 말을 하고 그다음엔 신경외과 교수님들에게 말을 해야 했다. 퇴사 날짜를 입사 3년 1개월 시점으로 잡았기 때문에 그 날짜에 맞추려면 2개월 전에 꼭 말을 해야 했다.

　퇴사하겠다고 말하기로 한 날엔 떨려서 입이 떨어지지 않았다. 퇴사하겠다고 말하려던 날이 전임 간호사가 된 지 7개월 되던 시점. 겨우 뽑아났더니 7개월 만에 그만둔다고? 실망할까봐 겁이 났다. 사실 화를 내거나 나라는 인간에게 실망을 해도 받아들여야 할 상황이었다. 그동안 특별한 성과도 못 보여주었으니 좋은 소리 들으며 그만두는 게 더 이상했다. 디데이에도 말 못 하고, 그다음 날도 못 하고, 말할 상황을 계속 살피고, 가슴은 계속 쿵쾅거렸다.

드디어 전임 간호사실에 선배와 둘만 있었고 하던 이야기가 중단되어 침묵이 흐르던 시점.

"선생님, 저 그만두려고요."

"왜?"

"호주 갈 거예요."

"언제?"

"아마도 4개월 후쯤이요."

"그래."

너무 쉽게 선배는 웃으며 대답했다. 그러고는 곧 나를 데리고 신경외과 교수님들에게 가서는 역시나 웃으며 말했다.

"정인희 간호사 그만둘 거래요."

교수님들은 선배와 같은 질문을 했고 나는 같은 대답을 했다. 그리고 아무도 잡지 않았다. 모두 웃으며 "아, 호주 가기로 했구나. 그래"라고 받아들였다. 예상과 다른 반응에 마음이 놓이면서도 뭔가 이상한 기분이 들었다. 뭐지? 사실 내가 나가길 바라고 있었던 건가? 아니야, 아닐 거야! 교수님들 왜 저 안 잡으세요? 저 갑자기 막 서운해지려고 합니다!

그렇게 신경외과에 이야기를 하고 그다음은 간호부였다. 사실 간호부엔 통보라고 생각했기 때문에 신경외과에 말하고 난 이후엔 아무런 걱정을 하지 않고 간호부로 올라갔다. 항상 같이 일해온 신경외과에서 안 잡는데 나 같은 간호사가 있는지 없는지도 모르는 간호부에서 날 잡을 리가 없잖아. 하지만 내 예상은 놀랍게도 전혀 맞지 않았다.

"그만두지 마. 한림대학교 출신이 재단 병원을 그만두면 병원은 나중에 누가 이끄니?"

"하하하, 그러게요. 다른 한림대 출신이 잘 이끌겠죠."

나를 키워서 간호부장이라도 시킬 생각이었던 건가? 말도 안 되는 소리 하고 있네. 남아 있다 한들 내가 이끌 리는 없습니다. 그럴 생각도, 의지도, 야망도 없습니다.

"그만두지 않으면 병원에서 자매결연 맺고 있는 미국에 있는 병원에 3개월간 파견 보내줄게. 네가 호주 갈 정도로 영어를 그렇게 잘하면 거기 갔다 와."

"하하하, 미국 파견도 갈 수 있었군요. 그래도 그만둘래요."

우리 병원에서 미국에 있는 병원과 자매결연도 맺고 있었어? 그런데 저에게 왜 그러세요? 지난 2년 11개월간 입사할 때 빼고는 간호부하고는 아무런 접촉도 일도 없었건만 대체 간호부장님은 나에게 왜 이러시는 거지? 그리고 내가 남아 있다 한들 미국 파견은 나보다 올드 선생님들 보낼 거잖아요. 겨우 3년차인 나에게 기회가 올 리가 없잖아요. 게다가 3개월 갔다가 온다 한들 또 그대로잖아요.

그만둔다고 하면 '그래, 이 서류 작성해' 하고 끝날 줄 알았는데 뜬금없이 간호부가 그간 날 얼마나 애정하고 있었는지, 날 얼마나 더 사랑할 수 있는지 피력해오니 어이가 없으면서도, 고맙기도 하면서도, '그만두지 말까…' 하는 생각도 잠깐 했다. 예상하지 못한 곳에서 발목이 잡혀서 어리둥절해하고 있는데 간호부장님의 한마디에 정신이 확 깼다.

"호주 갔다 온 간호사랑 이야기해본 적은 있어? ××병동의 ○○간호사 알아?"

"아니요."

"그 간호사가 호주 갔다가 망해서 왔어. 네가 안 가봐서 몰라서 그래. 호주 간다고 다 잘될 줄 아니? 그 간호사랑 일단 이야기를 해봐."

"아니요, 괜찮아요."

나의 만류에도 간호부장님은 그 병동에 전화를 걸었다. 하지만 다행히 그 간호사는 그날 오프였다.

"아니요, 부장님, 저 그만둘게요."

"너 그만두고 갔다가 잘 안 돼서 돌아와서는 다시 받아달라고 하기만 해! 그리고 가려면 미국에 가, 누가 호주를 가니? 호주 가서 잘된 사람 아무도 못 봤다."

안 그래도 간호부에 가기 전 서류 준비 중 담당 지도교수 추천서가 필요해서 교수님을 찾아갔더니 호주행을 다시 생각해보는 것이 어떻겠느냐고 했다. 대학원에 들어가서 공부를 마치고 5, 6년차쯤 되어 임상지도 강사를 하면 어떻겠느냐는 제안이었다. 사실 좀 어이가 없었다. 나는 대학교 내내 성적이 좋았던 적이 없고, 교수님들의 눈에 띨 만한 활동을 보인 적도 없었는데 병원을 그만두겠다고 하니 대학원에 임상 강사 제안이라니… 정말 이상하잖아? 찜찜한 마음으로 추천서를 받아 들고 학교를 나섰던 그날이 생각났다.

그런데 간호부에서조차 뜬금없는 애정 공세에 악담까지 듣고 보니 '호주에 간다는 건 정말 잘못된 결정인가?'라는 불안감이 엄습했다. 뭐 그렇다고 해서 '아, 그러게요. 간호부장님 말씀이 다 옳습니다. 제가 잘 못 생각한 것 같아요' 하는 것도 웃긴 상황이라 예정대로 그만두겠다고 했다. '대체 그간 아무 말씀 없으시더니 마지막에 왜 이렇게 다들 절 사랑하세요?'라고 혼자 속으로 막장 드라마를 쓰고는 결국 부장님의 온갖 악담과 함께 이야기를 끝냈다. 입사하던 첫날 간호부 구석 가시방석에 앉아 직원 신상명세서를 썼던 것처럼 2년 11개월 후에 난 그 자리에서 사직서를 작성했다.

사직서엔 쓸 것이 생각보다 많았다. 이유를 적으라니, 뭐라고 적지? 병원이 싫습니다? 앞길이 깜깜합니다? 인생이 암담합니다? 인간다운 삶을 살고 싶습니다? 한참을 생각하다가 분위기 파악도 못 하고 간호부장님에게 질문을 던졌다.

"그런데 부장님, 여기 사직 이유를 뭐라고…?"

"뭐긴 뭐야! 학업이지!"

간호부장님은 나를 사랑하셨던 만큼 날카로운 목소리로 소리를 꽥 질렀다. 아, 네… 에휴… 난 끝까지 욕을 처먹고 가는구나.

어째든 3년간의 한국 종합병원 생활 끝! 끝! 끝! 끝! 끝! 드디어 끝!

병동 분위기가 좋지 않을 때 대처법

병동 분위기가 좋지 않다면 이런 분위기를 주도하는 사람이 누구인지를 알아내는 것이 먼저다. 만약 병동 수간호사나 책임 간호사가 그 분위기를 주도한다면 절망적이다. 나쁜 분위기에서도 눈에 띄지 않고 생활할 수 있다면 다행이지만 자신을 콕 집어서 힘들게 한다면 아쉽게도 과를 옮겨야 한다. 수선생님에게 상담을 요청하고 병동 외적인 이유를 만들어 전과를 요청한다. 이례적인 일이라 순순히 받아들여지지 않겠지만 수선생님이 자신을 마음에 안 들어 힘들게 하고 있던 상황이라면 전과 요청을 내심 기쁘게 생각할 것이다.

수간호사나 책임 간호사는 괜찮은데 나쁜 분위기를 주도하는 올드 간호사들을 방관한다면 어떻게 해야 할까? 물론 좋은 간호사들이 많고 분위기 좋은 병동 또한 많지만 앞에서 언급했듯 주위에서 자주 듣는 말은 "우리 병동 분위기 너무 좋아~"보다는 "우리 올드 선생님들 되게 이상해. 힘들어 죽겠어"다. 이제 병원 생활을 시작한 신규 간호사들에겐 미안하지만 어느 병동에 가도 한두 명의 이상한 올드 간호사들이 있다. 이건 병원이나 간호 집단만의 문제는 아니다.

병원 생활에 찌든 직장인으로서 한마디 하자면 그들과 더불어 살아가는 방법을 배우라고 하겠다. 그 분위기에 편승하지 않는, 멀리 떨어져 있을 수 있는, 혹은 반대로 적극적으로 가담해 내 몸 하나 편하게 만드는 등의 자신만의 방법이 있을 것이다. 여러 사람들이 모여 일을 하다 보면 항상 내가 원하는 분위기가 될 수는 없다. 또한 나는 좋은 분위기라고 생각해도 누군가는 '이 병동 분위기 정말 이상해'라고 생각할 수도 있다. 하지만 아주 절망적이지만은 않은 것이 그러다 어느 날 그 간호사가 그만두기도 하고, 뜬금없는 사람이 나타나 그 자리를 대신하기도 하며, 혹은 그렇게 나만 집중적으로 힘들게 하는 것 같다가도 다른 신규 간호사가 들어오거나 갑자기 어떤 사건을 계기로 언제 그랬느냐는 듯 다른 사람에게로 관심이 옮겨갈 것이기 때문이다.

그러나 인간관계가 어려운 병동보다 더 심각한 곳은 일과 관련하여 분위기가 좋지 않은 병동이다. 일의 방향과 책임이 명확하지 않은 병동, 신규가 할 수 없는 일들을 떠넘기고 그 책임 또한 신규에게 미루는 병동, 의료 사고로 이어질 법한 일들을 방관하거나 방조하는 병동 혹은 병원이 바로 그곳이다. 이런 곳은 참고 견디며 일을 배운다고 해서 해결되지도 않고, 신규의 힘으로 바꿀 수도 없다. 그렇다면 내가 일하는 병동이 이런 곳인지 아닌지는 어떻게 알 수 있을까?

올드 간호사가 된 지금도 간호 행위를 하기 전에 생각하는 것이 몇 가지 있다. 만약 환자가 잘못되어 법정에 갔을 경우에 지금 내가 했던 이 간호 행위가 타당한 것이었다고, 환자를 위한 최선의 행위였다고 말할 수 있는가? 나의 간호 행위가 타당한 이유를 최소한 세 가지 말할 수 있는가? 꼭 이유가 세 가지여야 할 필요는 없다. 가능한 다양한 것을 생각하려는 의도로 나 스스로 세 가지라고 정한 것뿐이다. 중환자실 간호사로 일하는 지인은 항상 다섯 가지 이유를 생각해본다고 한다.

이런 질문을 스스로에게 던졌을 때 무엇 하나 답이 분명하지 않다면, 그 답을 물어도 대답해주지 않은 올드 간호사들이 있는 병동이라면, 그 와중에 그렇게 답이 분명하지 않은 일을 자주 시키는 병동이라면 어서 짐 쌀 생각을 하는 것이 좋다. 첫째, 설명할 것도 없이 환자의 목숨이 달려 있다. 타협하거나 적당히 둘러댈 일이 아니다. 둘째, 내 간호 면허가 달려 있다. 간호 면허를 박탈당하는 일은 없어야 한다. 간호 면허 없이는 간호사 정인희도 존재하지 않으니까.

병원을 그만두기 전 해야 할 일

유니폼과 직원증을 반납하고, 뒷정리를 잘하고 뭐 그런 뻔한 이야기를 하려는 것이 아니다. 당연하지만 많은 간호사들이 알면서도 저지르는 퇴사 시의 만행과 그러면 안 되는 이유를 알아보고 퇴사 이후 다음 과정으로 잘 넘어가기 위해 꼭 해야 하지만 아무도 알려주지 않았던 일들을 이야기해본다.

◇ 성인다운 끝맺음

학교를 졸업하고 병원에 입사하면 우리는 더 이상 학생이 아니다. 직장인이다. 전날 술을 많이 마셨다고 아무 말 없이 하루 결석하는 학생처럼 어느 날 갑자기 수간호사 선생님에게 전화해서 "선생님, 저 오늘부터 병원 안 갈래요"라고 한다거나, 심지어 부모님에게 부탁해서 퇴사 소식을 알리는 일 같은 것은 하면 안 된다. 단 하루도 병원에 더 갈 수 없을 것 같고, 직접 말하기가 두렵다면 그래도 되긴 한다. 안 될 게 뭐가 있나?

하지만 자신이 얼마나 힘들었는지, 그럼에도 버티기 위해 얼마나 열심히 노력했는지 등 그동안 나에 대한 모든 평가는 부모님을 통해 퇴사 소식을 전하는 순간, 혹은 문자로 '저 오늘부터 그만두겠습니다' 하는 순간 하나로 통일되고 영원히 그 하나로 남는다. '무책임한 간호사.' 그리고 다들 이렇게 말할 것이다. "뭐 그딴 애가 다 있니? 걔 정신 나간 것 아니니? 그만둬서 다행이다!"

대단한 죄를 짓고 병원을 그만두는 것도 아닌데 나 역시 퇴사하겠다고 말하는 그 순간이 너무 두려워서 디데이를 정하고도 가슴이 떨려 며칠이고 말을 하지 못했다. 퇴사하겠다고 말하고도 다녀야 했던 2개월이 참 불편했다. 어차피 다시는 안 올 곳인데 왜 잘 그만두어야 할까? 뻔한 이유를 말하자면 내 경우엔 다시 그 병원에 가기는커녕 나라를 바꿔 호주에서 취직을 하는 데도 한국 병원에 계셨던 선생님들의 추천서가 필요했다. 추천인이 필요하다는 말에 서슴없이 한국에서 같이 일했던 교수님과 수선생님에게 연락을 해서 부탁했다. 비슷한 수준의 다른 병원에 취업을 할 생각이 있다면 이전 병원을 잘 정리하고 퇴사하는 것은 재취업을 위해 중요한 일이다.

퇴사를 잘해야 하는 중요한 이유는 뻔하지 않은 데 있다. 부모님에게 부탁해서 퇴사 소식을 전하고 싶을 만큼 부담감이 큰 일을 직접 하고 나면 조금은 성장한 자신을 느낄 수 있을 것이다. 왠지 모든 게 끝나는 것 같고, 바닥으로만 향하는 것 같은 일도 잘 마무리하고 나면 그것조차 하나의 성공 경험이 될 수 있다. 이런 경험은 다음 단계로 가는 힘이 되기도 한다. 병원에서 일했던 기억 또는 경험은 병원이 크건 작건, 일을 짧게 했건 오래 했건 내 간호사 커리어에 최소한 한 줄로라도 남아 평생을 따라다닌다.

따라서 어정쩡하게 끝내서 자기 스스로도 꺼내 보기 싫은 부끄러운 기억을 만들지 말고 그곳에서의 시간이 어땠건 내 손으로 잘 마무리하자. 당장 내일 병원에 못 간다고 말하고 싶을 만큼 심정적으로 지치기 전에 그만둘 계획을 세우자. 그만둘 계획을 세웠고, 병원에 말했다면 퇴사 날짜까지 기간이 많이 남았더라도 병원에서 정한 기한 만큼 더도 덜도 말고 딱 평소처럼만 일하도록 하자.

◊ 감정 정리

만약 어떤 사람 때문에 병원 생활이 너무 힘들어서 그만두기로 결심했다면 꼭 그 사람에게 가서 그동안 내가 무엇 때문에 얼마나 힘들었는지 확실하게 말하고 그만두도록 하자. 가서 머리끄덩이를 잡고 고래고래 소리를 지르면서 끝을 보라는 말이 아니다. 병원을 그만둘 정도로 힘든 일이었다면 그 어두운 감정의 크기가 꽤나 클 것이고 그 감정은 오랫동안 내 속에 남아서 다른 일을 할 때에도 불쑥불쑥 튀어나와 괴롭힐 것이다.

일하다가 의사나 다른 간호사랑 간단한 말싸움을 하고도 집에 오면 '내가 왜 그때 그 말을 안 했지? 아, 억울해!' 하며 며칠이나 그때 그 순간을 되새기며 허공에 발길질을 하고는 한다. 하물며 병원 그만둘 결심을 하게 할 정도라면 감정의 크기가 큰 일이다. 이런 감정을 잘 정리하고 가야 다른 일을 할 때 그 감정이 낳은 무력감, 패배감, 절망감 등에 발목 잡히는 일이 없다.

　상대방의 행위를 통해 내가 느낀 감정을 상대방에게 알려주는 것만으로도 내 속에 쌓였던 많은 부정적 감정이 해소된다. 상대방에게 모욕을 당하는 순간 당혹스러워서, 선배에게 말대답을 해도 되나, 화를 내도 되나 등등의 걱정과 마음의 동요 때문에 그 순간엔 반응하지 못한다. 나 역시 그런 상황이 오면 너무 화가 나고 억울한데 말문이 먼저 막히는 편이라 한국에서뿐만 아니라 호주에서도 여러 번 속이 상해 며칠이고 힘들어했다. 그래도 지금은 표현하려고 노력한다. 아직도 말로는 "그 말 기분 나쁘네요. 제가 뭘 잘못했나요? 왜 그렇게 말씀하시는 거예요?"라고는 못 하지만 표정으로는 '그 말 하나도 재미없어요. 제 정색한 얼굴 보이죠? 기분 나쁩니다'라고 표현한다. 물론 이것도 올바른 방법은 아니다. 굳이 정색할 필요 없이 드라이하고 심플한 어조로 감정을 표현하면 된다.

　하지만 한국 병원에서 평소에 이렇게 선배들이 하는 말마다 내 솔직한 감정을 이야기했다가는 살아남을 리가 없으니 병원을 그만두는 그날만이라도 확실히 표현하고 나오자. 직접 얼굴 보고 말할 자신이 없다면 이메일이나 문자로 해도 괜찮다. 일을 잘 마무리하는 것 못지않게 앞으로의 나 자신을 위한 감정 정리도 중요하다. 수년 후까지도 그 사람의 SNS를 보면서 '날 그렇게 괴롭히더니 행복하게 잘살고 있군. 삶은 참 불공평해' 하지 말고 퇴사하면서 꼭 감정 정리를 하자. 물론 그동안 말로 표현은 못 했지만 뒤에서 은근히 챙겨줬던 고마운 선배에게는 "그래도 선생님 덕분에 그나마 병원을 지금까지 다닐 수 있었어요. 감사했습니다"라는 말을 건네는 것도 잊지 말자.

part 2

여기는 좀 다를까?
: 호주에서의 간호사 생활

호주의 따뜻한
햇살 아래 서다

병원에 가지 않아도 되는 첫날 아침. 마냥 속 편하게 누워 있을 수만은 없었다. 퇴사 시점이 3월이었고 호주에 있는 외국인 간호사를 위한 6개월짜리 간호 면허 전환 코스의 다음 입학일은 5월이었다. 영어 점수와 입학 허가서를 받자마자 2개월 후 호주로 확 가버릴지 아니면 8개월 후인 11월에 입학을 할지 마음이 오락가락했다.

3년이나 거의 매일 병원에서 썩었는데 바로 호주로 날아가 새로운 환경에서 또 바쁜 생활을 할 생각을 하니 이건 아니다 싶었다. '나 호주 가기 전에 조금만 놀면 안 될까? 지난 3년간 열심히 일했잖아' 마음속의 내가 질문했고, '그래, 조금만 놀아. 아주 조금만이다' 마음속의 내가 대답했다. 입학 날짜를 11월로 정했다.

놀 때 놀더라도 일단 영어 점수를 받고 확실하게 입학 허가서를 얻는 일이 먼저였다. 마음 편하게 오랫동안 놀려면 가능한 한 빨리 이 두 가지를 해결해야 했다. 그래서 출근할 때처럼 같은 시간에 일어나서 준비하고 도서관으로 갔다. 목표는 하루 12시간 공부였다. 맥없이 앉아만 있는 12시간이 아니고 정말로 공부하는 12시간. 대학교 때처럼 다 같이 도서관에 모여 앉아 공부를 하는 것이 아니니 중간에 누군가 불러내서 커피를 마실 일도 없었고 수다를 떠느라 길게 늘어지는 점심, 저녁 시간도 없었다.

물론 중간중간 여전히 병원에 다니고 있던 C와 B가 오프인 날 내 옆구리를 살살 긁으며 밥이라도 사준다고 하면 참다가 휙 뛰쳐나가 몇 시간이고 놀다 오고는 했다. 그때 느끼는 평일 낮의 햇살과 바람, 공기는 남달랐다. 병원 밖 세상은 너무나 아름다웠다!

다행히 계획한 대로 5월 말 시험에서 영어 점수가 나와 입학 허가서도 받았고 출국 날짜도 정해졌다. 모든 것이 확정된 이후로는 백수의 삶이었다.

느긋이 일어나서 방에 누워 아침 햇살을 느끼며 빈둥거리다가 2~3시간 피아노를 치고 평일 오후라 아무도 없는 카페에서 커피를 마시며 '지금 다들 뼈가 가루가 되어라 일을 하고 있겠군'이라고 종종 병원에 있는 사람들 생각을 했다. 그렇게 또 빈둥거리다가 저녁엔 영어회화 학원에 갔다. 하는 일이라고는 피아노와 영어회화 학원에 가는 것뿐이었다. 그것을 제외하고는 아무것도 하지 않는 삶인데 혹은 아무것도 하지 않는 삶이라서 그렇게 하루하루가 좋았다, 즐거웠다, 마음이 편했다. 평생 이렇게 살 수 있을 것 같았다.

하지만 문득 어이없는 욕망이 나를 휘몰아쳤다. '아… 응급수술 하나만 했으면 좋겠다.' 응급수술이 들어왔을 때 내 몸과 수술실 전체에 치솟던 아드레날린, 수술 후의 '해냈다!' 하는 느낌이 여전히 내 속에 남아서 그때의 그 기억을 뜬금없이 불러오고는 했다. 그렇게 괴롭던 수술실의 공기가 가장 큰 추억으로 남아 겨우 몇 달 만에 나를 또 흔들었다. 이 빌어먹을 머슴 팔자!

피아노나 치고 영어학원에나 다니며 마음 편하게 어슬렁거리던 시간은 순식간에 지나갔고 곧 11월이 되어 출국했다.

호주에 도착해서 학교에서 소개한 홈스테이 집에 가보니 강아지를 사랑하는 미소가 아름다운 미망인은 내일 아침에 침대에서 죽은 채로 발견되어도 전혀 이상하지 않을 정도로 연세가 드신 할머니였다. 그 할머니는 매일 강아지가 말을 안 듣는다며 소리를 질렀다. 그곳엔 이미 치과대학에 다니고 있던 홍콩에서 온 에리카가 있었다. 할머니가 우리를 돌보는 것인지, 아니면 우리가 할머니를 돌보는 것인지 알 수 없었다. 나는 매일 밤 에리카의 다급한 목소리에 자다가 일어나 할머니 침실로 달려가 심폐소생술을 하는 상상을 하며 잠들었다. 그런 일이 실제로 일어난다고 해도 전혀 이상하지 않을 것 같은 상황이었다.

불안하게 잠이 들었다가 아침에 일어나자마자 학교에 가는 생활이

반복되었다. 그런 와중에 가끔 외국인들과 친구가 되어 수업 후 같이 윈도쇼핑을 하고 차를 마시며 되지 않는 영어로 떠들 때면 비현실 같은 현실이 꽤나 괜찮아 보였다. 이러고 있는 내가 나쁘지 않았다. 하지만 곧 병원에서의 지난 시간을 생각했다. 이것은 마치 전혀 어울리지 않는 한 쌍의 신발과도 같았다. 행복한 순간 환하게 빛나는 신발을 신은 오른발이 한 걸음을 떼고 곧 병원에서의 우울했던 날들의 기억과 함께 낡고 더러운 신발을 신은 왼발이 따라왔다. 두 가지 감정이 항상 같이 다녔다. 호주의 따뜻한 햇살 아래 가볍게 웃는 웃음 끝에는 무거운 무언가가 매달려 있었다. 꼭 병원에 대한 기억 때문만은 아니었다. 나는 이제 또 어떻게 될까?

내가 선택한 외국인 간호사를 위한 6개월짜리 면허 전환 프로그램은 1년 과정을 6개월로 압축해놓은 것이라 아침 8시부터 오후 5시까지 5일 내내 수업이 계속되었다. 낮은 강도의 장기전보다는 강도가 높더라도 단기전을 선호하는 나로서는 나쁘지 않은 프로그램이었지만 과정 중 있는 다섯 번의 시험에서 한 번이라도 떨어질 경우 바로 탈락, 즉 한국으로 돌아가야 한다는 점이 부담이었다.

다행히 탈락률은 높지 않았고 보통 다들 통과한다니 남들만큼 열심히 하는 내가 통과하지 못할 것이란 생각은 하지 않았다. 열심히 수업을 듣고 시험 준비를 했다. 하지만 과정 중간에 외국인들의 호주 간호사 면허 등록을 위한 영어 점수 조건이 상향 조정되면서 혼란이 있었다. 많은 학생들이 과정을 포기하고 본국으로 돌아가거나 3학년으로 편입을 했다. 어떻게 해야 할지 고민이 됐다. 호주 간호협회에서 원하는 영어 점수는 과정을 중도 포기한 다른 학생들처럼 나 역시 없었다.

'결국 간호부장님의 악담이 현실이 되는 건가? 다시 받아주시려나?'

여러 가지 생각이 머리를 스쳐갔다. 하지만 오랜 고민 끝에 애초의 계획을 변경하지 않기로 결심하고 과정을 계속 이어나갔고, 다행히 졸업과 동시에 외국인을 위한 간호 면허 등록 요건을 만족시킬 수 있었다. 과정 중 있었던 재활병원 실습도 잘 끝마쳐 매니저에게 고용 제안 job offer 을 받았다. 학교 공부와 면허 취득에 필요한 영어 시험공부에 깨어 있는 거의 모든 시간을 투자했으니 부끄러움 없이 받아도 되는 결과였다. 평생 할 공부 이때 다 했네. 내 인생에 더 이상의 공부는 없어. 난 대학원 같은 것 절대 안 갈 거야!

여기는 좀 다를까?
: 호주에서의 간호사 생활

가고 싶은 병원?
받아주는 병원!

"간호사 면허 등록하면 우리 병동으로 와. 취직 시켜줄게."

재활병원에서 실습을 잘 마치고 매니저에게 이런 제안을 받았고, 그곳에서 큰 사고 이후 환자들이 재활훈련을 받고 조금씩 나아지는 모습을 보는 것도 보람 있었지만 실습 내내 든 생각은 하나였다. 수술실로 돌아가고 싶다! 응급수술 하나만 하면 기분이 개운할 것 같아! 기회를 준 것은 감사했지만 재활병원에서 몇 년이고 일하는 내 모습을 상상하는 것은 불가능했다. 그렇다고 수술실 취업이 어떻게 될지 모르는 상황에서 "제안은 감사하지만 사양하겠습니다"라고 할 수도 없었다. 재활병원은 최후의 카드로 쓰기 위해 남겨두고 일단 수술실 일자리부터 찾았다.

호주는 병원의 규모나 형태에 따라서 간호사 월급에 차이가 없었기 때문에 원한다면 작은 병원의 수술실에 가서 매일 같은 케이스를 하면서 일에 대한 부담감을 줄이며 일할 수도 있었다. 하지만 나는 다양한 케이스를 경험할 수 있는 큰 병원에서 일하고 싶었다. 그리고 사람이 많은 집단에 가고 싶었다. 사람이 적은 곳에 가서 서로의 집 숟가락 숫자까지 알아가며 소수의 사람들과 좋은 의미로든 나쁜 의미로든 감정적으로 깊게 얽히고 싶지 않았다.

인터넷으로 조사해서 규모가 가장 큰 순서대로 병원 리스트를 작성하고 수술실 책임자의 이름과 이메일 주소, 그리고 병원 인사과 이메일 주소를 알아냈다. 이력서는 채용 공고를 내지 않은 병원에도 보냈다. 일부 병원은 우리는 지금 사람을 구하지 않지만 이력서를 잘 보관하고 있다가 사람 구할 때 연락을 주겠다는 곳도 있었고, 당연하게도 아무런 응답 없이 무시하는 곳이 대부분이었다. 그리고 일부 병원에선 면접을 보러 오라고 했다.

몇 번의 면접과 탈락이 반복되었고, 나름 인터뷰를 잘 본 것 같아서 이번엔 꼭 되겠구나 싶은 곳에서도 탈락 소식을 듣자 한숨이 나왔다. 같이 면접을 봤던 경쟁자가 나보다 잘했던 것뿐 내 면접이 엉망이었던 것은 아니라고 스스로를 위로했지만 점점 의기소침해졌다. 지원할 병원은 아직도 많았지만 스스로 정한 기준에 맞지 않는 병원, 즉 중환자실이 없는 병원에는 가고 싶지 않았다. 크건 작건 중환자실이 있다는 말은 병원 규모가 어느 정도 되며 위중한 케이스를 경험해볼 기회가 있다는 말이기도 했다.

지금 있는 애들레이드가 아닌 다른 도시를 알아봐야 하는 게 아닌가 싶어서 다른 도시에 있는 병원 목록을 작성하고 그곳들에 이력서를 보냈다. 그러다가 꽤 큰 병원에서 연락이 와서 전화 인터뷰를 보게 되었다. 직접 인터뷰를 보러 오라고 해도 비싼 비행기 값 내고 갈 의향이 있었건만 보통 인터뷰를 제안하는 쪽에서 비행기 값을 지불하게 되어 있었기 때문에 병원에서는 당연하게도 전화 인터뷰를 선호했다. 나의 첫 전화 인터뷰였고 얼굴 보고도 긴장을 하는 마당에 전화 인터뷰에, 스피커폰에, 세 사람이 정신없이 번갈아가면서 하는 면접 질문들에 나는 넋이 나갔고 결과는 당연하게도 불합격이었다. 이쯤 되니 자신감이 바닥으로 떨어졌다. 내가 병원을 고를 처지가 맞긴 한 것인가 싶었다.

그러던 와중에 같이 코스를 했던 한국인 선생님 한 분이 퍼스에 있는 로열 퍼스 병원Royal Perth Hospital에 취업이 되어 이사를 가게 되었다며 거기에 한번 지원해보는 것이 어떻겠느냐고 제안했다. 애들레이드의 작은 병원에 지원할 것이냐, 아니면 큰 병원에 지원해서 다른 도시로 이사 갈 것이냐. 지원한다고 붙는 것도 아니고 퍼스에 있는 병원이라면 또 전화 면접을 할 테니 연습한다고 생각하고 로열 퍼스 병원 수술실로 이력서를 보냈다.

며칠 후 집으로 로열 퍼스 병원 수술실에서 서류가 와 있어서 면접에 관한 내용인가 보다 하고 받아봤는데 면접 안내 편지치고는 우편봉투가 꽤나 두툼했다. 열어보니 계약서와 함께 비자 관련 서류가 들어 있었다. 그간의 마음고생, 수많은 면접과 탈락 편지들이 머릿속에 떠올랐다. 그 모든 것이 면접을 보지도 않고 채용될 이 순간을 위해서 내가 지나온 길이었다는 말인가?

기분이 묘했다. 나중에 비슷한 시기에 입사한 다른 간호사들에게 물으니 면접 없이 계약서를 받은 사람은 나뿐이었다. 똑같은 이력서와 추천서를 보내도 어떤 병원에서는 연락도 없고 어떤 병원에서는 면접도 없이 취업을 시켜주다니 결국은 다 운인가? 기쁜 반면 허탈한 기분도 들었다.

당시에 중환자실이 없는 병원의 수술실에 면접을 봤고 채용이 거의 확실시된 상태였는데 다른 병원이랑도 이야기 중이라며 결정을 미루고 있었다. 나의 선택은 당연하게도 800여 병상의 중환자실이 있고 중증 외상 센터가 있는 병원이었다. 곧 결정을 미루고 있던 병원에 전화를 걸어 다른 병원에 취업이 되었다고, 죄송하게 되었다고 이야기를 했다. 그리고 로열 퍼스 병원 계약서에 사인을 해서 우체통에 넣는 순간! 우편물이 내 손을 떠나 우체통 안으로 떨어지는 그 순간, 너무도 드라마틱하게 가장 가고 싶었던 로열 애들레이드 병원 수술실에서 연락이 왔다.

"면접 보러 오세요."

우체부를 기다리고 있다가 우편물을 다시 달라고 하고 로열 애들레이드 병원 수술실 면접을 봐야 할까? 고민했지만 이 드라마 같은 순간을 운명으로 받아들이기로 했다. 이름을 들어본 적도 없는 도시, 퍼스. 855병상이 있는 곳이니 설마 사람 못 살 곳은 아니겠지?

호주 병원에서의 첫 수술

 은행 잔고가 슬슬 바닥으로 향하고 있었던 시점에 비자가 나왔고 바로 일을 시작했다. 2주 동안은 수술실에 들어가 일을 지켜보았고 2주가 지나자 곧 수술에 들어갔다. 보통은 일반외과나 성형외과부터 시작하는데 내가 처음 배정받은 수술방은 두부 손상 환자의 신경외과 수술을 주로 하는 곳이었다.

수술실에 들어서서 인사를 하고 내 소개를 하자 그 방 담당이었던 예순 살가량의 영국 아줌마도 자기소개를 했다. 매우 콧대 높은 목소리와 우아한 말투로 "나는 이 방 담당 간호사이고 '영국 런던'에서 트레이닝을 받았어"라고 '영국 런던'에 힘을 주었다. 나와 키가 비슷했는데 그 태도와 말투가 마치 나를 위에서 내려다보는 듯한 기분이 들었다.

호주에 이민 온 지가 20년이 넘었건만 이 아줌마는 자신이 영국 사람이라는 것을, 런던에서 왔다는 것을, 여왕님과 같은 악센트의 영어를 구사한다는 것에 큰 자부심을 갖고 있었다. 누군가 "V간호사가 말하면 꼭 여왕님이 말씀하시는 것 같아"라고 빈말이라도 하면 그녀는 우아하지만 거짓스러운 웃음을 날리며 어깨에 힘을 한껏 주었다.

그렇게 영국이 좋으면 왜 호주로 이민을 왔을까? 자신이 나고 자란 나라와 문화를 자랑스럽게 생각하는 것은 좋은 일이지만 그것을 자신의 우월함을 내세우고 다른 사람을 내려다보는 수단으로 사용한다는 것, 더구나 제3국에서 그런 태도를 여과 없이 보이는 것이 의아스러웠다. 더 이해가 가지 않는 것은 몇 년 후 은퇴하고 호주에 남는 것도 아니고 그렇다고 영국으로 돌아가는 것도 아니고 하녀를 두고 살고 싶다는 이유로 말레이시아로 노년을 보내러 전 재산을 싸들고 갔다는 사실이다.

그녀는 그렇게 우아하지만 깔보는 듯한 말투로 자기소개를 하고 곧 교통사고로 경막하 출혈SDH, Subdural Hemorrhage이 발생한 환자의 두개골 절제술Decompressive Craniectomy이 있을 테니 수술에 참여할 준비를 하라고 했다.

한국에서 신경외과 수술은 지겹도록 했는데 호주에서 일을 시작하자마자 첫 수술이 또 신경외과 수술이라니 왠지 모르게 웃음이 나왔다. 애들레이드에서의 시간이 통째로 사라지고 시간을 확 건너뛰어 한국 수술실에서 바로 이곳 호주 퍼스의 수술실로 이동한 느낌이 들었다. 신경외과 수술은 하루 종일도 하고, 밤새워서도 하고, 밥 먹다가도 하고, 자다가 일어나서도 하던 수술이라 부담감이 없었다. 어쩌면 이것은 강한 첫인상을 남길 기회인지도 모르겠다는 생각이 들었다.

기구 이름이 병원에 따라 조금씩 다르기도 하고 하나의 기구에 두 세 가지 다른 이름이 있기도 한 터라 과연 호주 의사들이 부르는 기구의 이름을 알아들을 수 있을까 걱정이 됐지만, 신경외과 수술이라면 누가 어떤 방식으로 어떻게 해도 손발을 맞출 준비가 되어 있었다. 경막하 출혈로 인한 두개골 절제술이 아닌 파열된 대뇌 동맥류Ruptured Cerebral Aneurysm로 응급수술을 한다고 해도 할 준비가 되어 있었다.

수술 전에 일단 의사들에게 내 소개를 했다.

"저는 정인희 간호사예요. 이 병원에서 일한 지 이제 2주가 넘었고 신경외과 수술은 이 병원에서 처음입니다. 하지만 이전에 경험은 있어요. 혹시 잘 못 알아듣더라도 이해해주세요."

기구는 모두 낯익은 것들이었다. 역시나 예측대로 이름을 알 수 없는 기구들이 있었지만 그런 이름들은 '전에 한국에서 교수님들이 이 부분에서 이 기구를 썼었지. 이게 아닐까?' 추측해서 건네주면 보통은 다 맞았다.

무사히 수술을 마치고 며칠 후 지나가는 간호사들에게서 "신경외과 수술 잘 끝냈다며?"라는 인사말을 듣고는 '왜 저런 인사를 하지?' 약간은 어리둥절했다. 하지만 이후 어떤 경력 간호사도 일을 시작하자마자 신경외과 수술에 바로 투입되는 일은 없다는 것을 알고는 사실 그날의 그 제안은 함정이었으며, 내가 그 함정을 잘 빠져나왔다는 것을 알게 되었다. 신경외과 수술방 일하는 모습을 관찰하라며 그 방에 배정했던 수술실 매니저의 의도와는 달리 영국 아줌마는 나를 수술에 들어가게 한 후 쩔쩔매는 모습을 보고 비웃음을 한껏 날려줄 계획이었던 것이다. 오, 하느님! 한국에 계신 신경외과 교수님들! 수술실 선생님들! 빡세게 트레이닝해주셔서 정말 감사드립니다!

호주에 오고 나서 내가 한국에서 받았던 트레이닝이 얼마나 가치 있었는지를 알게 되었다. 이 수술뿐만이 아니었다. 경력 간호사라고 하니까 뭔가 하긴 하겠지라고 추측할 뿐 한국이 어느 정도의 수술을 하는지, 내가 있던 병원이 어느 정도 규모였는지 감이 없었던 호주 간호사들은 약간은 의심스러운 눈으로 나를 수술에 참여시켰고 나는 그때마다 한국에서 배웠던 것을 떠올리며 문제없이 수술을 마쳤다.

한번은 대동맥류 파열로 혈관외과에 응급수술이 잡혔다. 수술 준비를 하는데 담당 간호사가 다른 방에서 간호사가 도와주러 오면 곧 자신이 같이 수술에 들어가서 가르쳐주겠다는 것이었다. 가르쳐주겠다는 것은 이차적인 이유였고 그녀는 집도의와 어시스트들이 빠르게 손을 움직이는 이 상황을 나 혼자 감당할 수 있을지 확신하지 못했다. 한국에서 참여해봤던 수술이고 잘할 자신이 있었지만 혼자 하겠다고 우겼다가 문제를 일으키는 것보다는 이 방 담당 간호사의 지시를 따르는 것이 안전하다. 수술실 간호사로서의 나를 증명할 기회는 앞으로 많다. 꼭 오늘이 아니어도 된다.

나는 알겠다고 하고는 곧 들이닥칠 환자를 생각하며 빠르게 수술상을 정리하는데 다른 간호사가 헐레벌떡 들어왔다.

"저 왔어요. 수술 같이 들어가실 거라면서요?"

"그럴 생각이었는데 안 그래도 될 것 같아."

"왜요?"

"얘 수술상 준비하는 것 봐. 잘할 것 같아."

경력이 많았던 혈관외과 수간호사는 응급 상황에서 내가 수술상을 차리는 것만 보고도 내 실력을 가늠했다. 으하하하하! 여러분, 한국에서 온 수술실 간호사 처음 보셨죠? 한국에서 트레이닝 받으면 다 이렇습니다. 기대하십시오, 제가 곧 다 발라드리겠습니다! 경력이 있음에도 나라가 달라 의료체계가 다르고, 병원 시스템이 다르고, 프로토콜이 다르다 보니 또 각 과를 돌면서 수술과 시스템을 익혔고 종종 한국에선 들어보지 못한 칭찬도 듣게 되었다. 그렇게 정신없이 2년이 흘러갔다.

성질 좀 있는
일 좀 하는 간호사

 대부분의 날들이 아무 일 없이 지나갔지만 그렇다고 그날들이 쉬웠던 것은 아니었다. 혹시 못 알아듣고 놓치는 것이 있을까, 그로 인해서 환자에게 해가 갈까, '쟤는 영어를 하나도 못 알아들어 같이 일을 할 수가 없어'라는 소리라도 나올까 수술에 들어가는 시간뿐 아니라 근무 시간 내내 온 신경을 집중했다. 집에 오면 바로 침대로 쓰러지는 생활은 호주에서도 계속되었다. 한국에서와는 다른 의미로 정신이 너덜너덜해지는 느낌이었다.

간혹 상대방의 영어를 내가 못 알아들어서, 내 발음이 이상해서 상대방이 못 알아들어서 분위기가 이상해지는 경우가 있었지만 영어와 관련된 문제는 일에서는 나타나지 않았다. 언어적인 문제는 대부분 휴식 시간이나 수술 중 잡담을 하다가 생겼고, 약간은 우울했지만 내 문제이고 시간이 지나면 나아질 문제이니 참을 만했다.

이런 문제 외에 나를 힘들게 한 것은 같이 일하는 간호사도 아니고, 환자도 아니고, 영어가 모국어인 원어민 의료진도 아닌 프랑스어를 쓰는 아프리카 국가에서 온 혈관외과 의사 P였다. 그는 키가 크고 덩치가 좋은 자신이 신이자 슈퍼스타라고 생각하는 허세기가 다분한 사십 대의 의사로, 혈관외과 간호사들에게 곧 포르셰를 한 대 뽑아 주겠다느니 하는 기가 차지도 않은 농담을 하고는 했다.

혈관외과 로테이션을 돌기 전에 동료 간호사들이 말해주기를, P는 금발의 젊은 백인 간호사나 자기 말에 까르르 웃으며 말을 잘 받아주는 간호사 혹은 프랑스어를 하는 간호사를 좋아한다는 것이다. 네가 이 세 가지에 해당하지 않는다면 힘들 각오를 하고 혈관외과 로테이션을 시작하라는, 위로도 격려도 아닌 조언을 해주었다.

금발에 백인 미녀는커녕 흑발에 평균 이하의 외모를 가진 내가, 까르르 웃고 말을 받아치기는커녕 농담도 겨우겨우 알아들어 남들 다 웃고 난 후 한참이나 지나서 혼자 피식하던 내가, 프랑스어라고는 크루아상과 쇼콜라 퐁듀밖에 몰랐던 내가 닥터 P의 눈총을 받는 것은 시간문제였다.

집도의들은 보통 손발을 잘 맞춰 수술을 잘하는 간호사를 좋아하지만 어떤 집도의들은 기본만 되어 있다면 실력보다는 자신의 긴장감을 잘 풀어줄 수 있는 간호사를 선호한다. 좋은 의미로 해석해 닥터 P는 그런 의사였다. 기분이 좋으면 수술이 잘되는 사람. 자신의 기분을 좋게 해줄 예쁜 간호사와, 발랄하게 웃어주는 간호사와, 모국어인 프랑스어를 써주는 간호사만 있으면 되는 의사. 그의 이러한 취향을 비난할 생각은 없다. 우선순위가 다를 뿐 예쁘고 기분 좋은 것들을 싫어하는 사람은 없다. 하지만 수술실 간호사로서 내 몫을 다하고 있는데 단지 내가 그 세 가지에 속하지 않는다는 이유로 나를 힘들게 하던 그날부터 그의 그러한 취향은 내게 비난의 대상이 되었다.

내 다이어리엔 혈관외과 로테이션 내내 닥터 P를 향한 욕설이 차곡차곡 쌓여갔다. 수술실 일을 아무것도 모를 때야 모르니까 태우면 '내가 뭔가 또 잘못했나 보구나' 하고 탔지만, 나라가 다르고 병원이 다름에도 뻔히 수술실 사정 돌아가는 게 보이는데 알면서 타려니 죽을 맛이었다. 정말 내가 실수를 하고 지적을 당하면 참을 수 있겠는데 어시

스트가 한 잘못도 다 나에게 뭐라고 하고 내가 하는 일마다 트집을 잡으니 돌아버릴 지경이었다.

내가 싫으면 차라리 수술에 들어오지 말게 하든지 그건 또 아니었다. 즉 그는 나를 향한 행동이 정당하지 않다는 것을 스스로도 알고 있었다. 그는 나를 수술에 들어오지 못하게 할 그 어떤 대외적인 이유를 갖고 있지 않았다. 아무리 망나니 같은 의사라도 수술실 간호부장에게 가서 '난 저 간호사가 금발의 백인 미녀도 아니고, 프랑스어도 못하고, 내 말을 잘 받아주지도 않아서 싫어. 내 수술에 못 들어오게 해줘'라는 말은 미치지 않고서야 할 수 없을 것이다.

'어쨌든 시간은 흐른다. 나는 배울 것만 빨리 배워서 가면 된다.'

이렇게 생각하며 하루하루를 버텨냈다.

닥터 P를 제외하고 다른 혈관외과 의사들과는 문제가 없었다. 개방형 동맥류 재건술이나 혈관 내 동맥류 재건술도 별 무리 없이 혈관외과 로테이션 동안 여러 번을 마쳤다. 혈관외과의 다른 시니어 서전 중 한 명인 닥터 K는 나를 자기 팀의 정규 멤버로 삼고 싶어 했다. 나는 잘 해내고 있었다.

혈관외과 로테이션 이후에 혈관외과 수술에 들어갈 일이 생기면 P가 집도의일 경우엔 다른 간호사에게 부탁하고 의사가 P가 아닐 경우엔 내가 들어갔다. 시간이 아무리 지나도 내 머리카락이 저절로 금색으로 변할 리는 없었고, 호주 병원에서도 실력을 서서히 쌓아가고 있던 나는 '여보세요, 저는 이 병원에서 당신이 같이 일할 수 있는 간호사 가운데 가장 뛰어난 간호사 중 한 명이라고요'라는 자신감으로 지내고 있던 터라 기를 쓰고 수술실 간호사로서 나의 능력을 인정해주지 않는 그의 수술에 들어가서 험한 꼴을 당할 이유가 없었다.

이후 몇 년이 지나 내 얼굴이 눈에 익고 외모가 아니라 일하는 모습이 눈에 보이자 닥터 P는 농담 반 진담 반으로 "내 수술엔 왜 안 들어와? 혈관외과에서 일할 생각은 없어?"라고 마음에도 없는 말을 하고는 했지만, 나는 여전히 그가 싫고 그의 수술엔 피치 못할 사정이 있을 때를 제외하고는 들어가지 않는다. 간호사인 내게도 선택권은 있다고!

닥터 P처럼 대놓고 힘들게 하던 사람들 이외에도 아시안 간호사들이 참고 일하는 것에 능하다는 것을 알고 있는 몇몇 못된 사람들은 자신이 해야 할 일을 미루거나 부당한 요구를 하고는 했다. 이에 항의라도 하면 그들은 환자를 들먹이며 자신의 요구가 당연하고, 그런 요구를 받아들이지 않는 내가 내 일을 하고 있지 않은 것처럼 말도 안 되는 억지를 부렸다.

병원에서 환자를 이유로 드는 것만큼 말이 안 되면서 동시에 너무도 말이 되는 주장도 없다. 병원에 있는 사람들은 모두 환자를 위해서 일하고 그 사실은 너무도 기본이라 누구 하나 '나는 지금 이 일을 환자를 위해서 하는 거야'라는 말을 하지 않는다. 그건 당연한 전제조건이다.

하지만 이런 사람들은 불리한 경우에 꼭 환자를 들먹이며 자신의 게으름이나 이기심을 가리려고 했다. 말이 되면서 말이 안 되는 이 주장. 그런 사람들에게 일침을 가하기 위해서는 빼도 박도 못하는 순간을 정확하게 잡아 확실하게 복수하는 것이 중요했다.

한번은 예약된 수술이 너무 많아서 제시간에 끝내기 위해 환자를 수술방 한 켠에 따로 마련된 마취 준비실로 데려간 적이 있었다. 마취는 수술실 안에서 이루어지고 마취 준비실에는 마취에 필요한 각종 물품과 응급용 기구가 있다. 하지만 수술실에 불이 나거나 하는 응급 상황에서는 환자를 이곳으로 데려와 생명을 유지시킬 수 있을 만큼 마취 준비실은 제대로 된 작은 수술실이라고 할 수 있다. 수술엔 관심이 없는 마취기사(호주에서는 일부 병원에서 마취과 간호사보다 비용이 싼 마취기사를 쓴다)들은 환자가 잠이 들고 별다른 마취 행위가 일어나지 않는 수술 중간엔 수술방 바로 옆에 달린 이 공간에서 개인적인 일을 하면서 시간을 때우고는 한다. 물론 자신의 일을 충실히 수행하는 마취기사들은 수술 내내 마취과 의사 옆에서 일을 돕는다.

그날 내 수술방에 배정된 게으르고 목소리만 큰 마취기사 M은 호주 사람들도 꺼려하는 '똥이 무서워서 피하냐 더러워서 피하지'의 전형적인 인물이었다. 보통은 수술실 리셉션에서 기다리던 환자를 수술방으로 바로 데리고 들어오는데 전체적인 스케줄을 빠르게 소화하기 위해 케이스 간 턴오버 시간을 줄여야 했고 환자를 리셉션이 아닌 수술방 마취 준비실에 대기시키는 편이 시간상 유리했다. 제시간에 끝내지 않으면 마지막 환자는 수술이 취소될 수도 있는 상황이라 환자를 위한 일이고 병원을 위한 일이라 시간이 빠듯하게 스케줄이 잡힌 수술방의 경우 이런 일이 이루어지고 있었다.

환자를 데리고 마취 준비실로 들어가자 두 다리 쭉 뻗고 의자에 반쯤 누워 개인적인 일을 하던 마취기사 M이 환자를 보고는 고쳐 앉으며 나에게 고압적인 목소리로 말했다.

"정 간호사, 환자를 이리로 데리고 오면 어떡합니까? 이건 프로페셔널하지 못한 행동이에요. 환자는 리셉션에서 기다려야 하는 것 몰라요?"

우리가 이렇게 하는 이유와 목적을 수술실 스케줄 따위엔 관심도 없는 M에게 다시 읊어줬지만 휴식 공간을 빼앗긴 그는 같은 말을 높은 톤으로 반복했다. 그러나 나는 계획대로 환자를 마취 준비실에 대기시켰고 M은 기분 나쁘다는 분위기를 풍기며 거칠게 그곳을 나갔다. 수술을 앞둔 불안한 환자 앞에서 담당 간호사인 나에게 '프로페셔널하지 못한'이라는 단어를 쓰며 비난하면 환자가 날 어떻게 생각할까? 이 간호사를 믿어도 될까 더욱 불안해지지 않을까? 나는 환자에게 상황을 잘 설명하고는 안심을 시켰지만 마음속에서는 화가 치밀어올랐다.

수술을 예정대로 모두 마치고 퇴근 시간이 지났음에도 나는 컴퓨터 앞에 앉아서 수술실 간호부장(간호부장이 세 명이 있고 그중 한 명은 수술실 담당이었다)과 마취기사 담당 매니저에게 이메일을 썼다. M에게 공식적으로 쓴소리를 할 수 있을 만한 자리에 있는 사람을 다 이메일 수신자로 추가했다. 최대한 객관적으로 상황을 설명하고 마취기사 M을 불러 잘못을 인지시키고 환자와 병원을 위해 다시는 이런 일이 발생하지 않도록 주의시키길 바란다는 요점의 이메일이었다. 결과는? 마취기사 M은 그 이후로 나에게 아무런 태클도 걸지 않고 꼭 해야 하는 일과 관련된 대화 이외에는 말을 걸지 않았다. 아싸, 내 인생에서 없어져줘서 정말 고맙다! 앞으로도 쭈욱 나에게 말 걸지 마세요!

직장인이니 먹고살기 위해서 상사의 기분을 맞추고, 부려먹어도 적당히 부림을 당하지만, 내 직장생활 목줄과 관계없는 사람들에겐 그들과 마찬가지로 나의 못된 성질을 드러낸다. '지금 내가 영어 못한다고, 아시안이라고 만만해서 이러는 거야?' 어쩌면 상대는 생각하지도 않았을 이유까지 하나 더 얹어서 복수를 다짐한다.

이런 일이 몇 번 반복되었고 나는 서서히 '조용히 일하는 나 건드리면 똑같이 해줄 거야!'라는 이미지를 쌓아갔다. 물론 그 뒤에는 수술실 간호사로서 나의 능력을 인정해주는 수술 팀이 있었기에 이 이미지가 단순히 '한국에서 온 미친 여자'가 아닌 '한국에서 온 성질 좀 있는 일 좀 하는 간호사'로 형성될 수 있었다. 몇 번의 사건과 보고 이후 나에게 와서 허튼수작을 부리는 사람은 한동안 사라졌다.

봤니? 이 구역의 미친년도 나야!

어리고 예쁘고 일도 잘하는
간호사 J의 등장

J는 이십 대의 예쁜 필리핀 간호사였다. 필리핀 병원이 한국만큼 강하게 신규를 트레이닝하는지는 모르겠지만 다른 호주 간호사들에 비해서 기본기가 탄탄했고 수술실 간호사로서 자신의 역할을 잘 알고 있었으며 잘 해내려는 의지도 강했다. 긴 수술실 로테이션을 마치고 일반외과로 자리를 잡은 J는 곧 모든 팀에서 환영을 받았다.

부끄럽지만 솔직하게 고백하면 나는 약간 걱정을 했다. 아니, 한동안 꽤 오래 진지하게 고민을 했다. '이 아이가 나보다 잘하면 어쩌지?' 모든 일에는 흥망성쇠가 있고 인정을 받아 고맙고 좋은 반면 이런 시간이 얼마나 지속될까? 나는 언제까지 그들의 기대에 부응할 수 있을까? 나보다 잘하는 간호사가 나타나면 어쩌지? 어떻게 평간호사로서 내 자리를 지킬 수 있을까? 슬슬 걱정을 하던 와중에 나타난 J는 그러한 고민에 기름을 부었다.

또 솔직하게 말하면 한동안 그녀가 미웠다. 그냥 이유 없이 미웠다. 여전히 나는 우리 병원 최고의 수술실 간호사 중 한 명이었고 J는 이제 막 인정받기 시작하는 단계여서 아직 적극적으로 내 자리를 위협하는 것도 아니었건만 그 가능성만으로도 그녀가 미웠다. 예쁜 J가 미웠고, 나보다 어린 J가 미웠다. 이 모든 감정은 속에서만 요동치고 있었을 뿐 그녀에겐 아무런 내색도 하지 않았다. 내가 무서웠던 것은 이런 인정하고 싶지 않은 감정에 스스로 휘둘리는 것이었다. 앞으로 J 같은 간호사는 계속 나타날 것이다. 나는 어떻게 해야 할까? 스스로도 납득이 가고 J에게도 내게도 상황을 좋은 쪽으로 이끌 수 있는 방법이 필요했다.

때마침 책임 간호사가 자리를 비운 간담도 수술Hepatobiliary Surgery 이 있었다. 내가 책임 간호사를 대신해 그 역할을 수행했고, 내 역할을 할 간호사로 J가 들어왔다. 긴 수술이 끝나고 녹초가 된 그날, J에게 저녁을 먹으러 가자고 제안했다. 마음이 썩 내키지 않았고 여전히 그녀가 불편했지만 왠지 그래야 할 것 같았다. 내 마음을 편하게 하기 위해 이 상황을 좋게 마무리 지을 수 있는 일이라면 다 해볼 생각이었다.

저녁을 먹으며 개인적인 이야기를 조금 하고 간담도 수술, 외국인 간호사로서 호주 병원에서 일하는 것 등에 대해 이야기를 나누었다. 별내용이 없었지만 그녀도 나도 별것 아닌 서로의 이야기에 수긍했고 마음이 조금 풀어졌다. 어쩌면 이러한 일들이 한국 병원에서 선배 간호사들이 나에게 저녁을 사주며 하려던 것이 아니었을까? 좀 더 서로 알아가고 친해지고, 마음을 풀려는 시도였을까? 문득 이런 생각이 들었다. 그 마음을 그때는 몰랐어요. 죄송했습니다, 선배님들. 그렇게 매주 간담도 수술이 끝나면 우리는 쓸데없는 이야기를 나누며 저녁을 같이 먹었다.

J를 통해 내가 발견한 '예쁘고, 어리고, 일까지 잘하는 신규 간호사'를 미워하지 않는 방법은 친구 되기였다. 친구가 되고 나니 마음이 편안해졌다. 친구로서 그녀가 어려운 케이스를 잘 마치기를 바랐고, 잘 마치면 나도 기분이 좋았다. 동시에 믿고 같이 일할 수 있는 동료가 있다는 것도 생각하지 못한 장점이 되었다. 꼼꼼하지 못한 간호사들과 일을 할 때면 '그걸 다 하나하나 지적하고 지시하느니 내가 해버리고 만다'의 태도로 내 몸을 피곤하게 만들었지만 그녀와 일을 하면 그럴 일이 없었다. 내가 생각하는 일은 이미 되어 있거나 그녀가 곧 할 예정이었다. 내 일이 한결 수월해졌다.

이후 그녀는 하부위장관 팀에 자리를 잡았다. 간혹 그녀와 하부위장관 수술을 할 때면 그녀에게 모든 것을 맡긴다. "이 수술은 네가 나보다 더 자주 하잖아. 네가 더 잘 알겠지. 나에게 시킬 것 있으면 시켜. 나는 오늘 머리 안 쓰고 몸만 쓸 거니까 머리 쓸 일은 네가 다 하고 책임도 네가 다 져"라고 말하면 그녀는 웃는다. 하지만 이런 방법이 다음에 나타날 또 다른 J에게도 통할지는 모르겠다. 그 또 다른 J가 신규 시절의 나 같은 간호사라 "아니요, 병원 밖에서는 병원 사람 만나고 싶지

여기는 좀 다를까?
: 호주에서의 간호사 생활

않습니다. 저녁은 사양하겠어요" 하는 재수 없는 아이라면 이런 방법은 통하지 않을 것이다. 또 다른 J가 나타나기 전에 나는 다른 방법을 강구해야 할지도 모르겠다.

은퇴를 앞둔 육십 대의 간호사들이 종종 내게 "나도 너 같은 시절이 있었단다"라고 말한다. 그때 나는 '나 같은 시절?'이라며 의아해했지만 J가 나타나고 곧 그 말의 의미를 이해하게 되었다. '나도 너처럼 인정받던 시절이 있었단다. 하지만 그 시간들은 곧 지나가. 너에게도 곧 너 같은 신규가 나타나 네 자리를 가져갈 거야.'

그렇다면 나의 시간은 지나간 것일까? 아직은 아니라고 믿고 있다. 여전히 수술 팀은 문제가 생기면 나에게 와서 해결책을 구하고, 어려운 케이스를 나와 함께 계획하며, 내가 다른 팀으로 가지 않고 그 팀에 속해 있음을 고마워한다. 여전히 다른 과의 몇몇 집도의들은 나와 일하고 싶어 한다. 나의 시간은 아직 지나지 않았지만 언젠가 지나리라는 것을 안다. 그리고 가끔은 나의 시간과 상관없이 내가 속한 조직의 시간이 지나버리기도 한다. 지금 우리 병원의 상황이 그렇다.

내가 처음 입사했을 때는 855병상의 서호주에서 가장 큰 정부 병원이었지만 몇 년 전 새로 크게 정부 병원을 지으면서 지금 우리 병원은 450병상의 중증 외상을 전문으로 하는 병원으로 형태를 바꾸고 있다. 우리 병원의 시간은 지나가버린 것일까? 아니면 새로운 시간이 다가오는 것일까? 내가 속한 조직이든 나 자신이든 자신감이 넘치던 시간이 지나고 나라는 존재가 잊히는 것 같은 그 시간이 왔을 때, 우리는 자신에게 실망하지 않고 여전히 스스로의 가치를 올바르게 바라보고 인정하며 스스로를 좋아할 수 있을까? 어떻게? 난 앞으로 최소한 20년은 더 평간호사로서 수술실에 남고 싶다. 이 문제는 꼭 해결해야 할 일이다. 향후 몇 년은 이 생각을 하며 답을 찾아 헤맬지도 모르겠다.

환자는 기억하지 못하는
수술실에서의 시간들

한국에서 신경외과 전임 간호사로 일하면서 보고 느낀 병동과 중환자실의 가장 큰 차이점 중에 하나는 환자들에게서 받는 고마움의 케이크였다. 뭐 이런 걸 차이점이라고 언급하느냐며 어이없어할 수도 있겠지만 솔직하게 그런 생각을 여러 번 했다. '병동이나 중환자실엔 먹을 게 참 많구나.' 재원 중 또는 퇴원을 하면서 잘 돌봐달라는 의미로 혹은 그동안 잘 돌봐줘서 감사하다며 환자들은 음료수나 빵, 케이크를 간호사 스테이션에 놓고 가곤 했다. 당연히 해야 할 일을 한 것임에도 이렇게 감사해주는 그 마음이 병동 소속이 아닌 나조차 지켜보며 참 고마운 한편으로 '수술실 사람들도 열심히 환자를 돌보고 있는데'라는 서운한 마음이 조금 들었다.

수술실은 하루에 40명이 넘는 환자를 수술하지만 환자에게서 잘 돌봐줘서 감사하다며 케이크나 편지를 받는 경우가 1년에 한 번 있을까 말가 했다. '당신은 기억 못 하겠지만 수술받는 동안 수술실 간호사들도 옆에서 최선을 다해 간호했답니다.' 더 이상 수술실 소속조차 아닌 내가 속으로 읊조리고 있었다. 당연하게도 감사의 케이크를 받느냐 안 받느냐의 문제가 아니다. 수술실 사람들의 존재를 몰라준다는 것이 약간 서운했다.

대부분의 환자는 예정된 수술을 받기 위해 수술실로 들어오고, 수술이 직접 이루어지는 수술방에 들어오기 전까지 수술실 안에 있는 공간에서 짧은 시간 동안 대기를 한다. 이때 이미 인사를 나누었던 마취과 의사나 집도의가 한 번 더 가서 환자에게 인사를 하기도 하고, 수술실 간호사 중 한 명이 환자에게 인사를 하고 수술과 관련된 질문을 하기도 한다.

환자가 비교적 또렷한 정신으로 기억하는 수술실에서의 시간이 이때뿐이라 이곳에 있는 환자를 만나러 갈 때면 나는 가능한 친절하고 따뜻한 모습을 보이려고 노력한다. 일부러 크게 미소를 지으며 다가가서는 나 자신을 소개하고 종종 실없는 농담을 던진다. 그러나 모두 똑같은 옷에 똑같은 모자를 쓰고 있으니 남자, 여자 혹은 키가 크다, 작다 혹은 안경을 썼다, 안 썼다 하는 것 외엔 특별한 구별점이 없어서 극도의 긴장 상태인 수술 전 환자에게는 수술실 사람들이 다 똑같아 보일 것이다.

그렇게 똑같이 생긴 사람들이 주변을 바쁘게 돌아다니는 것을 구경하다 보면 곧 누군가가 와서 인사를 하는 환자를 차갑고 서늘한 공기의 수술방으로 데리고 간다. 수술 침대로 옮겨진 이후엔 의료진이 환자를 둘러싼 채 생명을 유지해줄 각종 모니터와 기계 장치를 환자 몸에 연결하는 등 바삐 움직인다. 의료진은 항상 조심스럽게 한다고 하고 환자에게 지금 하려는 행위를 설명하며 이미 이 모든 행위에 환자가 수술 전에 동의를 했다고 해도 누군가가 자신의 가운 속으로 손을 넣어 가슴에 무언가를 붙이고 팔다리를 들어올리며 장치를 연결하는 등의 일은 당하는 환자 입장에선 그다지 유쾌하지 않은 경험일 것이다. 그래서 수술실 의료진은 마취에 필요한 최소한의 것들만 환자가 잠들기 전에 하고 나머지는 환자가 잠든 이후로 미룬다.

정신없는 가운데 의료진이 수술을 준비하는 소리가 들리고 그와 함께 환자 자신의 심박수 소리가 일정한 박자로 이 모든 소음의 배경음으로 흐른다. 마취 준비를 끝낸 마취과 의사가 환자에게 이렇게 이야기한다. "환자분, 이제 곧 잠드실 거예요. 눈 감지 말고 뜨고 계세요. 그리고 어디 좋은 곳에 가는 상상을 해보세요." 그러고는 마취약을 주사하면 환자는 곧 잠에 빠진다. 잠에 빠지면서 눈이 스르륵 감기기 때문에 잠든 신호 중 하나로 관찰하기 위해 마취과 의사는 환자에게 잠들기 전 눈을 뜨고 있으라고 부탁하는 것이다.

보통 사람들은 숫자를 세다가 잠이 든다고 생각하고 종종 수술 전 환자들은 다른 환자들이 숫자를 몇까지 세다가 잠이 드느냐고 묻는다. 첫째, 다른 병원은 모르겠지만 우리 병원은 환자에게 숫자를 세도록 부탁하지 않는다. 둘째, 환자에게 숫자를 세라고 부탁한다고 한들 둘 이상 세는 환자는 없다. 보통은 마취약을 투약하는 즉시 잠에 빠진다. 이름을 부르고 속눈썹을 살짝 건드리며 자극해도 잠에 깊게 빠져 눈을 살짝 찌푸리는 반응조차 하지 않는다. 환자가 정신을 잃기까지의 시간이 수술방에 들어서고 5분에서 10분이다. 그러니 수술방 안에서의 기억은 거의 없다고 할 수 있으며, 대부분의 환자는 수술 후 회복실에서 있었던 일도 잘 기억하지 못한다. 회복실에서 통증이 어떻느냐는 물음에 대답을 하고 눈도 뜨고 있지만 그런 반응이 환자가 지금의 상황을 기억할 것이란 의미는 아니다. 회복 후 병동에 돌아가서야 비로소 기억이 돌아온다.

언젠가 교통사고를 당해 응급수술을 받으러 온 오십 대의 남자 환자가 있었다. 여러 부위에 외상이 있었지만 당장 수술을 받아야 할 부분은 다리뿐이라 사고가 난 당일엔 일단 부러진 다리뼈를 정복하는 수술을 했다. 100킬로미터로 달리던 차에서 튕겨 나온 것치고 환자의 상태는 나쁘지 않았다. 팔다리뼈와 얼굴뼈가 부러지고, 여기저기 멍과 긁힌 상처를 제외하고 별다른 외상이 없었다. 부러진 얼굴뼈도 심하지 않아서 얼굴은 많이 붓지 않았고 호흡에도 지장이 없었다. 얼굴엔 멍과 핏자국이 남아 있었다.

환자가 물었다.

"거울 있어요?"

"아니요. 왜요?"

"제 얼굴이 보고 싶어서요."

나는 주변을 둘러봤지만 벽에 고정된 거울 외엔 수술실에 거울이 없었다. 옆에서 대화를 듣고 있던 마취과 의사가 환자에게 제안을 했다.

"거울은 없고 핸드폰이 있어요. 원하시면 핸드폰으로 환자분 얼굴을 찍어서 보여드릴게요. 물론 사진은 보시면 바로 지울 거고요."

환자가 그러자고 해서 사진을 찍어서 보여주었더니 갑자기 눈에 눈물이 가득 고였다. 그러고는 습기가 가득한 목소리로 말했다.

"저 많이 다쳤군요."

"많이 다치긴 했지만 이 정도면 양호한 거예요. 더 심하게 다쳐서 오는 분들도 많아요. 의식 없이 오기도 합니다."

마취과 의사가 온화한 목소리로 말했다. 나 역시 속으로 '이 정도면 정말 운이 좋았다고 할 정도로 조금 다치신 거예요'라고 생각했다. 그러나 환자는 심하게 다친 다른 환자들을 본 적이 없으니 이 정도 외상에도 그렇게 생각하는 것은 당연했다. 문제는 얼굴의 열상이나 멍이 아니었지만 환자의 눈에 보이는 것은 그것들이 전부이니, 의사들이 여기는 이렇게 부러졌고 저기는 저렇게 부러졌고 우리가 이렇게 고칠 거고 아무리 설명을 해도 머릿속에 그려지는 이미지는 아주 한정적이며 사진속에 보이는 피딱지가 앉은 자신의 얼굴보다 덜 마음에 와닿았을 것이다. 게다가 같은 사고에 남들이 얼마나 심하게 다치고, 내가 얼마나 운이 좋았고 하는 이야기가 다 무슨 소용일까? 내가 다쳤다, 내가 교통사고를 당했다고. 남이 비슷한 사고로 죽었건 살았건 그런 이야기는 당장 수술을 받아야 하는 환자에겐 아무런 위로도 되지 않았을 것이다.

그 환자는 다리 수술을 받고 병동으로 돌아간 지 며칠 후에 또 다른 수술을 위해 수술실에 왔다. 나는 그에게 인사를 건넸다.

"안녕하세요? 저 기억하세요? 사고 난 날 수술받으러 오셨을 때 제가 담당 간호사였어요."

"그래요?"

사고 당시 GCS(Glasgow Coma Scale, 의식 수준 사정으로 이 점수로 뇌신경계 손상 정도를 추측할 수 있다. 15점이 만점으로 정상이고 점수가 낮을수록 중증의 뇌 손상을 의미한다)가 15로 뇌 손상은 없었다. 내가 다시 물었다.

"저에게 거울 보여달라고 했던 것 기억 안 나세요?"

"제가 거울을 보여달라고 했어요?"

"네. 거울이 없어서 마취과 의사 선생님이 핸드폰으로 사진을 찍어서 보여드렸어요."

환자는 아무것도 기억하지 못하는 것 같았다. 이처럼 외상으로 갑작스럽게 병원에 실려 오고 수술을 받는 환자들의 경우엔 뇌 손상이 없더라도 사고 당시도, 병원에 실려 온 초반의 기억도, 수술 전에 있었던 일들도 기억하지 못한다. 더구나 중증 외상 환자들은 사고 현장에서 바로 기도에 삽관을 하고 병원으로 실려 오기도 하고, 혹은 응급실에서 기도 삽관 후 수술실로 급하게 올라오기 때문에 그런 환자들에겐 누가 말해주지 않으면 수술을 받았다는 기억조차 없다. 몸에 남아 있는 절개 자국이 수술을 받았다는 유일한 증거가 된다.

환자가 잠든 이후엔 수술의 크기나 출혈 예상 정도에 따라서 중심 정맥관Central Line이나 정확한 혈압 측정과 채혈을 위해 동맥관Arterial Line을 삽입하기도 한다. 동시에 환자가 수술 중에 일어나 소변이 마렵다고 화장실에 갈 리는 없으니 도뇨관Urinary Catheter도 삽입하여 소변 양을 체크한다. 이 외에도 수술 부위에 따라 환자가 잠들고 난 이후에 수술에 용이하도록 환자의 자세를 바꾼다. 환자는 곱게 누운 상태로 잠이 들고 깨어났을 때도 잠들던 그 상태로 일어나기 때문에 혹시 수술실에서의 시간을 조금이나마 기억하더라도 수술 내내 모로 누워 있었다거나 엎드려 있었다고는 수술 전에 설명을 듣지 않는 한 모른다.

한쪽에서 환자를 준비시키는 동안 다른 한쪽에선 수술실 간호사가 수술에 필요한 기구들을 준비하고 외과 팀은 손을 소독제로 닦기 시작한다. 이 모든 준비 과정이 끝나면 수술 부위를 소독하고 수술 부위를 제외한 환자의 모든 부위를 소독된 수술용 천으로 가린다. 그리고 본격적으로 수술이 시작된다.

심장 뛰는 소리가
들리지 않을 때

 수술실은 수많은 기계가 내는 소리로 항상 시끄럽다. 수술하는 동안 환자의 체온 유지를 위해 수술하지 않는 부위에 덮어놓은 특수 담요는 기계가 넣어주는 따뜻한 공기를 순환시켜 환자의 몸 앞부분을 따뜻하게 감싸주고, 환자가 누워 있는 수술대 매트리스 아래로는 따뜻한 물이 강제 순환되어 표면적의 50퍼센트에 해당하는 환자의 몸 뒷부분을 따뜻하게 하여 몸 전체의 체온 유지를 돕는다.

의식하지 못하지만 인간은 자면서도 몸을 움직이고 이러한 행동을 통해 근육을 움직여 혈액 순환을 원활하게 한다. 하지만 마취되어 있는 환자는 손가락 하나 까딱할 만큼의 근육도 움직일 수 없으므로 장시간 수술을 받는 환자는 공기 펌프가 연결된 장치를 종아리에 감싸 수술 내내 일정 간격으로 종아리 근육을 조여준다. 마취되어 자가 호흡이 불가능한 환자의 폐에 공기를 불어넣어 주는 기계 또한 일정한 간격으로 소리를 낸다. 환부에서 나오는 피를 멈추기 위한 소작기에서 나는 소리와 수술 시야를 가리는 피를 빨아들이는 흡인기suction가 내는 소리도 불규칙하게 들린다. 이렇듯 각종 기계들이 내는 소리가 수술실 안을 가득 채운다.

하지만 이 모든 소리 혹은 소음 중에 수술실 사람들이 가장 의미 있게 생각하는 소리가 있다. 아무도 이 소리는 소음이라고 생각하지 않으며, 환자가 수술 침대에 누워 있는데 이 소리가 들리지 않으면 모두 순식간에 공포감에 휩싸인다.

삐 삐 삐 삐 삐 삐 삐 삐…

규칙적인 심박동 소리. 수술 중 이 소리가 처음으로 들리지 않았던 그날을 아직도 생생하게 기억한다. 수많은 수술이 있고, 모두 환자를 살려내자고 하는 수술이지만 내 환자가 죽으리라는 것을 확실하게 알고 들어가는 수술이 있다. 이 수술 '중'에 환자는 죽는다. 우리 모두의 앞에서 죽는다. 그리고 수술방 안에 있는 그 누구도 그 죽음을 멈추려 하지 않는다. 내가 제일 싫어하는 수술이고, 많은 수술실 사람들이 하고 싶어 하지 않는 수술인 장기 적출 수술.

한국에서 다녔던 병원은 장기 적출이나 이식 수술은 하지 않았지만 다른 이유로 환자가 수술실에서 사망하는 경우는 있었다. 하지만 우리 병원은 수술실에서 사망선고를 하지 않았기 때문에 환자가 죽을 것 같으면 급하게 수술을 정리하고 심폐소생술을 하면서 중환자실로 환자를 옮겨 소식을 듣고 달려온 가족들 앞에서 사망선고를 했다. 덕분에 한국에서 일하는 내내 아무런 생명 유지 장치도 달리지 않은 사망한 환자의 모습을 볼 일이 없었다. '이 환자 중환자실로 옮기고 몇 분 후 죽겠구나'라는 생각은 했지만 그런 일이 내 앞에서 벌어지지는 않았다.

주요 장기에 불가역적 손상을 입어 생명 유지 장치를 떼면 곧 사망하게 될 환자의 가족이 평소 환자의 뜻에 따라 장기 기증을 결정한다. 장기기증센터 간호사는 적합한 이식자를 찾아내어 장기 적출 수술과 장기 이식 수술을 동시에 계획한다. 최적의 상태를 유지해주더라도 몸에서 분리된 장기가 이식 가능한 상태로 존재할 수 있는 시간이 짧아서 적출과 동시에 이식이 진행될 수 있도록 준비한다. 모든 준비가 끝나고 가족이 환자를 떠나보낼 준비가 되면 환자는 수술실로 옮겨진다. 다른 환자와 마찬가지로 각종 모니터와 생명 유지 장치가 연결된다.

처음 들어간 장기 적출 수술에 온 신경을 곤두세우고 정신없이 수술을 하고 있는데 갑작스럽게 적막이 찾아왔다. 불안했다.

'이상해… 뭐지?'

수술을 할 때면 항상 배경음으로 깔리던 '삐 삐 삐 삐' 하는 환자의 심장 뛰는 소리가 들리지 않는다. 우리는 아직도 수술을 하고 있는데, 환자의 배가 이렇게 열려 있는데, 소독된 천 아래로 환자의 다리가 만져지는데 환자의 심장은 뛰지 않는다. 적출된 장기를 최상의 상태로 유지하기 위해 적출 전 환자의 몸 안쪽에 있는 큰 혈관을 통해서 온몸의 피를 빼낸다. 더 이상 뇌 속으로 흘러가는 피도 없고, 피가 가득했던,

평생을 한순간도 쉬지 않고 뛰었던 심장 안도 텅텅 비었다. 더 이상 유지할 생명이 없어진 순간 마취과 의사는 마취 기계를 끄고 사망선고를 한다. 방금 전까지 수술실 안에는 여덟 명의 사람이 있었는데, 아직도 환자의 몸은 여기에 있건만 사망선고 이후 수술실 안엔 일곱 명만이 있다. 갑자기 수술실의 온도가 1도 정도 낮아지는 기분이다. 모두 이 상황에 익숙한 듯 보였지만 처음으로 적출 수술에 참여했던 나는 그 순간을 잊지 못한다. 수술실에서 아무리 험하게 다쳐서 온 환자를 봐도 그랬던 적이 없건만 갑자기 눈물이 왈칵 쏟아질 것만 같았다.

말로 표현할 수 없는 기분으로 수술을 마치고 스테이션으로 오니 선배 간호사가 묻는다.

"괜찮아?"

"아니, 이상해요. 저 장기 적출 수술은 처음이에요."

"가서 커피 한잔 마시고 와."

그날 이후로 며칠 기분이 이상했다. 뭐라고 말로 표현할 수 없는 기분이었다. 아, 이 기분을 뭐라고 설명해야 할까? 알 수 없는 기분에 휩싸여 며칠을 보내고 있는데 탈의실 앞 게시판에 장기기증센터에서 내게 보내온 편지가 있었다.

편지는 '정인희 간호사님, ××환자의 장기 적출 수술에 참여해주셔서 감사드리며 이번 장기 기증이 어떻게 마무리되었는지를 알려드리고자 편지를 드립니다'로 시작했다. 내용을 요약하면 다음과 같다. '기증자는 몇 살의 아이가 몇 명 있는, 직업이 뭐였던, 지역사회에 관심이 많

여기는 좀 다를까?
: 호주에서의 간호사 생활

PART
2

던 훌륭한 사람이었으며, 가족들은 어려운 상황 속에서 이런 큰 결정을 내려주었다. 기증된 장기는 이러이러한 병을 갖고 수년간 고생하던 몇 살의 여성에게 이식되었으며 환자는 잘 회복하고 있다. 또 이러한 장기는 이런 사람에게 가서 새로운 삶을 주었다.'

기증자와 이식자의 신상이나 자세한 의료 정보를 알 수는 없었지만 편지를 읽은 후에는 기분이 많이 안정되었다. 정리되지 않고 너저분하게 끝났던 일이 순식간에 정리되는 느낌이었다. 안도감이 들었다. 그 편지를 받고서야 내가 며칠간 느낀 그 감정이 죄책감이라는 것을 알았다. 환자와 보호자의 동의하에, 합법적으로, 그리고 누군가에게 새로운 삶을 주기 위해 하는 일이라는 것을 알면서도 마음 한구석으론 '내가 옳은 일을 하는 것일까?' 하고 고민했던 것이다. 수많은 단어가 적혀 있는 그 편지가 진짜로 하는 말은 이것이었다. '괜찮아. 너는 옳은 일을 한 거야.' 위로의 말을 건네던 그 편지는 아직도 내 서랍장 안에 있다.

수술실이요? 어우,
그런 일을 어떻게 해요?

"무슨 일 하세요?"

"간호사예요."

"무슨 간호사세요?"

"저는 수술실에서 일해요."

"수술실이요? 어우, 그럼 막 피 보고 그러겠네? 그런 일을 어떻게 해요? 으~ 전 못해요. 생각만 해도 무섭다."

처음 보는 사람들과 종종 이런 대화를 한다. 솔직하게 이야기하면 예전엔 이런 대화에 기분이 나빠지고는 했다. '네, 남들 못하는 피 보는 일을 저는 합니다. 그래서 뭐요? 당신은 평생 죽을 때까지 수술을 한 번도 안 받을 것 같아요? 남들은 못하는 그런 일 해주는 제가 당신이 수술실 간호사를 꼭 필요로 하는 그 순간에 당신 옆에 서 있을 거란 생각은 안 들어요?' 당신은 치가 떨려서 못하는 그런 일을 하는 나는 뭔

여기는 좀 다를까?
: 호주에서의 간호사 생활

PART
2

가? 무슨 의도로 이런 말을 하는 것일까? 자신이 얼마나 연약하고 보호받아 마땅한 존재라는 것을 알리기 위해 나의 직업을 이용하는 것일까? 아니면 내가 아무렇지 않게 피를 보고 만지는 억척스러운 여자라는 것을 강조하기 위해서일까?

여러 가지 생각을 비꼬아 해대며 '이 사람을 다시 만날 일은 없겠군'이라고 생각하고는 했다. 더욱 화가 나는 점은 아무도 여자 외과의사에겐 '어우, 어떻게 그런 일을 해요? 피 보고 그러잖아요. 으~' 같은 말은 하지 않는다는 것이다. 오히려 '와, 힘들 텐데 대단하세요'라는 반응이 보통이다.

이런 생각을 하는 이유는 간단하다. 간호사는 여자의 일, 외과의사는 남자의 일이라는 편견에서 비롯된 것으로 험한 일 하는 여자 간호사는 억척스러운 사람, 남자의 일을 하는 여자 의사는 대단한 사람이라고 쉽게 생각해버리는 것일 뿐 그들에겐 아무런 의도도 없다. 그 사람이 그런 말을 하고는 있지만 그것이 실제 자신의 의견이 아닐 수도 있다. 단지 사회에서 심어준 이미지와 생각을 아무런 편견 없이 그대로 받아들이고 자신의 생각인 것처럼 말하는 것뿐이다.

하지만 얼마나 많은 사람들이 남의 직업에 대해서 깊게 생각하는가? '선생님이요? 어우, 그 시끄러운 애들이랑 어떻게 지내요? 요즘은 애들도 학부모도 드세서 전 그런 일 못할 것 같아요.' 혹은 '출판사에서 일하세요? 어머, 그럼 좋아하는 책 매일 보시겠네요. 책도 막 공짜로 얻고 그러겠다. 저 하나만 주면 안 돼요?' 나 역시 다른 사람들의 직업을 굉장히 표면적으로 받아들이고 있다는 것을 깨닫고 난 이후에는 사람들의 '어우, 어떻게 수술실에서 일해요? 전 못해요'라는 말에 더 이상 크게 상처받지 않게 되었다. 여전히 '저렇게까지 말을 해야 할까? 수술실이요? 피 보고 그러면 일이 힘드시겠네요, 정도로 말해줄 수는 없는 것일까?'라고 생각하지만 모든 사람이 같은 정도로 성숙하지는 않다. 왜 좀 더 성숙한 사람이지 못하느냐고 나무랄 수도 없는 일이다. 피만 보면 기절한다는데 어떻게 하겠는가?

특별한 일이 생기지 않는 한 다른 사람의 직업에 대해서 깊게 생각해보는 일 자체가 어쩌면 이상한 것인지도 모른다. 우리가 갖고 있는 다른 직업에 대한 이미지는 아주 한정적이며 주변에 그 직업을 갖고 있는 사람이 있는 게 아니라면 그나마 그것도 대부분 미디어를 통해서 얻는다. 특히 수술실 간호사의 모습은 미디어에서 의사 옆에 가만히 서서 달라는 기구나 건네주는 사람으로 나온다. 그렇다면 수술실 간호사는 실제로 어떤 일을 할까?

출근해서 예약된 수술이 어제 확인한 것과 같은지, 환자들은 수술 준비를 다 마쳤는지 등을 컴퓨터를 통해 다시 한 번 체크하는 것으로 하루 일과를 시작한다. 수술 순서를 확인하고 간호사들의 경력을 고려하여 어떤 수술에 어떤 간호사가 참여하면 좋을지 생각한 후 하루 계획과 함께 특이점이 있는 환자, 평소보다 신경 써야 할 사항에 대해서 알려준다. 특수한 물품이나 기구가 필요한 수술이 있는 경우엔 미리 물건이 제대로 준비가 되었는지 확인한다. 보통은 몇 주분의 수술이 이미 예약되어 있기 때문에 미리 확인하고 병원에 없는 기구나 물품은 의료기기 회사에 연락해서 수술 전에 물건이 도착하도록 한다. 전날 시간이 남으면 다음 날 있을 수술을 준비해놓기도 하지만 그렇지 않은 경우 출근 후 수술 준비를 한다.

모든 준비가 끝나면 환자가 수술실로 들어오고 마취가 시작된다. 수술하는 동안은 환부를 제외하고는 모든 부위를 소독된 천으로 가려서 환자의 몸이 보이지 않기 때문에 소독 천으로 환자를 가리기 전 환자의 몸이 편하게 뉘어져 있는지 확인하는 일은 작은 일 같지만 가장 중요한 일 중에 하나다. 깨어 있는 환자라면 팔 아래 남아 있는 주삿바늘 뚜껑을 알아차려서 이물질을 제거하거나 팔을 다른 위치로 옮기지만 마취된 환자는 그런 일을 하지 못한다. 의료진이 바쁘게 움직이느라 놓친 이 작은 것에 몇 시간이나 같은 자세로 누워 있던 환자의 몸은 초기 욕창의 징후를 보일 수도 있다.

또 하나 중요한 것은 잠들어 있는 동안 환자의 존엄성을 지켜주는 일이다. 환자가 잠들어 있다고 하더라도 신체 노출은 최소한으로 줄이고 필요한 부위 이외에는 가운과 담요로 잘 가려준다. 마취되어 있는 환자의 존엄성을 지켜주는 일은 수술에 꼭 필요한 일은 아니더라도 환자의 가장 강력한 지지자로서 수술실 간호사가 해야 할 가장 중요한 일이다. 수술실 간호사의 일은 수술을 돕는 것이 다가 아니다.

수술은 보통 계획한 대로 진행한다. 대부분의 수술은 A, B, C, D처럼 정해진 순서가 있고 그 순서를 따른다. 사실 수술실 간호사로서는 이 부분이 가장 마음에 든다. 앞으로 어떤 일이 일어날지를 알고 준비할 수 있다는 것. 응급수술도 다르지 않아서 일반 수술과의 차이점이 있다면 속도에 있을 뿐 내용 면에서는 비슷하다. 같은 수술이라도 환자의 상태나 병의 진행 정도에 따라서 A와 B 사이에 A'나 A"가 들어가는 경우는 있지만 전체적인 흐름은 같다.

수술실 간호사나 집도의의 경험이 실력으로 나타나는 부분이 바로 A'나 A"가 이루어질 때다. 보통은 수술 전에 이 예기치 않은 일들에 대한 준비도 한다. 그간의 경험으로 '이런 수술 중에는 이런 상황이 생겼고, 그때 이런 식으로 해결을 했었지'라고 기억하고 준비하는 것이다. 준비가 되어 있지 않았던 일이 벌어지더라도 경험이 많은 수술실 간호사라면 집도의가 부탁하기 전에 미리 이 상황에서 집도의가 시도 가능한 방법들을 머릿속으로 빠르게 생각해보고 가장 시도 가능성이 높은 몇 가지 방법을 준비한다. 집도의가 결정을 내리고 부탁을 하는 순간 모든 것은 이미 준비되어 있다.

응급 상황에서 집도의가 계획을 말하기 전에 미리 알아내고 준비하기도 하는데, 이때가 수술실 간호사의 능력이 빛을 발하는 순간이다. 단순히 집도의를 잘 돕느냐 그렇지 않느냐의 문제가 아니다. 잘 준비된 수술실 간호사는 수술 시간, 즉 마취 시간을 줄여서 긴 마취로 환자의 주요 장기에 가해질 해를 줄일 뿐만 아니라, 병원과 환자가 지불해야 할 비용을 절감하는 효과도 발휘할 수 있다.

손발이 잘 맞는 집도의와 어시스트, 마취과 의사, 수술실 간호사는 하나의 팀으로 최상의 결과를 환자에게 줄 수 있다. 출혈 부위를 꿰매고 암 조직을 직접 떼어내는 것은 집도의지만 그는 나머지 사람들 없이 혼자 그 일을 할 수 없다. 집도의는 수술 팀의 핵심 멤버이고 팀을 대표하는 인물이지만 나머지 사람들 또한 팀의 중요한 일부다. 누구 하나의 역할도 하찮지 않다. 또한 좋은 팀은 각자의 역할을 잘 알고 서로의 일을 존중해준다. 집도의를 존경하지 않거나 마취과의 일을 대수롭지 않게 생각하며, 어시스트나 간호사를 험하게 대하는 팀은 좋은 팀이 될 수 없다. 물론 환자에게 문제가 생겼을 때 대부분의 책임은 집도의에게 가기 때문에 언제나 집도의는 팀에서 가장 큰 힘과 목소리를 갖는다. 그래서 집도의는 자신과 손발이 잘 맞는 마취과 의사, 어시스트, 수술실 간호사로 팀을 꾸리는 경우가 많다.

내가 속해 있는 간담도 수술 팀의 경우 내가 그 팀에서 일한 지는 7년째이고, 집도의와 마취과 의사는 15년째 손발을 맞추고 있다. 눈빛만 봐도 무슨 생각을 하는지 알 것 같다는 것이 빈말이 아니다. IVC(Inferior Vena Cava, 몸에서 가장 큰 정맥)에서 피가 쏟아져 나와도 아무도 당황하지 않고 서로를 믿으며 재빠르게 각자의 할 일을 한다.

수술실 간호사의 능력은 집도의만큼이나 많은 경험을 통해서 쌓인다. 수술실 간호사의 경험을 믿는 집도의들은 간혹 전에 경험하지 못했던 상황에 "무슨 좋은 생각 없어?"라고 수술실 간호사에게 해결책을 묻기도 한다. 자신의 전문 분야 수술만 하는 집도의와 달리 수술실 간호사는 여러 과에서 다양한 기구로 수술하는 것을 보고 경험하기 때문에 "교수님, 비뇨기과에서 이런 기구로 이렇게 하던데, 그거 한번 써 볼까요?" 혹은 "혈관외과에서 지혈할 때 쓰려고 이런 걸 최근에 주문했는데 일반외과에서 써도 좋을 것 같아요. 보여드릴까요?"라는 해결책 혹은 대안을 제시한다.

모든 외과의 기본 이론은 '자른다, 다시 붙여준다'로 간단하지만, 수술실엔 수많은 외과가 있고 각 외과엔 수십 가지의 수술이 있으며 각 과마다 '자르고 붙이는 방식'이 다르다 보니 그것들을 다 배우고 기억해서 언제 어떤 수술에 들어가서도 제 몫을 다 하는 좋은 수술실 간호사가 되기까지는 시간이 걸린다. 그리고 그 시간은 자신에게도, 수술 팀에게도 쉽지 않은 시간들이다.

이렇게 수술이 진행되는 동안에도 환자를 확인하는 일은 계속된다. 특히 가만히 누워 있는 자세로 수술을 받는 케이스는 신경이 덜 쓰이지만 모로 눕거나 엎드린 자세, 혹은 다리를 벌린 자세로 환자가 수술을 받는다면 수술 중간중간 환자의 자세가 바른지, 신경이 눌리는 부분은 없는지 지속적으로 확인한다.

또 하나 중요한 일이 환자의 몸에서 나온 표본specimen을 다루는 일이다. 많은 경우 수술 중 채취한 표본을 검사실에 보내어 정확한 진단명을 내리는 것이 수술의 목적이 되기 때문에 환자의 몸에서 나온 표본을 검사 종류에 따라 병원 프로토콜에 맞춰 다루는 일은 수술실 간호사가 절대로 놓쳐서는 안 되는 일 중에 하나다.

수술이 거의 끝나가면 다음 수술을 계획하고 환자를 수술실로 부른다. 간혹 응급수술이 있으면 계획했던 수술을 미루고 응급수술 준비를 하기도 한다. 한번은 수술이 끝나자마자 응급실에서 이미 중심 정맥관을 꽂고 기관 내 삽관intubation도 되어 있는 환자를 수술실로 밀고 들어온 적이 있었다. 상태가 급속도로 나빠지고 있던 환자는 응급실에서부터 마취가 되어 있었는데, 말인즉 환자를 수술 침대로 옮기자마자 출혈이 가득한 환자의 배를 열겠다는 이야기였다. 이전 환자가 5분 전에 수술실을 떠났기 때문에 수술실 안에는 아무것도 준비된 것이 없었다. 보통은 수술실로 환자를 데려오기 전에 "응급실에 급하게 수술할 환자가 있어요. 이 수술 끝나자마자 바로 할 거예요. 미리 준비해주세요"라고 말을 하는데 그 환자는 상태가 너무나 위중해서 수술 결정이 나자마자 수술실에 전화로 알리고는 미처 준비할 시간도 주지 않고 곧바로 수술실로 옮겼던 것이다.

환자의 배 속엔 피가 가득하고 추가로 대량 출혈이 예상되며 출혈의 근원은 알 수 없다고 했다. 일단 기본적인 것만 준비해서는 이 케이스를 소화할 만한 간호사를 수술에 참여하도록 준비시키고는 나는 계속 뛰어다니며 필요한 물품을 준비했다. 간단한 수술이라도 수술엔 수많은 기구와 물품이 필요하고 준비엔 시간이 필요하다.

대형 병원엔 항상 실습 나온 의대 학생들이나 간호 학생들이 있었고, 그날도 내 방엔 의대 학생에 인턴 선생님들까지 수술에 직접 관여하지 않는 관찰자들로 넘쳐났다. 이미 수술 팀에 마취과까지 사람들이 가득했던 터라 바쁘게 뛰어다니는 길목마다 서 있는 실습생들과 주니어 의사 선생님들이 방해가 되어서 순간 너무 미웠다. 하지만 이런 응급이 매번 있는 것도 아니고 실습 중에 한 번, 혹은 외과 로테이션 중에 한 번 운 좋게 경험하는 것일지도 모르고 이 경험을 통해 누군가는 뜨거운 가슴으로 외과나 수술실을 지원하고 누군가는 그 반대의 결정을 내릴지도 모른다는 생각이 떠올랐다. 네, 잘 관찰하세요. 이게 진짜 수술실입니다.

경험 많은 수술 팀은 이런 정신없는 상황에서도 조용히 각자의 일을 한다. 수많은 이야기가 오가지만 모두 간단명료한 지시와 대답, 확인의 말들이다. 응급 상황에서 수술 팀 각자의 행동엔 이유가 있고 쓸데없는 동작은 없다. 몸속엔 자기 몸무게의 7퍼센트에 해당하는 피가 흐르고 있고 환자는 순식간에 온몸의 피를 터진 혈관으로 쏟아낸다. 혈액은행에서 대량으로 수혈용 피가 수술실로 보내지고 마취과는 그 피를 환자의 혈관과 연결된 관을 통해서 그야말로 들이붓는다. 수술 팀은 환자 배 속에 가득한 핏덩어리를 빼내고 출혈 부위를 찾아 지혈한다. 출혈량은 환자의 목숨과 연관되어 있으므로 이 과정은 매우 빠른 속도로 이루어진다.

이런 상황에서 간혹 이제 병원 맛을 보기 시작한, 뭔가 나도 의사 같아, 나도 간호사 같아라고 느끼는 의료진은 '의학 드라마 놀이'에 빠지기도 한다. 과한 사명감에 사로잡혀 주변 사람들이 보면 '쟤네 뭐 하는 거야?' 싶게 주변 사람들은 들러리로 만들며 혼자 의학 드라마를 찍고 있다는 느낌이 들 때가 있다. 수술실에서도 버릇없이 자란 애들처럼 '우린 지금 사람 목숨을 구하고 있다고요!'라며 사소하지만 많은 사람들이 같이 일하기에 꼭 필요한 규칙들을 그 사명감을 내세우며 어긴다. 자신을 제외하고 나머지 사람들은 다 들러리라고 생각한다.

아무리 대단한 의료진이라도 대량 출혈로 죽어가는 환자를 누구의 도움도 없이 혼자 살릴 수는 없다. 꼭 눈앞에서 환자가 죽고 사는 것을 봐야만 환자의 목숨을 살리기 위해 일하고 있다고 말할 수 있는가? 그렇지 않다. 환자의 회복과 건강을 바라며 병원 안에서 자신에게 주어진 일을 하고 있다면 난 그들이 모두 환자를 살리고 있다고 믿는다.

나는 종종 병원이 호텔 같다는 생각을 한다. 호텔 안에서 만나는 직원이라고는 프런트 데스크의 직원과 호텔 식당이나 로비에서 마주치는 직원들뿐이지만 보이는 사람들보다 더 많은 숫자의 직원들이 호텔 어딘가에서 손님들을 위해 일하고 있다. 병원도 같다. 병원엔 의사와 간호사 외에도 보이지 않는 곳에서 일하는 수많은 사람들이 있고 병원은 그들 없이 환자를 진료할 수 없다. 식당에서 환자 밥을 만드는 직원도, 세탁실에서 환자들의 가운과 담요를 세탁하는 직원도, 원무과 직원도 각자의 몫만큼 환자를 살리고 있다. 병원 안에 중요하지 않은 사람은 없다.

환자가 잠들어 있는 동안 이런 여러 가지 일들이 일어나고 수술은

끝이 난다. 환자를 수술대에서 병동 침대로 옮기면서 환자의 몸에 수술 부위를 제외한 이상이 없는지 전체적으로 확인하고 수술실에 들어왔던 모습 그대로 똑바로 침대에 누이고 깨끗한 가운으로 갈아입힌 후 담요를 덮는다. 환자는 잠들던 모습 그대로, 하지만 병변은 제거된 채 혹은 부러진 뼈는 철심으로 고정된 채, 목숨을 위협하던 출혈은 지혈된 채, 잘려나갔던 손가락이 다시 붙은 채로 깨어난다. 환자를 회복실에 인계해준 후 수술실 간호사의 일은 끝이 난다.

물론 이것이 수술실 간호사 일의 전부는 아니다. 수술 케이스 사이, 혹은 밤이나 주말에 수술이 없을 때면 수술 기구와 물품을 점검하고, 유효기한을 확인하고, 새로운 물품에 대해 교육을 받고 교육을 한다. QI(병원 서비스 & 의료의 질 향상)나 신규 간호사, 간호 학생 교육은 병동과 같다.

지금도 '어우, 어떻게 그런 일을 해요?' 하는 사람들을 좋아하지는 않지만 "그러게요. 그런 일을 어떻게 하게 되더라고요. 먹고살려면 별수 있나요?"라고 웃으면서 농담처럼 말한다. 꿈틀대는 장을, 끊임없이 뛰는 심장을, 예쁜 색으로 반짝이는 간을, 연한 핑크빛이 도는 뇌를 직접 보고 신비롭다고, 사람의 몸속을 직접 볼 수 있는 직업을 가진 내가 행운이라고 생각하는 것이 이상해 보일지도 모른다. 하지만 이런 와중에 여전히 나는 종이에 손가락을 살짝 베고는 소름 끼쳐 한다거나, 누군가 넘어져 무릎이라도 까지면 '아우, 어떡해. 아프겠다!' 진심으로 생각한다는 것을 믿어줄까?

　인체 내부의 신비와 함께 '그런 일'을 하는 수술실을 내가 가장 좋아하는 이유는 큰 수술에서, 초응급 상황에서 착착 손발을 맞춰 환자의 목숨을 살리는 팀워크가 주는 쾌감 때문이다. 수술실에서 일하기 전까지는 내가 팀워크와는 거리가 아주 먼 사람이라고 생각했다. 하지만 그건 팀워크를 잘 끝냈을 때 경험하는 '우리가 해냈다!'라는 감정을 느껴보지 못했기 때문이라는 것을 수술실에서 일하고 난 후에 알게 되었다.

　가끔 이 느낌이 그리워 한국 병원을 그만두고 호주 간호사 준비를 하는 동안 문득 '아, 초응급수술 하나 하고 싶다'라는 생각이 몰려왔는지도 모르겠다. 우리가 환자의 목숨을 살려냈고, 내가 팀 내에서 역할을 제대로 해냈다는 사실을 팀원들이 인정해주고 나 스스로도 느낄 때의 그 만족감이란, 이런 것이 '그런 일'을 하게 만드는 마약과도 같은 진짜 이유가 아닐까?

수술실 간호의 장점

나는 종종 농담 반 진담 반으로 다시 처음으로 돌아가 과를 선택할 수 있다면 중환자실을 선택할 것이라는 말을 한다. 수술실 일이 좋지만 병동이나 중환자실에서 일하는 간호사들과 이야기를 나누다 보면 새삼 내가 얼마나 약이나 검사 결과에 무지한지를 깨닫는다. 대학교 때 배운 것도 있고, 실습 때 본 것도 있지만 약과 검사의 세계를 떠나 수술실에 10년이나 있다 보니 수술에 필요해서 알아야 하는 검사 결과들을 제외하고는 거의 모두 잊었다. 병동이나 중환자실 간호사들이 같은 간호사인 나는 잘 알지 못하는 검사나 약, 처치 등을 이야기하는 모습을 보면 '내가 중환자실에 갔다면 저렇게 많이 알았을까' 싶어 아쉬움이 남는다.

물론 나는 수술실 간호사로서 자부심이 있고, 병동이나 중환자실 간호사들은 알지 못하는 수술과 관련된 것들을 알고 있다. 그리고 현재의 상황으론 원한다면 중환자실에 갈 수 있다. 가서 신규 때처럼 고생하며 많은 것을 배워나가야 하겠지만 스스로 각오가 되어 있다면 언제든지 도전해볼 수는 있다. 실제로 수술실에 있다가 중환자실이 궁금하다며 중환자실로 근무지를 바꾼 간호사도 있고, 병동에 있다가 수술실이 궁금하다며 수술실에 근무를 하러 온 간호사도 있었다. 불가능한 일은 아니다. 입으로는 '중환자실 가고 싶어' 하면서도 수술실을 내가 떠날 수 없는 이유, 날 놔주지 않는 수술실의 매력은 다음과 같다.

◇ Short term tasks

수술실에 24시간 이상 머무는 환자는 거의 없다. 물론 24시간 넘게 걸리는 수술도 있지만 내가 했던 가장 긴 케이스는 전기톱에 잘린 손가락 몇 개를 다시 붙이는 수술로 15시간 정도였다. 그 외에도 구강과 식도에 생긴 종양을 제거하면서 종아리에서 뼈를 잘라서 제거된 하악을 다시 만들어주고 팔에선 피부와 조직을 떼다가 제거된 구강과 식도를 만들어주는 수술도 오래 걸린다. 이런 수술엔 여러 팀이 참여한다. 한 팀이 처음부터 끝까지 수술에 참여하지는 않고 메인 서전만 남기고 중간에 팀을 바꿔서 진행하거나 수술 중간중간 손을 바꿔서 휴식을 취한다. 그 긴 시간 동안 1분 1초도 빠짐없이 집중한다는 것은 불가능하기 때문에 적당한 휴식은 안전한 수술을 위해서 필수적이다.

이렇게 수술실에 15시간 정도 길게 있는 환자도 근무 시간 동안만 보고 다음 날 출근하면 그 환자는 더 이상 수술실에 없는 경우가 대부분이다. 보통은 수술실에서 아무리 환자를 길게 본다고 해도 같은 환자를 보는 건 본인 근무 시간이 최장 시간이다. 병동처럼 같은 환자를 며칠에서 몇 달간 보는 일은 없다.

내 경우엔 보통 한 달에 한 번 정도 하는 긴 케이스인 8~9시간짜리를 제외하면, 10분 만에 끝나는 수술도 있고, 좀 크고 복잡하다 싶은 수술도 4~5시간이면 끝난다. 수술은 건별로 진행되고 이번 케이스에서 수술실 간호사로서 역할을 잘 못한 것 같다, 환자에게 최선을 다하지 못한 것 같다면 다음 케이스에 잘하면 된다. 매번 새로운 환자, new set up이니 실수를 만회하고 스킬을 발전시킬 기회가 자주 있다.

◊ 빠른 피드백

피드백은 같이 일하는 사람들, 대부분의 경우 메인 서전에게 받는다. 원하면 케이스마다 피드백을 받으니 자신의 수술실 간호사로서의 성장 과정이 즉각적으로 보인다. 대부분은 잘했다, 못했다 말이 없지만 그런 경우에도 분위기로 자신의 성과를 스스로 느낄뿐더러 아주 잘하거나 아주 못했을 때는 피드백이 직접적으로 온다. 케이스 중간에 계속적으로 그리고 케이스 후 바로 온다. 살면서 내 눈앞에 즉각적으로 성과가 보이는 일은 드문데 수술실 일이 그렇다. 중·고등학교 시절 문제 하나 풀고 답 확인하던 나로서는 바로 이 점이 마약처럼 중독적이다. 수술이 잘 끝난 후에 집도의로부터 듣는 "정 간호사, 오늘도 잘 도와줘서 수술이 어렵지 않았어요" 혹은 "어려운 케이스였는데 정 간호사 덕분에 쉽게 끝냈어요"라는 말은 언제 들어도 좋다.

수술실에서 일하는 초기엔 수술이 끝나고 나면 나만의 수술 노트에 그 수술 중 놓쳤던 점들을 적어놓았다. 다음에 같은 수술에 들어가기 전에 그 노트를 훑고 참여했다. 그리고 같은 실수를 하지 않기 위해서 노력하고 잘 해내다 보면 굳이 수술 팀에게 칭찬의 말을 듣지 않아도 스스로 '엇, 나 이제 좀 괜찮은 수술실 간호사 같은데~'라고 느끼는 순간들이 있어서 좋다.

이렇게 대부분의 수술이 몇 시간짜리 short term tasks에 피드백이 빠르다 보니, 잘할 경우 작은 것이지만 '성공 경험'을 거의 날마다, 과장하면 케이스마다 할 수 있다. 즉 일하는 게 즐거워지고 간호사라는 직업인으로서의 자존감이 높아진다. 어떤 직업이 이렇게나 자주 성취감을 줄 수 있을까? 이런 쪽으로 생각하다 보면 수술실 간호사를 하고 있는 내가 직업인으로서 꽤나 행운아가 아닌가 싶다.

물론 아쉽게도 간혹 "정 간호사, 무슨 일 있어? 오늘은 왜 이렇게 버벅대?"라는 말도 듣는다. 주니어 시절엔 이런 서운한 소리를 들으면 스스로가 멍청한 간호사 같아서 참 속상했는데 이제는 넉살이 좋아져서 "저 평소에 잘하잖아요. 사람이 어떻게 매일 잘합니까? 오늘은 컨디션이 별로예요. 좀 봐주세요~"라고 농담을 하기도 한다.

또한 대부분의 환자는 수술실에 들어오기 전 있었던 문제들을 해결해서 수술실 밖으로 나간다. 부러진 다리를 고치러 와서 부러진 다리 그대로 나가는 경우는 거의 없다. 눈앞에서 부러진 다리가 정복되고, 암세포가 잘려나가고, 출혈이 있던 부위를 꿰매 출혈을 멈추는 등 수술 전 있었던 문제가 즉시 해결된다. 그 문제의 해결이 환자가 갖고 있는 모든 의학적 문제의 해결이 아니고, 간혹 수술로 인해 다른 문제가 생기기도 하지만, 성과가 보장된 일에 참여한다는 것, 그 성과를 곧 수술에 참여한 우리 모두 확인할 수 있다는 것은 또 다른 성취감을 준다.

◇ 환자나 보호자와 거리 두기

보호자는 수술실 문 밖에 있고 환자는 성격이 좋건 나쁘건 수술실에선 마취되어 있으니 조용하다. 건강한 상태였다면 그렇지 않았을 텐데 몸과 마음이 불편한 환자들은 병동에서 간혹 대상이 잘못된 불평과 요구를 한다. '아파서 그러신 거지…'라고 이해하다가도 간호사도 인간인지라 일에 치이다 보면 이런 생각이 든다. '아니, 방금 전 주치의 봤을 땐 아무 말 안 하시더니 이제 와서 왜 그걸 저에게 그러세요?' 혹은 '그런 건 아무런 힘도 없는 말단 간호사인 제가 아니라 병원장님에게 가서 말씀하시라고요! 저에게 퇴원하는 그날까지 매일매일 백날을 불평해봐야 소용없어요.'

하지만 대부분의 병동 간호사들은 이런 일을 겪고도 여전히 밝은 미소를 지으며 "죄송해요 환자분, 제가 빨리 알아보고 말씀드릴게요"라고 말할 것이다. 같은 간호사이지만 자신의 감정을 최대한 숨기고 프로페셔널하게 행동하는 그들이 참 대단하다고 생각한다. 수술실에선 환자들이 의료진을 붙잡고 수술 잘 해달라고 부탁하는 것 외에는 별달리 좋은 말도, 나쁜 말도 없기 때문에 병동처럼 환자나 보호자의 말이나 행동 때문에 상처를 받는 일은 거의 없다. 게다가 대부분의 수술 전 환자는 의외로 차분하다. 수술실에 들어오기까지 수많은 생각과 감정이 있었겠지만 수술실에 들어오는 순간 그들은 그 모든 것을 정리한 듯 보인다.

솔직히 이야기하면 앞에서도 언급했지만 내가 이런 이유 때문에 수술실을 택한 것도 있다. 환자와 보호자가 싫어서는 아니다. 분명 좋은 환자, 보호자가 더 많다. 내가 해야 할 일을 한 것뿐인데 과하게 감사해주고, 바쁜데 괜한 부탁을 하는 것은 아닌가 조심스럽게 말을 건네는 분들이 더 많다. 예전이나 지금이나 내 문제는 다른 사람의 감정에 예민하다는 것에 있다. 가깝고 내게 의미 있는 사람들의 감정뿐만 아니라 의미 없는 주변인의 감정까지 원하지 않아도 종종 물밀듯 쏟아져 들어오고는 한다. 그들이 날 붙잡고 그 감정을 털어놓는 것도 아닌데 다른 이야기를 하는 중간, 그들의 작은 행동, 눈빛에서 어느 순간 감정들이 내게 넘어온다.

그리고 그 감정들로 나는 나만의 이야기를 쭉 펼쳐나가며 감정을 증폭시키는 이상한 버릇이 있다.

친구들은 이런 나 때문에 종종 당혹스러워했다. 무심하고 무신경해 보이는 애가 영화를 본다거나 글을 읽거나 이야기를 하는 중간에 울 상황이 아닌데도 눈물을 왈칵 쏟고는 했기 때문이다. 내가 느끼는 감정은 화면 속, 글 안의 이야기를 넘어서 내 안에서 순식간에 더 크게 발전했고 그 끝에 눈물이 터졌다. 많은 사람들을 만나고 수많은 감정을 느낀다는 것이 생각할 기회를 많이 줘서 좋은 반면 피곤하기도 하다. 그런 이유로 나이가 들면서 소설을 읽지 않게 되었다. 소설을 읽어야 하는 이유나 장점 등에 대해서 잘 알고 있기에 시도를 하지만 곧 소설의 마지막 책장을 덮으며 기진맥진해져 있는 나를 발견한다. 그러고는 '대체 이게 무슨 짓이지. 돈 내고 시간 들여 일부러 감정 노동을 하고 있었다니'라는 후회가 밀려온다. 소설엔 너무 많은 감정이 있다. 그런데 소설보다 더 다양한 사람들이 있는 곳이 병동이다. 게다가 그들은 모두 두려움, 불안, 슬픔, 분노 같은 짙은 감정을 갖고 있다. 그 감정들을 다독이고 내 감정도 추스를 만큼 나는 성숙하지 못하다. 그래서 수술실로 숨었다.

◇ 환자의 또 다른 보호자

수술실에서 마취되어 있는 환자는 인간으로서 가장 무방비한 상태에 빠진다. 환자복 이외에는 자신을 보호할 수 있는 기본적인 장비도 없을뿐더러 환자의 가장 가까운 보호자조차 없다. 환자를 제외한 모든 사람이 이 상황에 익숙해 보이고 자신의 일을 잘 알고 뭔가를 하는데 환자는 이 상황이 낯설다. 게다가 수술을 받는다는 사실만으로도 긴장되고 불안한데 다른 사람들은 다 서 있고 자신만 그들 한가운데 누워 있으니 성인에겐 매우 위협적인 상황으로 인식될 수도 있다.

이런 순간에 환자 곁에서 가장 큰 힘이 되어줄 수 있다는 것, 환자가 가장 취약한 순간에 강력한 보호자가 될 수 있다는 점 또한 수술실 간호사라는 직업의 매력이다. 불안한 환자를 안심시키고, 환자가 삽관한 채 잠들어 있는 모습을 보면 '이 순간 이 환자를 지킬 수 있는 것은 우리뿐이구나. 환자에게 정말 온 힘을 다해야겠다'라는 생각이 저절로 든다. 뭔가 진짜 나이팅게일스럽지 않은가? 하하!

◊ 또 다른 의미의 집중 치료 Real intensive care

중환자실에서도 간호사 한 명이 환자 한 명을 돌보는 경우는 한국 병원에서는 드물다. 하지만 수술실에선 매 순간 내가 보는 환자는 한 명이다. 호주에서는 수술방 하나당 세 명의 간호사를 배정하는 것이 호주 수술실 간호사 학회ACOPN, The Australian College of Perioperative Nurses의 권장사항이기 때문에 이런 권장사항을 지킬 경우 환자 한 명을 세 명의 간호사가 보는 것이 된다. 그만큼 수술실 안에서 이루어지는 의료행위가 집중적이며 환자의 향후 경과에 중요한 영향을 미친다는 것을 알 수 있다. 간호사뿐만 아니라 한 명의 환자를 수술하기 위해선 아무리 간단한 수술이라고 해도 간호사 최소 두 명, 집도의 한 명, 어시스트 최소 한 명, 마취과 의사 최소 한 명, 마취과 간호사 최소 한 명 등 최소 여섯 명이 환자 한 명에게 모든 것을 집중한다.

간단한 수술일 때 이렇지 지금 당장 수술을 받지 않으면 목숨을 잃을 수도 있는 중증 외상 환자의 경우엔 환자 한 명에 온 힘을 쏟는 의료진의 숫자가 열 명이 넘어가기도 한다. 그 많은 사람들의 집중력이 수술이 다 끝날 때까지 오롯이 환자 한 명에게만 쏟아진다. 다른 환자의 일을 해결하기 위해 보던 환자의 일을 급하게 끝내는 일 같은 것은 수술실에서는 없다. 다른 환자 걱정 없이 내 눈앞의 환자에게만 집중할 수 있다는 것! 이 부분도 굉장히 매력적이다.

part 3

병원 일기

: All OR Nothing

온 콜 (On Call, 당직)

 밤 10시 30분에 퇴근을 하는데 밤 근무 간호사가 비행기로 1시간 떨어진 도시에서 환자가 오기로 했다며 새벽 4시에 병원에 도착할 거라고 한다. 응급실을 거치지 않고 헬리콥터에서 바로 수술실로 올 거라는 말에 환자가 많이 위중한 상태라는 것을 알 수 있었다.

아무리 큰 사고가 나도, 바로 전원하기에는 상태가 너무 안 좋아 다른 병원에서 간단하게 응급처치를 받고 급하게 우리 병원으로 오는 환자도 모두 응급실을 거쳐서 필요한 검사를 조금 더 하고, 입원 서류 작업을 마치고, 우리 병원 의사들에게 다시 한 번 상태를 확인받은 후 수술실로 온다. 하지만 당장 수술을 하지 않으면 목숨을 잃을 환자의 경우엔 응급실을 거치지 않고 수술실로 바로 들어오는 방침이 몇 달 전에 새로 생겼다.

실제로 얼마 전에 수술을 하다가 필요한 것이 있어서 잠깐 기구 준비실로 나왔는데 J가 급하게 무언가를 집으며 "너도 우리 좀 도와줘!" 하고는 어딘가로 뛰어갔다. 몇 분 전 K가 급하게 제세동기를 가져가는 것을 본 터라 15개의 수술방 중 어딘가에서 CPR(Cardiopulmonary Resuscitation, 심폐소생술)이 터진 것은 알았지만 코드 블루(Code Blue, 코드 색과 의미는 병원마다 다르다)가 안 울려 상황이 잘 컨트롤되고 있을 거라고 막연히 생각했다.

J를 따라 뛰어가 보니 수술실 환자 대기 구역 한편에 많은 사람들이 서 있었다. 수술실 의료팀에 응급실에서 올라온 사람들, 거기다 환자를 비행기로 데리고 온 RFDS Royal Flying Doctor Service 의료진에 방사선 기사까지 30명은 되는 사람들이 환자 한 명을 둘러싸고 있었다. 그중 절반은 상태를 지켜보며 대기하는 사람들이었고 나머지는 실제로 환자에 매달려 있었다.

이런 상황에선 모두 자기가 할 일을 잘 알고 있어야 한다. 팀 리더가 있기는 하지만 큰 흐름만 잡아줄 뿐 모든 사람에게 일일이 지시하지는 않는다. 우리는 모두 프로고 이런 상황에 익숙하다.

내가 할 일이 무엇인지 알아내기 위해 환자에게 가까이 다가가니 의사 R이 환자 가슴에 손을 넣고 심장 마사지를 하는 모습이 보였다. 수술실에서야 심장 수술할 때 심장을 직접 손으로 만지는 게 당연하지만 이렇게 준비되지 않은 상황에서 급하게 환자 가슴을 열고 손을 넣어 직접 심장을 꾹꾹 짜주며 마사지하는 모습을 보니 이렇게까지 해서 사람을 살리는구나 싶은 생각에 마음이 갑자기 서늘해졌다. 환자가 누워 있는 침대 아래에는 준비되지 않은 채 열린 환자의 가슴에서 흘러나온 피가 흥건했다. 심폐소생에 필요한 약들은 약에 익숙한 응급실 팀이 맡고 있었고, 수술실 의료진은 가슴을 열고 심장을 짜는 의사 R을 돕고 있었다. 그러나 곧 그 수많은 사람들의 노력에도 응급실 팀 리더가 크게 외친다.

"다 멈춰. 살아날 가망 없어. 누구 이의 있는 사람 있어?"

환자는 그렇게 수술방 안에 들어가 보지도 못하고 문 바로 앞에서 사망했다.

이처럼 위급한 상황에만 환자는 응급실을 거치지 않고 바로 수술실로 온다. 병원에 있는 사람들은 환자의 생명을 구하는 일이 모든 일의 가장 첫 번째이고, 우리 모두 그 일을 위해 여기에 존재한다는 것을 안다. 그렇기에 입원 등록도 안 돼서 병원 시스템에 존재하지도 않고, 아무런 서류도 없는 환자를 일단 수술실로 끌고 들어와 목숨을 살리는 일에 매진하는 것이다.

지난번에 있었던 그 응급 상황을 떠올리며 지금의 상황을 이해하려 애썼다. 밤 10시 30분인데 비행기로 1시간 떨어진 도시에서 환자가 새벽 4시에 온다고? 응급실도 들르지 못할 만큼 위중한 상황이라면 왜 새벽 4시에 오는 걸까? 내가 상상할 수 있는 이유들을 모두 생각해봤지만 이해할 수 없었다. 일단 집에 가서 자라며, 하지만 오늘 밤 온 콜인 나를 다시 불러내야 할지도 모르겠다는 말을 밤 근무 간호사가 미안한 얼굴로 한다.

밤길을 운전해서 병원에서 20킬로미터 떨어진 집에 도착해서 씻고 침대에 누우니 11시 30분. '4시에 환자가 도착한다면 수술 준비는 밤 근무 간호사들이 해놓을 것이고, 나에겐 늦어도 3시 30분에 연락이 오겠구나.' 남은 시간은 4시간. 얼른 자야겠다며 누웠지만 당직 마취과 의사에게서 들은 환자에 대한 정보를 하나둘 생각하다 보니 정신은 점점 말똥말똥해졌다. 깜깜한 방 침대에 누워 핸드폰을 만지작거렸다.

잠깐 잠이 들었는가 싶었는데 전화벨이 울렸다.

"여보세요."

"지금 병원으로 와줄래?"

"네. 40분이면 도착할 거예요."

"미안해."

"아니에요."

온 콜인 날 새벽에 병원으로부터 온 전화를 받으면 나는 언제나 같은 패턴의 형식적인 말들을 짧게 끝내고는 시간을 확인했다. 3시 20분. 내가 받은 전화는 병원에서 온 두 번째 전화였다. 1분 전에 병원에서 전화가 왔다는 부재중 통화 표시가 핸드폰에 남아 있는 것을 보고 깊게 잠에 빠졌었다는 것을 알았다.

침대에서 일어나니 개가 덩달아 일어나 꼬리를 흔들며 나에게 다가와 아침 인사를 하고는 곧 밥그릇 앞에 앉아 아침밥 먹을 준비를 한다.

"아침 아냐. 새벽이야. 언니 병원 갔다 올게."

개에게 간식을 하나 던져주고는 차에 탔다.

얼마 전 24시간 중 가장 모호한 시간, 만약 다른 세계로 통하는 문이 열리는 시간이 있다면 그게 언제일까 하는 쓸데없는 망상을 한 적이 있다. 나에겐 새벽 4시가 그랬다. 밤새 수술을 하고 있으면 꼭 새벽 4시 즈음에 몸과 정신의 반 정도는 텁텁한 회색빛 먼지를 무겁게 뿌리며 현실에 존재하지 않는 또 다른 공간에 여러 조각으로 존재하는 느낌을 받고는 했다. 단지 잠을 못 자서, 평소라면 자고 있을 시간에 깨어 있어서 그런 건지도 모른다. 생명이 있는 것 같기도 하고 없는 것 같기도 한 시간. 시내 한복판에 있는 병원으로 가는 길. 도시는 고요하다.

병원에 취업을 하고 원하는 부서를 적어넣을 때 나는 온 콜이 내 인생에 얼마나 많은 영향을 끼칠지 몰랐다. 수술실에 지원을 하면서도 수술실에서 일을 하면 온 콜을 받게 된다는 것도 몰랐다. 무식했다. 자다가 밤에 불려나가는 일은 드물었지만 여전히 온 콜인 날은 마음이 무겁고 불안하다. 언제 전화가 올지 모른다는 불안감, 빨리 잠을 자둬야 한다는 압박감, 혹시 핸드폰이 갑자기 망가지거나 통신사에 문제가 생겨서 병원 전화를 못 받는 일은 생기지 않을까 하는 괜한 망상까지 머릿속엔 온갖 걱정이 떠돌아다닌다.

어젯밤 퇴근길에 병원 근처 주유소를 지나며 주유를 해야 할지 말아야 할지 잠시 고민했다. 얼른 집에 가서 눕고 싶은 마음에 단 5분도 지체하고 싶지 않았다. 하지만 주유기의 눈금이 거의 바닥이라 그냥 갔다가 새벽에 다시 불려나올 경우 문 연 주유소를 찾아 헤맬지도 모를 일이었다. 주유를 한 건 잘한 일이었다.

병원에 도착하니 개복술을 받은 환자가 회복실에서 회복 중이었고, 다른 도시에서 온다는 환자는 아직 도착하지 않았다. 짙게 커피를 한 잔 타 마시고는 수술실 스테이션에 앉아서 환자를 기다렸다.

그러나 막상 도착한 환자는 예상과 달리 전혀 위중하지 않았다. 칼날이 머릿속에 박혀 있다는 것을 제외하고는 모든 것이 안정적이었다. '칼날이 머릿속에 박혔다'라는 문장이 주는 엄청난 상상과는 달리 칼날의 크기도 작았고, 뇌 속 출혈도 없었다. 칼날이 박힌 위치도 비교적 안전한 부위였으며, GCS(Glasgow Coma Scale, 의식 수준 사정)는 15였다. 다른 외상 또한 없었다. 어디선가 커뮤니케이션이 무너진 게 분명하다. 다른 병원에서 헬기로 환자를 이송할 때 정보는 몇 단계로 전달될까? 정보를 전달받아야 하는 사람은 몇 명이나 될까? 평소에 정보가 온전하게 전달되는 것이 신기할 정도로 많은 사람들이 연관될 것이다. 어쩌면 정보가 문제없이 잘 전달되는 것이 소통 혼란이 일어나는 것보다 더 신기한 일인지도 모른다.

이 일에 관해 언쟁 수준은 아니고 작고 날카로운 말들이 수술실 밤 근무 책임 간호사와 신경외과 레지스트라(레지던트) 사이에 오갔다. 옆에서 듣고 있는데 내가 제일 듣기 싫어하는 말 중 하나를 담당 레지스트라가 꺼낸다.

"난 어제 아침 6시부터 일을 하고 있다고. 왜 응급실에 들러서 시간을 낭비해야 하는 겁니까?"

의사가 되기로 한 것은 그의 선택이다. 이런 힘든 수련 과정을 그는 알고 있었다. 대화 도중 의사들이 투정을 부리며 "나 20시간째 일하고 있어. 불쌍하지?" 이러면 "어이구~ 힘들어서 어떡해? 커피 사줄까?" 다 독여주지만 공식적인 논의 중에 이런 말을 하면 화가 난다. 그 말인즉 '밤에 잘 것 다 자고 평소 생활할 것 다 하는 너는 닥치고 내 요구조건이나 들어줘!'인가? 소명의식으로 의사가 된 사람도 있겠지만 옆에서 수많은 그들을 보는 나로선 그 숫자가 많지 않음을 잘 알고 있고, 이런 말을 하며 다른 동료의 일을 깔아뭉개는 의사일수록 그 많지 않은 숫자에 속할 확률은 낮다. '적당히 머리가 좋아 의대에 들어갔고, 돈을 많이 벌고 싶어서, 부자로 살고 싶어서 수련을 견딘다는 것, 너도 알고 나도 알아.'

물론 네가 선택한 일이니 닥치고 견디라는 말은 아니다. 나 역시 대단한 사명감으로 간호사 일을 하고 있는 것이 아니므로 사명감이나 소명의식이 없다고 다른 의료진을 비난할 생각은 없다. 내가 그들만큼 머리가 좋았다면 나도 간호대가 아닌 의대에 들어갔을 것이고, 식사 도중 응급전화를 받고 병원으로 달려가는 외과 대신 일은 쉽고 돈은 더 많이 벌 수 있는 과를 선택해서 편안하고 안락한 삶을 꾸릴 생각을 했을 것이다. 누구나 다 가질 법한 안락한 일상에 대한 욕구나 희망이 비난의 대상이 될 수는 없다.

나는 기본적으로 외과의, 특히 신경외과, 일반외과, 흉부외과, 혈관외과의 그들을 존경한다. 애초에 소명으로 그 과를 선택했건 그렇지 않았건 그들은 쉬운 길을 갈 수 있음에도 한밤중에 불려나와 수술을 하고, 퇴근해서도 수술받은 환자의 상태를 걱정하고 살피며, 하는 일에 비해 다른 의사보다 소득 차이는 별로 없는, 사실상 많은 경우에 소득이 더 적은 외과를 선택했다. 죽음을 대면하고, 생과 사를 결정하고, 그 소식을 환자와 그 가족들에게 전해야 하는 무거운 일을 받아들였다. 존경받아 마땅한 사람들이라는 것을 잘 알고 있다. 하지만 그들의 의도가 어쨌건 그걸 다른 사람에게 직접적인 말로 들이밀며 '내가 이렇게 숭고한 사람이야. 나 대접 안 해줘?'라고 하는 순간 의도는 왜곡된다. 심각한 이야기 중에 "저 거의 24시간째 일하고 있어요"라고 그걸 무기 삼아 말하면 내가 무표정한 얼굴로 해줄 말은 하나뿐이다.

"어쩌라고!"

'시간 낭비하기 싫으면 환자를 집으로 부르지 그러셨어요? 왜 수술실엔 데려와요?'

나 역시 말도 안 되는 소리로 속으로 빈정거렸다. 병원에는 수많은 직업이 있고 그들의 시급은 다 다르다. 시급이 높은 사람은 시급이 낮은 사람에게 '내 아까운 시간 낭비하지 마!'라고 말해도 되는 것일까? 너의 시간을 절약하기 위해서 우리의 시간을 낭비하는 것은 옳은 일일까? 병원 내 절차라는 것은 이렇게 아무 때나 아무에 의해서 '이게 다 환자를 위한 것이라고요!'라는 정답이 있지만 많은 경우 동의할 수 없는, 막강하지만 싸구려인 주장에 무너져도 되는 것일까? 수술 내내 생각했지만 답을 찾을 수 없었다.

수술은 어색한 공기 속에서 잘 진행됐고 환자는 회복 후 곧 병동으로 옮겨졌다. 쓸쓸한 마음으로 뜨는 해를 보며 집으로 돌아와 읽던 책을 마저 읽고는 잠들었다.

삶은 초콜릿 상자가 아니다

 오늘 아침 췌장암 수술을 받을 예정이었던 환자는 지난주에 수술 직전 마음을 바꾸고 병원에 나타나지 않았던 바로 그 환자였다.

췌장암 수술이 있는 아침이면 긴 하루를 대비해서 아침밥도 든든히 먹고 하루 종일 있을 큰 수술을 대비해서 평소보다 30분 일찍 출근해 수술 준비를 한다. 항상 그러하듯 평소처럼 수술 준비로 바쁘게 왔다 갔다 하고 있는데 전화가 온다. 환자에게 또 다른 사정이 생겼다며 방금 수술이 취소되었다고 한다.

아침 5시에 일어나서 이 수술을 생각하며 하루를 계획하고, 밥을 잘 챙겨 먹고, 하루 종일 화장실에 못 갈 테니 물을 마시는 시간이나 양까지 생각했다. 수술 중간에 화장실에 간다며 뛰어나올 수는 없는 노릇이라서. '이 정도의 물을 지금 마시면 수술 직전에 화장실 다녀올

수 있겠지. 수술 내내 괜찮겠지.'

그런데 수술이 취소되었다는 말에 기운이 쫙 빠진다. 이런 경우가 종종 있다. 하지만 시간이 지나도 적응이 안 된다. 종종거리며 보낸 시간이 결국 아무것도 아닌, 쓸데없는 시간이었다는 사실은 받아들이기 힘들다.

췌장암 수술은 꽤나 크고 복잡하고 마취에 수술까지 하면 최대 10시간이 걸리는 긴 수술이라 내가 있는 5번 방 수술실엔 오늘 이 수술 하나만 예정되어 있었다. 그런데 이 수술이 취소되었다고 분당 비용이 수만 원에 달하는 수술방을 텅텅 비워놓을 수는 없었다. 레지스트라들은 수술이 필요한 다른 환자들, 하지만 오늘 수술받을 예정이 아니었던 환자들을 이 빈 시간을 이용해 수술받게 하려고 급하게 병동으로 떠났다. 맥도 빠지고 아무것도 안 했으면 좋겠지만 아무것도 안 할 수는 없다. 이제 하루의 시작이니 다른 수술을 계획해야 한다.

환자는 지난번엔 수술받을 기분이 아니라며 수술 당일 병원에 오지 않았고, 또 한 번은 수술 당일 입원을 했는데 지독한 감기로 폐가 수술받을 만큼 건강하지 못해 수술을 받지 못했다. 그 외에도 다른 이유로 이전에 두 번 더 수술이 취소되었고 이번이 다섯 번째 수술 예약이었다. 모든 암이 그렇지만 제거할 수 있다면 가능한 한 빨리 제거해야 한다. 환자가 이 사실을 모를 리 없다. 이번엔 대체 왜 안 나타난 걸까? 궁금해서 알아보니 환자의 딸이 지금 우리 병원 중환자실에 입원 중이고 상태가 꽤나 안 좋은 모양이었다. 수술을 받으면 자신도 수술 후 중환자실에 갈 확률이 높다. 환자의 가족관계가 어떻게 되는지는 모르지만 그 딸의 유일한 보호자일 수도 있다. 자신의 병도 위중하지만 수술받을 상황이 아니라고 개인적으로 판단한 것이다.

환자들을 보고 있으면 불행한 사람은 계속 불행하고 행복한 사람에겐 좋은 일만 일어나는 것 같다. 가끔 행복한 사람에게도 불행은 닥치지만 삶을 통째로 흔들어놓는 불행 같은 것은 오지 않는다. 불행한 사람은 방향을 잘못 잡아 지은 집처럼 햇빛은 들지 않고 어둡기만 하다. 쥐구멍엔 볕이 들지 않는다. 세상은 아주 불공평하며 우리가 생각하는 그런 신 같은 건 없다. 만약 있다면 그 신은 무척이나 심술궂고 하루 종일 삶의 곳곳에 우리 몰래 구덩이를 파놓는 일에 열중하는 것이 틀림없다. 또한 구덩이에 빠진 우리를 보고는 낄낄거릴 것이다. 열 손가락 깨물어 아픈 손가락과 안 아픈 손가락이 극명한 자일 것이다.

가장 듣기 싫은 소리는 '신은 우리가 감당할 만큼의 시련만 주신다'라는 말이다. 이 이야기를 위로라고 하는 사람들. 자신의 아이가 장애를 안고 태어나고, 자신이 어느 날 갑자기 전신마비가 된다면? 그때도 그 말이 더할 나위 없는 위로로 들릴까? 그 소리를 듣고 장애의 몸으로 남은 생을 열심히 살아갈 힘이 불끈 날까?

언젠가 이십 대 초반의 환자가 90킬로미터로 달리던 차가 전복되는 사고로 목뼈가 부러져서 수술을 받으러 왔다. 환자의 상태가 불안정했던 터라 간호사가 환자와 동행해서 수술실로 와서는 나에게 인계

병원 일기
: All OR Nothing

PART
3

를 해주었다.

"2년 전 마약을 한 상태로 운전을 하다가 차 사고가 나서 T6(여섯 번째 등뼈)가 손상됐고 하반신 마비가 됐어요. 그리고 이번엔 90킬로미터로 달리는 자동차 보조석에 앉아 있다가 사고가 났고 C3(세 번째 목뼈)가 골절됐어요. 그 이외에 다른 외상은 없어요. 단지 언어로 공격을 많이 하니까 주의하세요."

언어 공격, 즉 의료진에게 욕을 해댄다는 말은 귀에 들어오지도 않았다. 뭐라고요? 2년 전 사고로 하반신 마비가 됐는데 이번엔 전신마비가 될지도 모른다고요? 차트를 살펴보니 환자는 2년 전 사고 이후로도 계속 마약을 했고(대체 하반신 마비의 몸으로 어디서 마약은 그렇게 구하고, 돈은 또 어디서 날까?) 이번 사고 역시 마약을 한 친구가 운전하는 차를 타고 스피드를 즐기다가 났다. 이미 하반신 마비가 됐고, 아마도 전신마비가 될지도 몰라 노심초사하며 자기를 돌봐주는 사람들에게 고맙다는 말은커녕 거친 말들을 뱉어내고 있을 것이다.

스무 살에 하반신 마비가 됐을 때 환자는 인생의 모든 불운은 이것으로 다 맛보았다고 생각했을 것이다. 그것보다 더 심한 무언가가 2년 만에 또 다가오리라 상상하지 못했을 것이다. 신은 이 환자가 다리뿐만 아니라 팔까지 못 쓰게 되길 바라신 걸까? 죽이면 깨닫는 게 없을 것이니 이번엔 양팔을 못 쓰게 만든다면 정신을 좀 차릴까 생각하신 걸까? 이러면 최소한 마약은 더 이상 못하겠지, 이런 계획을 세우신 걸까?

팔자니 운명이니 하는 말들은 너무 무력하지만 어떤 일이 생기고 생각지도 않았는데 갑자기 인생이 나에겐 말도 없이 우향우나 좌향좌라도 한 듯 방향을 획 바꿔버린다. 백 가지, 천 가지 다른 경우를 생각해봐도 갑자기 시작되는 인생의 다른 페이지를 막을 수 있는 것은 없다. 갑자기 사고가 나서 크게 다치거나 신체의 일부분을 잃는 일, 단 하나뿐인 가족과 자신이 동시에 중환자실에 입원하는 일 같은 것은 아무도 인생에서 계획하거나 고려하지 않았을 것이다.

사고로 수술을 받으러 온 환자들을 보다 보면 내가 아무리 조심한다고 해도 벌어질 일은 벌어진다는 걸 느낀다. 적당히 반쯤은 놓아버리거나 포기하고 살게 된다. 내 몸조차 온전히 내 것은 아니다. 아무것도 진짜 내 것은 없다. 삶은 초콜릿 상자가 아니다. Life is full of shit. 어떤 똥을 먼저 밟느냐의 문제다. 신이 얼마나 나를 미워해서 얼마만큼의 똥을 내 삶에 준비해주셨느냐의 문제다. 누군가에겐 작은 별빛 하나 없는 짙은 어둠의 밤만 계속된다.

눈물이 펑!

"그 이야기 들었어?"

"무슨 이야기?"

"지난주에 1번 방에 있던 학생 간호사가…."

끝까지 들어보지 않아도 될 뻔한 이야기 같아 중간에 S의 말을 끊었다.

"학생 간호사가 왜? 또 기절했대?"

"아니."

수술실에서 기절하는 간호대나 의대 학생들의 이야기는 수없이 듣고 또 직접 보기도 한 터라 그런 이야기라면 더 듣고 싶지 않았다. 대부분의 수술실 사람들은 기절하는 학생들을 달갑게 생각하지 않는다. 바빠 죽겠는데 하지 않았어도 될 일이 하나 더 늘어났다는 것 외에 누군가 기절을 하는 순간 우리 모두 마음속 깊이 숨어 있던 죄의식에 휩싸

이게 된다. 꼭 필요해서, 환자의 동의하에 부탁에 돈까지 받아가며 그 일을 해도 된다고 면허까지 받은 사람들이 하는 일이라고 해도 인간인 우리가 다른 인간의 배를 가르고, 머리를 가르고, 그 일을 옆에서 돕는 다는 사실. 또 다른 인간 누군가는 그 모습을 보고 토악질을 하고 기절을 한다. 그 순간 난 내가 인간 백정 옆에서 그 일을 도우며 좋다고 칼을 갈아주고 있었던 것은 아닌가라는 생각에 우울해지고 갑자기 수술실의 모든 것이 부끄러워진다.

'수술실에서 이런 일 하는 것 몰랐어요? 왜 기절해요? 이게 앞으로 당신들이 할지도 모를 일이에요. 잘 봐둬요.'

속상한 마음에 속으로 괜히 차가운 말들을 뱉는다.

지금은 학생들이 실습을 하러 오면 첫 수술 전에 농담 반 진담 반으로 경고를 해둔다.

"아침 든든히 먹고 왔어요? 아침 안 먹고 오래 서 있으면 기절할지도 몰라요. 그리고 스스로 의식은 못하겠지만 병동이랑 많이 다른 환경에 자신이 생각했던 것보다 더 많이 긴장을 할 거예요. 그러니 아침 안 먹었으면 수술 시작 전에 가서 뭐라도 먹고 오고, 수술 중에 기분이 좀 이상한 것 같으면 저 문 밖으로 나가서 오른쪽으로 돌면 휴게실이 있으니 거기에서 차가운 물 한잔 마시고 앉아 있다가 오세요. 절대로 괜찮겠지 하고 버티면 안 돼요. 기절해서 뒤로 넘어가도 안 붙잡아줄 거예요."

기절한 것이 아니라면 뭘까? 다 차려놓은 수술상을 오염시키기라도 했나? 머리로는 알고 있지만 실제 수술실을 경험한 적이 없는 학생들은 종종 도와준다며 바닥에 떨어진 피 묻은 기구를 장갑도 끼지 않은 손으로 집어서 수술 중인 소독된 상 위에 올려주려고 한다. 지금은 학생들이 도와주려는 선한 마음에 기구를 집으려 허리를 굽힐 기미만 보여도 "잠깐! 그냥 두세요. 피 묻은 기구 맨손으로 잡으면 자신이 감염될 수도 있어요. 그리고 한번 오염된 기구는 다시 수술상에 올리면 안 돼요. ○○ 간호사, 바닥에 떨어진 기구 치워주세요"라고 말한다. 이게 두 번째로 뻔한 시나리오라 나는 이야기를 전해주던 S에게 물었다.

"아니면 수술상 오염시켰어?"

"그것도 아냐."

대체 뭐지?

"지난주 환자 한 명이 사고로 발목이 거의 절단돼서 발이 진짜 겨우 다리에 붙어만 있었던 거야. 그거 보고는 막 울더래."

환자의 처참한 환부를 보고는 기절을 한 게 아니고 눈물이 막 났다? 왜 울었을까? 무서워서? 징그러워서? 환자가 불쌍해서? 이런 것이 내가 앞으로 할 일이라니 앞길이 깜깜해서? 그 이야기를 듣고 돌아서는데 눈물까지는 아니지만 내가 겪었던, 추측하건대 비슷한 감정을 일으켰던 순간이 생각났다.

어느 날 일이 있어서 복도를 빠르게 걸어가는데 기관 내 삽관이 된 환자가 중환자실에서 수술실로 실려 들어오고 있었다. 아주 젊고 덩치가 좋은 이십 대의 남자 환자였다. 침대 시트로 가리지 않은 얼굴이나 상체를 보아선 별 이상이 없어 보였다. 중환자실 간호사가 잘 돌봐주는지 얼굴도 말끔하고 머리도 단정하게 빗겨 있어서 인투베이션(기관 내 삽관)이 되어 있지 않았다면 중환자실 환자라고 추측하지 못했을 것이다. 겉으로 보기엔 사고가 나기 전과 다름없어 보이는 이 젊은 남자는 하루아침에 중환자실에 누워 오늘 내일 하는 상태가 되었다. 험하게 다친 환자들을 매일 보고, 죽기 직전의 환자들도 자주 본다. 하지만 어떤 이유에선지 그 순간 그 환자를 보고는 가슴이 철렁 내려앉았다. 저렇게 탄탄한 가슴과 튼튼한 팔다리를 갖고 있는 사람인데 죽을지도 모른다고? 말도 안 돼. 서늘한 공기가 순식간에 주변을 감싸는 것 같았다. 나야 금세 잊고는 내 수술방으로 돌아가 할 일을 계속했지만 아마도 학생 간호사에게는 엄청난 충격이었을지도 모른다.

평소 일할 때는 감정보다는 이성이 크게 작용해서 심한 외상으로 온 환자를 봐도 '어머, 어떡해!'가 먼저 떠오르는 경우는 없다. 보통은 '여기저기를 다쳤으니 이런저런 수술을 하겠구나. 그럼 이런 준비를 해야겠군'이 가장 먼저 드는 생각이다. 크게는 환자를 고려하지만 세부적으론 환자보다는 환부에 대한 생각에 집중한다.

그렇게 일단 수술이 잘 끝나면 집에 오는 길이나 휴식시간에 케이스를 되돌아보고 수술 외의 것, 즉 사고 경위라든가 환자의 사회적 상태 등에 대해서 생각해본다. 수술실에선 병동처럼 한 환자를 짧게는 며칠에서 길게는 몇 달까지 보살펴서 진정으로 그 환자의 사회적 문제까지 돌봐줘야 할 일 같은 것은 없으니 그냥 흘려듣고 흘려보내도 되는 비

외과적 정보도 많다. 그럼에도 한 번씩 생각해보게 되는 것은 그걸 통해서 나나 내 주변인들의 삶을 돌아보는 계기가 된달까? 그리고 아무 일도 일어나지 않는 나와 내 주변인들의 삶에 새삼 감사하게 된다. 어제 같은 오늘이 고맙고, 오늘 같은 내일이 오기를 기도한다. 때로는 조금 더 막 살아도 되지 않을까, 엉뚱한 생각을 하고 엉뚱한 다짐을 하기도 한다.

'나 이제 막 살 거야! 진짜 막 살 거야! 막! 막? 그런데 어떻게 막?'

우리는 언제 깨질지 모를 종잇장처럼 얇은 유리 바닥 위에 위태롭게 서 있는지도 모른다. 어느 날 갑작스러운 사고로 사경을 헤매는 환자들과 일상이 무너져 절망스러운 얼굴로 수술실 밖에 서 있는 보호자들을 하루가 멀다 하고 보면서 그들에게는 죄송하게도 그리고 어이없게도 나는 삶에 애착을 느끼기 시작했고, 이전보다 삶에 대한 의지가 생겼다. 병원에서 일하기 전까지 나는 그 어떤 이유로 굉장히 우울했고 잊힐 만하면 찾아오는 자살 충동에 어두운 시간을 보냈다. 우리 집은 평범했고, 남들에게 다 있을 법한 가벼운 문제와 함께 소박한 행복도 갖고 있었다. 나에게 남들에게 말 못 할 트라우마가 있었던 것도 아니고 지극히 평범한 여자애였음에도 알 수 없는 이유로 우울해했다.

'나는 왜 이럴까?' 이런 고민을 하다가 처음 자살 충동이 들었던 시점이 초등학교 5학년 때라는 것을 기억해내고는 주변 환경과는 상관없이 어쩌면 나는 처음부터 이런 기질을 갖고 태어났던 것이 아닐까 생각했다. 그나마 고맙게도 평범한 부모님 밑에서 평범하게 자라서 자살을 생각만 하고 시도는 하지 않았는지도 모른다.

병원에서 정신없이 일하던 어느 날 문득 내가 한동안 자살 생각을 하지 않고 있다는 것을 깨달았다. 학생이던 시절보다 생활이 더 엉망이고, 몸도 마음도 이렇게 치이고 있는데 말이다. 문득 깨달았다. 나도 모르는 사이에 환자들에게 위안을 받고 있었다. 환자들을 보며 열심히 살아도 이렇게 한순간에 죽는 것, 살아서 뭐하나 하는 절망감을 느끼는 대신 안도감을 느꼈다. 위안을 받았다. 어차피 결국 다 죽는단다. 그러니 너무 걱정하지 말고, 너무 우울해하지 말고, 너무 두려워하지 말고, 너의 삶을 살아. 평범한 하루, 평범한 일상, 평범한 너와 네 주변 사람들이 바로 인생의 행복이고 축복이란다. 아무 일도 벌어지지 않는 이 순간에 감사하며 오늘도 내일도 일상을 살아가라며 환자들이 나에게 말을 하고 있었다.

빛과 그림자

내가 프리셉터를 맡고 있는 신규 간호사 C를 오랜만에 만났다. 프리셉터를 맡고 있다고 해도 늘 같은 날 근무하는 것이 아니라서 안 본 동안 얼마나 배웠는지를 물어봤다. 그러자 그녀는 그동안 별로 배운 것이 없으며, 혼자 간단한 수술에 들어갈 수 있겠느냐고 물으니 못한단다. 오늘 하루 8개의 수술이 예약되어 있는데, 제시간에 맞추려면 팀 전체가 손발이 맞아 별도의 지시 없이도 각자 자신의 일을 잘 알고 있어야 한다.

과연 이런 스케줄에서 신규 간호사를 가르칠 수 있을지, 간호사 한 명이 모자란 것과 다름없는 이 상황에서 잘 버틸 수 있을지 잠시 생각했다. 다른 간호사 한 명이 나보다 경력이 많은 최고참이라 피곤하겠지만 내가 오늘 있을 8개의 수술 중 6개 정도를 신규와 같이 참여해서 가르치면 마지막 2개의 수술은 혼자 할 수 있지 않을까? 그러면 나는 피

병원 일기
: All OR Nothing

PART
3

곤해서 퇴근하자마자 침대로 쓰러지겠지만 신규가 배워야 나도 편해지니까 오늘은 둘 다 고생할 생각을 하고 첫 수술부터 같이 참여해 가르치기로 했다.

일단 수술 시작 전에 내 계획과 신규가 해야 할 일을 알려주었다. 8개의 수술은 모두 같은 의사의 유방암 수술이라 수술 내용이 비슷하고 항상 반복되는 패턴이라 신규들이 익히기에 좋은 케이스다. 내가 가르치는 방식은 간단하다.

첫째, 설명하고 바로 되묻는다. "이건 이런 기구로 이렇게 하는 거야. 방금 내가 이 기구 이름이 뭐라고 했지?"

둘째, 눈에 보이는 쉬운 것들을 질문한다. "이것 다음엔 뭘 할 것 같니?" "이걸 할 때는 뭐가 필요할 것 같니?"

나도 학생 간호사와 신규 간호사였던 시절이 있고, 그땐 질문하고 답을 안 가르쳐주고는 책을 찾아보라는 선배들이 싫었다. 그걸 기억해서 퇴근 후 책을 찾아볼 리도 없고, '그냥 가르쳐주면 안 되나? 왜 이렇게 힘들게 이럴까?'라고 생각했다.

물론 질문을 받는다는 것 자체도 싫은 일이지만 가끔 멍하게 고개만 끄덕이는 간호사들이 있고 그러면 내가 대체 뭘 하고 있는 건가 싶어서 질문을 통해 집중하게 만든다. 답은 항상 내가 한 설명 안에 있고 대답을 못하면 답을 금방 준다. "이건 뭐라고 했지?" 묻고 몇 초 기다린 다음에 모르는 듯싶으면 "이건 이럴 때 쓰고 이름은 B로 시작하는데 기억나?" 그리고도 대답이 없으면 답을 알려준다. 몇 분 후 같은 질문을 또 한다. 모른다고 나쁜 피드백을 주지는 않는다.

"지금 내가 설명해주는 것을 다 기억할 수는 없을 거야. 다음에 두 번, 세 번 더 설명해줄 거니까 너무 긴장 안 해도 돼. 단지 여러 번 들으면 그중에 몇 개는 기억이 날 테니까 기계적으로 반복해서 설명해주는 거야. 너는 1년차고, 나처럼 알고 일하길 바라지 않아. 간단한 것들, 꼭 기억해야 하는 것들만 반복해서 알려주는 거니까 그것들만 기억하도록 노력해."

그런 식으로 2개의 케이스를 가르치며 끝내고는 수술이 거의 끝나고 피부를 닫기 시작하기에 나는 다음 환자를 체크하기 위해 수술 가운을 벗고 수술방을 나왔다. 이제 어려운 부분은 없지만 혼자 남아 수술을 도울 신규 간호사가 걱정되어 수술방을 나오기 전 앞으로 준비해야 할 것들과 주의해야 할 점을 알려주었다.

그런데 다음 환자를 데리고 수술실로 들어와서 수술을 시작했는데 신규 간호사가 보이지 않았다. '커피 마시러 갔나?' 한참이 지나도 보이지 않아 다른 간호사에게 물으니 내가 나가고 바로 쓰러질 것 같다며 바닥에 주저앉았고, 교육 간호사가 와서 데려갔다고 한다. 가면서 울더란다.

'내가 울린 건가?'

사실 2주 전에도 비슷한 일이 있었다. 신규 간호사는 울지는 않았지만 교육 간호사에게 가서 내가 무섭다고 한 모양이다. 그런 말을 전해 듣고 처음엔 그 신규 간호사에게서 문제를 찾으려고 했지만 결국 내가 문제라고 생각했다. 내가 좀 더 신규의 입장에서 생각하고 챙겨줘야 한다고 결론지었다. 하지만 오늘 또다시 같은 일이 일어났다. 처음엔 죄책감이 들었고 곧 화가 났다. 난 아주 다정다감하고 무엇이든 참아내는 친절한 올드는 아닐지라도 모른다고 눈치 주고 구박하지는 않는다. 빛이 강하면 그림자도 짙다고 그녀가 남다르게 연약한 마음을 갖고 있어서 내가 남다르게 못돼먹은 올드가 되는 이 상황이 짜증이 났다. 가장 싫어하는 상황. 빛이 강해서 짙어지는 내 그림자.

초등학교 때도 그랬다. 난 잘 안 우는 아이였는데 어쩌다 다툼이 생기면 누구의 잘잘못과는 상관없이 상대 아이가 분에 못 이겨 먼저 울고 결론적으로 난 누군가를 울린 나쁜 애가 되어 있었다. 선생님은 이야기를 들어보지도 않고 나에게 우는 아이에게 사과를 하라고 했다. 아니요, 전 잘못하지 않았어요! 쟤는 자기 분에 못 이겨서 우는 거라고요!

다행히 내가 신규 간호사를 가르치고 있을 때 교육 간호사가 옆에서 보고 있었다. 그 신규 간호사는 그렇게 조퇴를 해버렸고 나는 교육 간호사를 불러서 물었다.

"내가 가르치는 게 어땠니? 무섭게 가르쳤어?"

"아니."

"내가 가르치는 게 다른 간호사들과 많이 다르니?"

"아니."

"그런데 그 아이는 왜 그러니?"

"그냥, 모든 상황에 압도된 것 같아."

수술실이 그렇다. 시간에 강도가 있다면 수술실에서의 대부분의 시간은 팽팽하게 당겨진 줄 위로 날카롭게 지나간다. 느슨하게 처지는 시간은 드물다. 간단한 수술이라고 해도 모든 상황은 긴장감이 흐르고 그 와중에 집도의, 어시스트, 마취과 의사, 선배 간호사 등 수많은 캐릭터들이 이 좁은 공간에 모여 있다. 상황과 사람들에게 압도되고, 그나마 믿을 건 학교에서 배운 간호 지식인데 수술실에선 비슷하지만 많이 다른 것들을 가르친다. 한순간에 티끌이 된 느낌.

그런 기분을 이해하지만 그렇다고 신규를 아기 다루듯 엉덩이 토닥거리며 응석을 받아줄 생각도 없다. 긴 하루 끝에 투정삼아 하는 말엔 웃으며 받아줄 준비가 되어 있지만 매 순간 다독임을 원한다면 '넌 이제 더 이상 학생이 아니야. 어른이고 직장인이라는 것을 알아야 해'라고 냉정하게 말해줄 것이다. 나는 신규 간호사를 못 잡아먹어 안달난 올드 간호사가 아니다. 그 신규 간호사도 이상한 사람이 아니다. 단지 조합이 안 좋은 것이라 믿는다. 그 간호사는 누군가에게 귀여운 신규 간호사가 될 수 있고, 나는 누군가에겐 배울 것이 많은 올드 간호사일 수 있다.

이 상황을 어떻게 해야 할지 고민했다. 대충 넘어갈 상황인가, 아니면 내가 그녀를 붙잡고 끝까지 해결해야 하는 상황인가? 각 상황의 장단점은 무엇인가? 내 커리어엔 어떤 영향을 미칠까? 나 자신에겐 어떤 일로 기억에 남겨야 나중에 편할까? 몇 시간 고민 후 간단하게 생각하기로 했다. 이 일을 잘 마무리한다고 해서 내가 배우는 것이 엄청나게 많고, 대단한 것을 깨닫는 일은 없을 것이다. 케이스 중간에 교육 간호사에게 가서 그 신규 간호사 가르치는 일을 그만하겠다고 했다.

"내가 교육하는 것을 봤듯이 내 교육 내용이나 방법엔 문제가 없었어. 그런데 뭐만 하면 울고 집에 가고 그런다면 나 역시 너무 스트레스 받아. 둘 다 피하고 싶은 이런 상황을 계속해야겠니? 다른 간호사 붙여줘. 나도 울면서 집에나 갔으면 좋겠다."

나쁜 사람이 되고 싶은 사람은 없다. 내가 진짜 작정하고 신규 간호사를 태우고 이런 상황과 마주하게 되었다면 억울하지나 않다. 기분이 나쁘다. 그 아이의 잘못도 내 잘못도 아니라고, 단지 너무 연약한 너와 너무 강한 내가 만난 잘못된 조합이었을 뿐이라고, 수년간 수많은 간호학생과 신규 간호사들을 가르쳤고 몇 년 동안 아무 일 없다가 한 번 벌어진 일로 '이제 보니 내가 문제가 많았구나'라고 결론지을 생각은 없다. 머리로는 누구의 잘못도 아니라고, 운이 좋지 않았을 뿐이라고 결론이 났지만 여전히 기분이 좋지 않았다. 기분 안 좋음의 대부분은 죄책감에서 오는 감정이었다. 다음에 같은 상황이 온다면 난 어떻게 해야 할까? 사실 나에게 큰 문제가 있었던 것은 아닐까? 나는 정말 가해자가 아닌 게 확실한가? 나 역시 혼란스러웠다.

며칠 후 C는 병원을 그만두었다. 교육 간호사에게 물으니 개인적인 문제로 퇴사를 결심했다고 한다. "나야? 나 때문이야?" 나는 이렇게 물었고, 교육 간호사는 당연하게도 아니라고 답했다. 설사 그렇다고 하더라도 "어, 너 때문인 것 같아"라고 말해줄 리는 없다. 정말 묻고 싶다. 정말 나였니? 내가 그런 거니? 아마도 대답은 부분적으로 '예스'일 것이다. 전적으로 나 때문은 아니더라도(내가 그녀의 인생에서 그렇게 중요한 사람일 리가 없다) 퇴사를 결정하게 된 원인 중 하나였을 것이다. 무섭다. 아무도 가르치고 싶지 않다. 또다시 다가올 그런 상황이, 남에게 줄 상처가, 내가 받을 괴로움이 두렵다.

굿바이 닥터 A

닥터 A는 매우 예의 바르고 친절했다. 냉정하고 차가운 농담만 오가는 수술실 안에서 별말이 없는데도 따뜻한 사람임을 어렴풋이 느낄 수 있었다. 그는 아주 다른 일을 하다가 의사가 되었는데 그 경력이 참으로 흥미로웠다. 영국인인 그가 일본에서 사설탐정이었다는 것. "뭐라고요? 사설탐정이요?"

그는 인사를 할 때면 한국인이나 일본인이 할 법한 자세로 어색하게 허리를 굽힌다. 그래서 나는 그가 외국에 살면서 종종 보게 되는 어설프게 동양 문화에 빠진 그런 부류의 서양인 중 한 명이라고 생각했다. 곧 있으면 자신도 김치를 좋아한다는 둥, 점심으로 초밥 먹는 것을 좋아한다는 둥 이야기를 떠벌리고, 되도 않는 발음으로 '안녕하세요' 따위를 내뱉으며, 동양 문화에 대해 친절하지만 동시에 매우 따분한 호감을 드러낼 것 같았다. 하지만 그런 일은 벌어지지 않았다. 그의 그런 모습은 어설픈 흉내가 아니라 일본에서 직접 생활하며 몸에 익힌 행동이었다.

사설탐정이라니, 의사들에게 들을 수 있는 그 어떤 과거의 이야기보다 훨씬 흥미로울 이야기였지만 나는 더 이상 묻지 않았다. 그가 사설탐정으로 일하는 모습을 상상해봐도 딱히 듣고 싶은 이야기가 있을 것 같지 않았다. 그는 그런 사람이었다. 친절하지만 뭔가 지리멸렬한 구석이 많았다. 노력하지만 성과는 지지부진했고, 되는 일은 그의 보스가 원하는 일들이 아니었으며, 항상 바쁜데 진행되는 일은 아무것도 없었다. 인간 사이의 신호도 잘 읽지 못하는 사람이라 난 대체 수많은 숨겨진 신호들을 읽어야 하는 탐정 일을 그가 어떻게 했을지 상상할 수 없었다. 나 역시 가끔은 신호를 잘못 읽고 엄한 일을 하는 사람이니 이렇다 저렇다 평가하는 게 웃기지만 최소한 병원 인간들이 보내는 신호에 관해선 나와는 비교가 안 될 정도로 그는 뭔가 심하게 어긋나 있었다.

그렇다 보니 우리 모두 그와 며칠 일을 해보고는 좋은 사람이지만 외과계를 선택한 것은 잘못된 결정이었다는 결론을 내렸다. 그는 가정의학과나 방사선 판독, 병리검사 쪽이 어울리는 부류였다. 이런 타입을 몇 번 봤는데, 그들은 병원에 계속 남아 있다가 결국 닳아 없어져 아주 이상한 사람이 되거나, 트레이닝 중간에 스스로 그만두거나, 이도 저도 아닌 상태로 끝까지 남게 된다면 주변 사람들이 온갖 방법으로 그만두게 만들었다.

닥터 A가 주니어 레지스트라로 한 텀(6개월)을 마치고 다른 병원에 갔다가 1년 후 다시 우리 병원으로 온 첫날, 나는 그를 보고 작은 한숨을 쉬었다. 우려했던 대로 그는 많이 닳고 위축되어 있었다. 따뜻한 눈빛으로 인사를 하던 그는 없었다. 눈빛은 많이 흔들렸고 행동은 전보다 단호해졌지만 그간의 트레이닝으로 다져진 실력과 자신에 대한 믿음에서 나오는 단호함이라기보다는 상황에 떠밀린 작위적인 단호함에 위기엔 전보다 더 위태롭게 무너졌다. 먼저 인사를 건네지도 않았고 가급적이면 사람들을 피하려는 게 느껴졌다.

좋은 의사가 되느냐 마느냐의 문제도 있지만 내가 걱정한 것은 그

의 사생활이었다. 집에서는 어떨까? 그의 부인이나 아이들은 아빠가 예전과 다르다는 것을 느낄까? 아니면 그는 아무렇지 않은 척 집에선 예전과 같은 모습을 보일까? 너무 위태로워 보이는 모습에 한 번도 만나보지 못했고 이야기도 들어보지 못한 그의 가족들을 떠올렸다. 병원은 좋은 의사를 만드는 데 관심이 있지 일에 문제만 없다면 개인이 속에서 어떤 전쟁을 치르건, 어떤 사람으로 변해가건 관심이 없다. 아니, 대외적으로는 관심 있는 척을 하지만 사실 관심이 없다는 것이 더 정확하겠다.

자신에게 맞지 않은 옷을 입은 몇몇은 그런 식으로 변해가고 자의나 타의로 수련 프로그램을 떠난다. 이곳까지 오기 위해 보낸 시간이 얼마인데 이렇게 떠나면 어쩌느냐고 안타까움에 이야기하다 보면 시니어 서전들이 하는 말은 항상 같았다.

"넌 너의 몸을, 너의 부모님을, 너의 자식을 그 의사에게 맡길 수 있을 것 같니? 네 몸을 수술하게 놔둘 것 같아?"

수련 프로그램에서 내쫓긴 의사들은 항상 비슷했다.

"좋은 사람이지만 내 몸을 수술하게 하고 싶지는 않아."

언젠가 한번은 비슷한 문제를 갖고 있던 레지스트라가 프로그램을 떠나게 되었고 누군가가 이런 말을 했다.

"외과의사를 그만두기로 결정함으로써 그는 이미 수백 명의 목숨을 살린 거야."

그 차가운 말을 듣고도 냉정하지만 사실이라 나는 아무 대답도 못

했다.

수련 프로그램의 반은 지났지만 아직도 1, 2년은 남은 시점, 전문의 시험도 다가오는데 그는 과연 버틸 수 있을까? 얼마 전 듣게 된 소식에 따르면 그는 결국 프로그램에서 나가게 되었다고 한다. 자의는 아니었다. 수련 프로그램에서 쫓겨났다는 이야기를 그는 부인에게, 아이들에게 어떻게 전했을까? 그는 이 상황을 어떻게 받아들일까? 어떤 길을 알아볼까? 이것은 보이는 대로 위기가 될까, 아니면 더 좋은 의사가 되는 기회일까? 몇 년 후 나는 그에 관해 어떤 이야기를 듣게 될까?

그는 독실한 기독교 신자다. 이런 상황에서 그와 그 가족에게 종교가 있어서 다행이지만 한편으론 인간들에 치여서 닳아 없어지는 것은 종교도 막아줄 수 없는 일이 아닌가 하는 생각도 든다. 절실하게 믿는 종교가 있는 사람들에겐 뚫을 수 없는 막 같은 것이 있어서 그들의 모양을 바꾸는 것은 거의 불가능하다고 생각했는데 그를 보니 그것도 아닌 것 같다. 그것이 종교이건 아니면 다른 무엇이건 그 어떤 것으로 중무장한 단단한 사람이라도 매일매일 반복적으로 자신이 하는 일을 부정당하는 것을 당해낼 사람은 없다. 매일 자신의 주변으로 흐르는 냉기에 같은 체온을 유지하기란 불가능할 것이다.

간호사예요,
그냥 간호사

하부위장관 외과의 M의 생일파티엔 친절한 사람들로 넘쳐났다. 높은 톤의 웃음, 커다란 리액션, 인맥을 넓히려는 사람들의 잘 알지도 못하는 상대를 향한 계속되는 초대들, 과한 선물들. 긴 테이블의 구석에 앉아 사람들을 살펴보며 나는 계속 이곳이 내가 있을 자리인가 의문이 들었다. 그리고 저 사람들은 저 자리에 있을 사람들인가?

가까운 지인들만 초대된 저녁이라고 했지만 내가 이 자리에 있다는 것만으로도 이미 '가까운 지인'이라는 단서엔 신빙성이 없었으며, 가까운 지인치고는 그 숫자가 너무 많았다. 한 사람이 관리할 수 있는 가까운 지인의 숫자라는 건 내 머릿속에서 절대로 10을 넘지 않았다. 가까운 지인 30명은 말이 안 되는 숫자였다. 인맥은 곧 귀찮은 엮임이라고 생각하는 나와 달리 어디를 가건 주목받는 화려한 M의 성격엔 가능한 일인지도 모른다.

의도하지 않았지만 행복한 순간이면 언제나 찾아오는 파괴적인 상상이 머릿속에 가득했다. 이 중에 누가 그녀의 진짜 친구일까? 그녀가 어느 날 갑자기 장애인이 된다면, 직업을 잃는다면, 가난해진다면? 지금 있는 사람 중에 누가 그녀의 작은 행동에도 과장되게 반응하며 크게 웃어줄까? 나는 아니다. 난 '가까운 지인들'만 초대된 생일 저녁식사에 마음 편하게 앉아 있을 정도로 그녀와 가깝지 않았다. 그럼에도 초대된 이유는 대충 짐작이 갔고, 그렇게 어정쩡하게 초대된 거라 오늘 내 태도에 따라서 다음 초대가 이어지거나 오늘로 끝이라는 것을 알았다.

하지만 나는 그녀의 친구가 될지 그렇지 않을지를 결정 내릴 정도로 그녀를 알지 못했던 터라 평소처럼 조용하게 앉아서 사람들을 구경하고 있었다. 설사 그녀의 친구가 되기로 결정했다고 한들 내가 가만히 앉아서 식사를 하는 것 외에 그 자리에서 뭘 할 수 있었을까? 초대에 감사한다는 선물을 조용히 건네주는 것이 나의 최선이었다. 술을 홀짝이는 내 옆에는 내가 이런 어설픈 자리에 초대받게 된 이유, 그리고 거절하지 못하고 끌려오게 된 이유인 나의 친구이자 오늘의 주인공 M의 친구인 내분비 외과의 W가 앉아 있었다.

M은 많은 사람들이 친구가 되고 싶어 하는 화려한 외모에 돈 많고 덕 볼 일이 많은 사람이었다. 나는 사람들이 그녀를 돈 많고 덕 볼 일 많은 '사람'으로 보는지 아니면 돈 많고 덕 볼 일 많은 '의사'로 보는지

그것이 궁금했다. 돈 많은 혹은 돈을 많이 벌 수 있는 능력을 가진 사람들은 종종 순수해 보이고 천진해 보인다. 주변 사람들은 모두 친절하다. 그녀의 작은 손짓이나 발짓, 별 의미 없는 단어들에 엄청난 의미를 부여해주고 모두 언젠가 지금 베푸는 것보다 더 큰 것이 돌아오리라 기대하며 그녀에게 호의를 베푼다. 그녀의 시답지 않은 경험조차 특별한 것으로 만들어준다. "어머, 진짜? 대단하다!" 그 누가 그런 환경에서 순수하지 않고 천진하지 않을 수 있을까? 나처럼 비극이나 상상하고 삐딱하게 사람들이나 관찰하는 인간이 될 기회를 그녀의 능력과 재력과 화려한 외모가 잘 막고 있었다.

저녁식사 자리에서 커다란 와인 잔을 들고 사람들 사이를 오가며 오늘 아침에 본 사람에게조차 안부를 묻고 큰 소리로 웃던 M은 곧 나에게 와서 자리에 있던 사람을 소개해주었다. 가벼운 인사를 하고 나면 사람들은 곧 "인희 씨도 의사세요? 무슨 과예요?"라는 질문을 하고는 했다. M의 일반인 친구건 의사 친구건 상관없이 그 질문은 그들의 입에서 항상 나왔다.

그런 상황이 몇 번 반복된 후 또 다른 사람을 소개받을 때면 첫인사 후 나 스스로 "전 간호사예요, 의사 아닙니다. 그냥 간호사"라는 말을 덧붙이게 되었다. 이게 무슨 자존감 바닥 치는 소개인가 싶겠지만, "인희 씨도 의사세요?"라는 질문에 "아니요, 전 간호사예요"라고 대답하면 마치 엄청난 실례를 했다는 듯 당황해하는 그들의 표정이 싫었고, 그 옆에서 "인희는 그냥 간호사가 아니야, 수술실 최고의 간호사지"라고 상황을 무마하려 그 자리에 있던 아는 의사들이 하는 배려의 말도 불편했다. 차라리 나 스스로 '저는 신경 쓰지 않으셔도 됩니다'라는 비굴하고 열등감 가득한 소개를 하는 편이 나았다. 나는 내가 간호사라는 사실이 편안함에도 불구하고 처음 보는 사람들의 마음이 불편할까 봐 미안해하며 "간호사예요, 그냥 간호사"라고 말하는 씁쓸한 순간은 계속됐다. 나는 정말 내 일을 사랑하는가? 아니면 그런 척을 하는 것일까? 반복되는 상황에 간호사라는 정체성에 의문마저 들기 시작했다.

평소 알게 될 사람은 노력하지 않아도 결국 알게 된다는 태도라 3시간 정도 계속된 짧지 않은 저녁식사 시간 동안 한명 한명 다 알아내려 안달하지 않았다. 과연 이 사람들 중 몇 명이나 나중에 볼일이 있을지 감도 안 왔으며, 이성이건 동성이건 특별한 인연 같은 건 있을 리가 없다고도 확신했다. 내가 어떤 사람인지 알려줘야 한다는 의무감도 없었고 그들이 날 알고 싶어 할 거란 생각도 들지 않았다. 나는 그날 저녁식사에 가기로 결심한 이유만 떠올리며 음식을 음미했다.

우리는 모두
늙거나 죽는다

토요일 오후, 주중에 밀린 수술과 응급으로 추가된 수술을 하고 있었다. 우리 방 수술은 끝나려면 아직도 한참이 남은 터라 다른 방은 어떤 수술을 하고 있나 궁금해서 컴퓨터 화면으로 수술 리스트를 보고 있었다. 옆방에선 예정되었던 케이스를 미루고 갑자기 응급수술을 추가했다. 급하게 수술을 추가하는 경우엔 수술과 환자의 상세한 정보가 수술 리스트에 금방 안 올라오기 때문에 어떤 응급인지는 알 수 없다.

'무슨 일일까? 혹시 도와줘야 할 것이 있을까?' 싶어서 옆방 간호사에게 물으니 어떤 남자가 목매 자살을 시도했다가 병원에 실려 왔다고 한다. '목을 맸다면 수술실에 올 이유가 뭐가 있지? 죽으려고 높은 곳에서 뛰어내렸거나 칼로 자해를 했다면 모를까 목매는 건 수술을 요할 외상이 없지 않나? 이상하네.'

몇 분 후 다시 수술 리스트를 보니 그는 기관절개술Tracheostomy이 예약되어 있었다. 응급실이나 중환자실에서도 기관절개술 시술은 가능하지만 환자의 상태나 집도의의 수술 스타일에 따라서 수술실에서 시행하는 경우도 있다.

나는 막연히 '젊은 사람이 사는 게 엄청 지루했나 보다'라고 추측했다. 사회보장 시스템이 한국보다는 잘 되어 있는 호주에서는 사회·경제적 상태를 비관해서 자살하는 사람보다는 정신과적 기저 질환에 의해 자살을 시도하는 사람이 많다. 그리고 대부분은 경계성 인격 장애 환자로 주변 사람들에게 관심을 얻으려는 시도이기 때문에 자해한다고 해도 목숨을 위협할 정도로 상해의 정도가 심하지는 않았다. 대부분이 손목을 가볍게 칼로 그어서 피부와 피하조직에만 손상을 주는 정도였다. 한국처럼 정말 죽을 생각으로 농약을 마시고 응급실에 실려 온다거나 고층 건물에서 뛰어내리는 사람은 거의 없었다. 그렇다 보니 환자의 상황은 자세히 알지도 못하면서 자연스럽게 '누군가 또 사는 게 지루했군'이라고 건방진 생각을 했던 것이다.

혹시나 하고 나중에 수술 리스트에 올라온 환자의 나이를 살펴보니 내 예상과 달리 여든이 넘은 할아버지였다. '여든이 넘은 할아버지? 아니, 사실 날도 얼마 안 남았는데 왜? 도대체 왜?' 궁금했지만 내 환자가 아니어서 정확한 사정은 알 수 없었다. 언젠가 읽었던 자살 관련 글엔 자살을 시도하는 숫자는 여성이 남성보다 많지만 자살 시도 시 성공 확률은 남성이 훨씬 높다는 통계가 있었다. 의료진과 환자 가족의 입장에선 다행히 환자는 죽지 않았지만 통계와 달리 환자의 입장에선 불행하게도 자살 시도는 실패한 것이다. 시도 후 곧 발견되었는지 다행히 숨이 붙은 상태로 응급실에 실려 왔다.

예전에도 비슷한 일이 있었다. 아마도 부활절인가 크리스마스 연휴의 첫날인가 그랬을 것이다. 부활절과 크리스마스는 한국의 설과 추석처럼 호주에선 가족 모두가 모이는 큰 명절이다. 한국이나 호주나 명절 연휴엔 부엌일을 하다가 손을 다쳐서 오는 사람들, 친구나 가족들과 술을 잔뜩 마시고는 술에 취해서 한 현명하지 못한 일들로 인한 상처로 오는 환자들이 대부분이다. 그런데 그날 아침엔 일흔이 넘은 할머니가 자살하려고 배를 칼로 찌르고 오신 것이었다. 내 환자라 차트를 살펴보니 칼로 자신의 배를 찌른 시간은 아침 7시. 할머니는 대체 그 아침에 무슨 생각을 했던 걸까?

정신과적 기저 질환은 없었고 몇 가지 병이 있었지만 그 나이에 이정도 병은 다 있었다. 말인즉 그분은 정말 죽으려던 그 어떤 이유가 있었던 것이다. 보통 첫 수술은 그 전날부터 계획된 수술을 해야 했지만, 할머니의 배에 꽂힌 칼부터 뽑아야 했다. 할머니는 칼을 배에 꽂은 채로 수술실로 들어왔다. 수술 침대로 옮기기 전에 자세히 살펴보니 할머니 몸 밖으로 보이는 건 과도의 손잡이뿐이었다. 칼날을 이렇게 깊게 몸속에 찔렀다니 진짜 독한 마음으로 죽을 생각이셨구나. 아침에 일어나 자살을 결심하고 주방으로 가서 자신의 배를 찌른 할머니의 모습을

상상하니 슬픔이 밀려왔다.

그러나 곧 마음을 다잡고 혹시 모를 대량 출혈을 대비하며 배 속을 열었다. 다행히 할머니의 체구가 좋아서 칼날의 반은 피하지방을 통과했고 나머지 반은 내장지방, 그리고 칼날 끝 아주 조금만 간에 박혀 있었으며 출혈이 날 만한 혈관은 모두 비켜갔다. 찢어진 간을 꿰매는 것으로 수술은 끝이 났다. 그리고 칼은 수술 후 밖에서 기다리던 경찰에게 인도했다.

그렇게 수술은 큰 고비 없이 예상보다 가볍게 끝이 났지만 하루 종일 다른 수술을 하면서도 할머니 생각이 머릿속을 떠나지 않았다. 자세한 사정은 알 수 없었다. 어쩌면 할머니 자신이 찌른 것이 아닐지도 모른다. 자신을 찌른 그 누군가를 보호하기 위해서 둘러댔을 수도 있다. 하지만 이런 케이스를 많이 보아온 외상 전문의 말로는 찌른 형태나 칼의 위치가 자신이 찌른 게 맞는 것 같다는 것이다. 대체 무엇이 70년을 살아온 혹은 버텨온 사람에게 아무리 살아봐도 삶은 살 가치가 없는 것이라고, 끝이 보이는 이 시점에 남은 그 짧은 시간조차 참을 수 없다고 이야기하는 것일까? 삶의 무게는 나이가 들면 사회·경제적 위치와 상관없이 그간 살아온 지혜와 경험만으로도 가벼워지는 것이 아니었던가?

노인 병동이나 요양원만큼 노인 환자들을 많이 보는 것은 아니지만 가끔 수술받으러 오는 환자들 중에는 아흔이 넘어 정말 숨만 쉬고 있는 분들도 많다. 자신 혹은 가족들이 서명한 'DNRDo Not Resuscitate'이라는 심폐소생술 금지 서약서를 갖고 수술에 들어온, 당장 1분 후 숨이 멈춰도 하나도 이상하지 않을 것 같은 노인 환자들. 치매에 걸린 분들도 물론 많다. 가끔 어떤 노인 환자는 대소변을 못 가려 기저귀를 차고 있는데, 병동이 바빠서 갈아주지 못해 그 커다란 기저귀가 흠뻑 젖을 때까지 몇 시간이나 차고 있기도 한다. 환자들은 기저귀가 너무 많이 젖었다고 이것 좀 갈아달라고 할 정신도 없다. 누구나 다 늙으니 예쁘게 포장하려고 하지만 늙는다는 것은 분명 서럽고 고된 일이다. 아름답게 늙어 죽는다는 것은 환상이다.

나이가 많건 적건, 당장 내일 죽을지도 모를 몸 상태이건 아니건, 그무엇에도 상관없이 환자는 환자다. 일할 때는 깊게 생각하지 않고 수술실 간호사로서 최선을 다해 환자 살리는 것을 돕는다. 하지만 집으로돌아오는 길엔 길고 긴 생각이 꼬리를 문다. 모든 목숨은 귀하다. 죽어도 되는 나이 같은 것은 결코 없다. 하지만 그 세월을 살고도 오랜 생각끝에 죽기로 결정했다면 우리는 그 의견을 어떻게 다뤄야 할까? 이제20여 년을 산 사람이 살아보니 별것 없다며 사는 게 너무 힘들다고 죽겠다고 한다면 정신 차리라고 설득하겠지만, 70, 80여 년 살 만큼 살아봤는데 아직도 삶이 고되다며 죽고 싶다고 한다면 난 그 환자에게 무슨 말을 해줄 수 있을까? 간호사로서 어떤 위로를 할 수 있을까?

내 말을 듣고는 있는 건지, 한곳을 멍하게 응시하는 저 눈으로 과연뭘 보고 있긴 한 건지 싶은 그들에게도 흔히 말하는 그 '반짝반짝하던 시절'이 있었다. 젊은이들이 별것 아닌 일로 아웅다웅하는 이 시간들이 지금 침대에 누워서 누군가가 기저귀를 갈아주기만을 기다리는 그들에게도 분명 있었다. 그 영원할 것 같지만 전체 삶에서 본다면 얼마 안 되는 짧은 시간은 곧 지나가버리고 우리 모두는 노인이 되었고 혹은 곧 노인이 될 것이다. 그들은 우리 중 한 명이었다는 것, 우리는 곧 그들 중 한 명이 될 것이라는 것. 우리는 모두 늙거나 죽는다. 이보다 더 확실한 사실이 있을까?

한국인 환자 통역
그리고 한국인 의사

 하루는 출근해서 수술 스케줄을 확인한 후 수
술실 전체 수술 목록을 살피고 있었다. 출근 후
아침마다 첫 번째로 하는 일이다. 특이한 수술이 뭐가 있나, 어떤 큰 수
술이 있나 확인하는 것과 함께 혹시 한국인 환자가 있을까 싶어 환자
들 이름을 훑었다. 한국 이름이 보여서 수술을 확인하니 신경외과 수
술이다. 내 방에서 한다면 조금 더 신경 써서 돌봐드릴 수 있을 텐데 다
른 방에서 진행될 예정이었다. 아는 사람은 아니지만 단지 한국인이라
는 이유만으로 수술 진행 상황을 컴퓨터로 보면서 '수술받고 계시는구
나' 잠깐 생각했다.

　　내 방 수술을 마치고 환자를 회복실로 옮겨 인계해주고 있자니 옆
에 있던 회복실 간호사가 묻는다.

　　"한국말 할 줄 아니?"

"어."

"영어보다 잘해?"

내 영어가 얼마나 엉망인지 알면서 이런 소리를 하는 것은 부탁을 하기 전에 날 띄워주려는 의도인 건가? 당연히 영어보다 잘하지. 영어와 다르게 내 한국어가 얼마나 고급이라고! 이렇게 속으로 외치고는 대답했다.

"응. 모국어야."

"이 환자에게 통증 있냐고 물어봐줄래?"

회복실 간호사가 돌보던 환자가 아침에 수술 목록에서 봤던 그 한국인 환자였다. 가까이 다가가서 크고 명료한 목소리로 환자에게 말을 걸었다. 환자는 같은 질문을 영어로 해도 한국어로 해도 같은 대답을 했고, 질문 내용을 바꿔서 물어도 같은 대답만 반복했다.

"통증이 있어요?"

"응."

"불편한 곳 없으시죠?"

"응."

"수술 부위가 아파요?"

"응."

"수술한 곳 안 아파요?"

"응."

그는 엊그제 교통사고로 뇌출혈이 생겼고 응급으로 신경외과 수술

병원 일기
: All OR Nothing

PART
3

을 받은 후 다른 수술을 위해 한 번 더 수술실에 왔다. 상태가 좋아 보이지는 않았지만 아직은 급성기라서 그럴 수 있다. 장기적으로 본다면 서서히 나아질 것이라 믿었지만 마음이 무거웠다.

휴식 시간에 커피를 마시며 그 환자 생각을 하다 보니 한국에선 매일 보던 환자가 이런 신경외과 환자였다. 더 심한 뇌 손상으로 누워 있는 분들도 많았다. 그때는 더 심하게 다친 환자들을 일하지 않는 시간에 따로 생각하는 일은 드물었다. 그런데 단지 타국에서 만난 한국인이라는 이유만으로 이렇게나 마음이 쓰였던 것이다. 외국에서 일하는 간호사들의 마음이 다 비슷하지 않을까? 병원에서 한국인 환자를 보면 간호사로서 도움을 줄 수 있다는 생각에 반가운 반면 한국인은 병원에 환자로 올 일이 절대로 없기를 기도한다.

종종 수술실에 오는 한국인 환자들을 위해 통역을 하는 경우가 있다. 법적으로 문제가 생길 수 있기 때문에 전문 통역인이 아닌 의료진을 통역으로 사용하는 경우는 드물지만 상황이 여의치 않을 때는 의료진이 통역을 하기도 한다.

한번은 오프라 체육관 러닝머신 위에서 달리기를 하고 있는데 같이 일하는 간호사에게서 문자가 왔다.

"통증 있으세요?'가 한국말로 뭐니?"

'통증 있으세요?'를 발음 그대로 영어로 적어줄 수도 있었지만 외국인이 그걸 읽고 발음을 하는 상상을 하니 '통증'이라는 단어를 외국인이 제대로 발음할 리가 없고, 듣는 나도 그걸 이해할 리가 없겠다는 생각이 들었다.

"통역해야 해? 통역사 안 불렀어? 발음하기 어려울 거야. 그냥 통역 필요할 때 나한테 전화해."

곧 전화가 왔다. 통역사는 통역을 다 하고 돌아갔는데 환자에게 간단히 물어볼 것이 남았던 것이다. 전화로 통역사를 연결해도 되지만 너무 짧은 질문들이라 나와 허물없이 지내던 J는 순간 생각난 나에게 연락을 했다. 이런 일은 아주 드물다. 전화기 속으로 들려오는 환자의 목소리엔 이런 상황 때문인지, 수술에 대한 걱정 때문인지 날카로움이 가득했다.

수술실에 한국인 간호사는 나뿐이고, 한국인 친구들은 근무하지 않는 날에나 가끔 만나다 보니 집에서 한국 텔레비전 프로그램을 보며 한국어를 듣고, 한국어 책을 읽고, 인터넷에 자판을 두드려 한국어를 쓰는 일 외에 한국어로 말하는 일은 아주 드물다. 그렇다 보니 가끔 이렇게 통역할 기회가 생겨 환자에게 한국말을 다다다 쏟아내면 속이 시원해지는 느낌이 든다. 내가 하고 싶은 말도, 내 감정이 담긴 말도 아닌 단지 의료적 정보를 한국어로 전달하는 것뿐인데도 어젯밤 자음과 모음으로 과음을 하고 다음 날 그 자음과 모음을 우웩 하고 시원하게 토해내는 기분. 입에서 ㄱ, ㄷ, ㅉ, ㅏ, ㅖ 등이 쏟아져 나오는 것이 눈에 보이는 듯하다.

이렇게 신나서 기회는 이때다 하고 한국말을 쏟아내다 보면 영어로 호주 의료진에게 환자의 말을 전해야 하는 순간에도 한국말을 하고는 눈치를 못 채기도 한다. "영어로 해줘야지"라고 마취과 의사가 '정신 차려!' 하는 눈빛으로 날 보면서 말하면 그제야 "아, 미안. 내가 지금 한국어로 이야기했지? 그러니까 환자가 뭐라 그랬느냐 하면 말이야…" 등의 웃긴 상황도 생긴다.

그런가 하면 생각지도 않은 곳에서 한국말이 들려서 놀랐던 적도 있다. 수술 들어가기 전에 손 소독을 하는데 누군가 말을 걸었다. 한국말이었다.

"주말에도 일하시네요."

환자 통역을 하는 상황도 아니고 수술방 안에서 갑작스럽게 한국말이 들려서 진심으로 당황했다. 닥터 P였다. 그가 일곱 살 때 이민 온 한국 사람이라는 사실을 알고 있었고 며칠 전에도 한국어로 몇 마디 나눈 터라 놀라울 것도 없었다. 그가 수술방에 들어오는 것을 보면서도 나에게 한국어로 말을 걸 거라 예측하지 못했던 터라 그게 뭐 놀랄 일인가 싶겠지만 정말 놀랐다. 당황해서는 '영어 스위치 오프, 한국어 스위치 온!'을 못 하고는 원어민이나 다름없는 닥터 P 앞에서 영어로 대답했다.

"네, 보통 주말에 일해요."

그는 여전히 한국어로 말했다.

"그러시구나."

의료진과 한국어로 대화를 해본 적이 며칠 전 이 사람과 잠깐 했던 대화 외에는 없었던 나는 여전히 패닉에 빠져서 또 되지도 않는 엉터리 영어로 말을 했다.

"이 병원에서 일하는 몇 년 동안 수술실 안에서 누가 저에게 한국어로 말을 건 일도, 제가 한국어로 대답을 해본 일도 없거든요. 이 상황이 굉장히 이상하네요. 하하하!"

멋쩍어서 한참 빈 웃음을 웃다가 정신을 차리고 곧 한국어로 대화를 시작했다.

닥터 P와 달리 닥터 M을 처음 봤을 땐 그가 한국과 그 어떤 연관도 있으리라 추측할 수 없었다. 조부나 증조부 중 누군가가 아시안이지 않았을까 싶게 그의 외모엔 아시안의 DNA가 묻어났다. 외국인이 특별하지 않은, 다양한 국가에서 온 다양한 인종의 사람들이 함께 일하고 있었던 터라 누군가에게 다가가 "저기 혹시 가족 중에 한국인이 있지 않아요? 얼굴이 그래 보여요"라고 궁금한 마음에 묻는 것은 상상도 할 수 없는 일이었다. 상황에 따라서는 큰 실례가 될 수도 있었기에 그 누구도 가벼운 호기심에 인종이나 국적을 들먹이는 일은 없었다. 설사 실례를 무릅쓰고 물어서 대답을 듣는다고 한들 그래서 그게 뭐? 대답하는 사람도, 질문하는 사람도 아무것도 얻는 것이 없다. 그래서 닥터 M을 처음 본 날 그의 몸엔 아시안의 피가 조금 흐를지도 모르겠다는 생각을 잠깐 하고는 말았다.

어느 날 닥터 M과 일을 하는데 K간호사가 말한다.

"M, 너네 엄마가 한국인이라고 했지? 정 간호사도 한국인이야. 정 간호사랑 한국어로 대화하면 되겠다."

"저 한국어 조금밖에 못해요. 아주 간단한 것들이요."

"엄마가 너에게 한국어로 말 안 하셨어? 집에서 영어 쓰셨어?"

"하셨는데 매일 같은 말만 반복하셨어요. '가서 씻어'라거나 '배고프니? 밥 먹을래?' 같은 말이요."

작은 꼬마였을 닥터 M과 그의 한국인 엄마가 나눴을 간단한 대화를 상상하다 보니 웃음이 피식 나왔다. 내가 한국어로 "M, 가서 씻어. 배고파? 밥 먹을래?"라고 장난을 치자 그도 웃었다. 내가 수준 높은 단어들과 문장들을 어디서 배웠을까? 엄마와의 대화가 아닌 대부분 학교나 책에서 배웠겠지?

영어를 쓰면서 호주에서 살아온 시간이 길지만 나는 아직도 영어가 어색하다. 의미를 알고 말을 하지만 영어로 하는 말 속엔 한국어로 같은 내용을 말할 때보다 내 진심이 30퍼센트 정도 덜 담긴 느낌이다. 그래서 너무도 쉽게 아무 감정 없이 영어로 좋은 말들을 하고 나쁜 말들도 한다. 한국어로는 마음에 느껴지는 죄책감이 너무 커서 함부로 못했던 욕도 서슴없이 뱉고, 너무 많은 진심이 담겨서 함부로 못 했던 '나는 네가 마음에 들어' 같은 말들도 아무에게나 해댄다. 내 생각이 담긴 말이지만 내 감정과 나 자신이 담기지는 않은 말.

나는 아직도 한국어가 너무 좋다. 영어 실력을 더 늘려야 하고, 영어로 더 많은 글을 읽고 쓰고 들어야 한다는 것을 알면서도 영어를 꼭 써야 하는 시간 이외에는 한국어를 놓을 수가 없다. 나는 여전히 영어 책도 한국어로 번역된 것으로 읽고, 한국어로 꾸준히 일기를 쓰며 한동안 쓰지 않았던 단어들을 발견하고는 어색해하고, 더 이상 예전 같지 않은 한국어 문장 구사 능력에 아쉬워하며 조금 더 좋은 문장을 쓸 수 없을까 고민한다. 한국에서 친구들과 가끔 나누었던 뜬구름 잡던 대화가 그립다. 내가 누구인지 정확하게 표현해줄 수 있는 나의 모국어. 그래서 잠깐이나마 환자에게 통역을 하는 그 순간, 나에게는 별다른 의미가 없는 단어들을 말할 때도 단어 하나하나에 나의 온 마음이 담긴다.

주사도 못 놓는 간호사

"그 집 딸이 간호사라며? 와서 나 영양제 한 번
만 놔달라고 부탁해줘. 영양제는 내가 병원 가
서 의사 선생님에게 처방받아 올 테니까 우리 집에 와서 놔주기만 하
라 그래."

수술실 간호사라 혈관주사는 손에 꼽을 정도로밖에는 못 해본 나
에게 부모님의 지인들은 이런 부탁을 한다. 퉁퉁 부은 환자의 손가락에
서 혈관을 찾아내서 주사를 척척 놓는 손재주 좋은 간호사들도 있지
만, '간호사=주사'라는 공식을 머릿속에 갖고 있는 일반인들은 아예 혈
관주사를 놓아본 일이 전혀 없는 간호사들도 있다는 것을 잘 모른다.

처음 몇 번 부탁을 받고 부모님에게 내 상황을 설명했다.

"엄마, 나 진짜 주사 못 놔. 누군가 부탁하면 엄마가 꼭 거절해야 해요!"

그럼에도 불구하고 부탁을 받아 간 곳엔 칠십 대 이웃집 할아버지

가 계셨다.

"아이고, 고마워. 우리 집 양반이 요즘 기운이 없어서 영양제 하나 딱 맞으면 좋을 것 같아서 말이야. 병원 가서 맞으면 처방전으로 사다가 맞는 것보다 비싸더라고."

"네. 그런데 아시겠지만 저 수술실 간호사예요. 혈관주사를 놔본 일이 없어서 일단 해보긴 하겠지만 서너 번 찌를지도 모르고 결국은 안 될지도 몰라요."

이웃집 노부부는 인상 좋은 웃음을 웃으며 "괜찮아, 괜찮아" 하신다. 아마도 '그래도 간호사인데 주사를 못 놓겠어? 그냥 하는 소리겠지'라고 생각하는 것이 분명했다. 주삿바늘이 두세 번 팔을 찌르고도 성공 못할 경우에도 괜찮다고 말할 환자는 아무도 없다. 몸도 아픈데 간호사가 주사도 한 방에 못 놓으면 환자 입장에선 엄청 짜증이 나는 터라 병동에서도 신규 간호사들이 두 번 정도 시도해도 안 되면 시니어 간호사를 불러온다.

할아버지의 팔뚝엔 주사를 놓기 쉬운 큰 혈관들이 많았지만 이상하게 찌르기만 하면 다 터져버렸다. 나 스스로 혈관주사 놓을 실력은 전혀 없음을 알기에 약국에서 사간 혈관주사 바늘이 3개. 세 번이나 실패하면 하지 말아야겠다는 결심을 이미 바늘을 살 때부터 했다.

결국 세 번이나 찔렀음에도 다 실패를 했고, 죄송하다는 말과 함께 허리 숙여 인사를 하고 그 집에서 나왔다. 주사를 놓기 전에 수액을 이미 오픈해서 주삿바늘이 들어가면 바로 연결해서 주입할 수 있도록 준

비해놓았던 터라 쓰지 못하게 된 수액은 버려야 했다. 주사 맞는 비용
을 아끼려고 사온 수액을 못 쓰게 만들었으니 엄마를 통해 수액 값을
드려야겠다고 생각했다. 입맛이 썼다. 집으로 돌아가 엄마에게 "결국
실패했어"라고 말할 생각을 하니 엄마에게조차 부끄러운 딸이 된 것
같아 미안한 마음이 들었다. 다음에 이웃집 할아버지를 만나면 엄마는
혈관주사도 못 놓는 딸 때문에 덩달아 미안해하고 사과를 하시겠지.
아, 젠장… 이게 뭐야. 보셨죠? 저 진짜 주사 못 놓는다고요!

내 경우엔 주사를 놓는 것 자체가 거의 불가능하기 때문에 이런 부탁은 효용이 없기도 하지만 설사 혈관주사의 달인이라고 한들, 의사의 처방이 내려진 수액이라고 한들 병원이 아닌 곳에서 혈관주사를 놓는 일은 간호 면허를 걸고 해야 할 만큼 위험하다. 병원에서 환자를 보다 보면 사람들은 의외의 것으로 너무 쉽게 상태가 확 변하고, '이렇게 다쳐도 살아남는구나' 싶은 순간과 마찬가지로 너무도 쉽게 사망한다.

수술실에서 근무하면서 가장 무서운 것은 몸속의 가장 큰 혈관인 대동맥이나 대정맥에서 피가 콸콸 나는 순간이 아니고 바로 '수분과 전해질의 불균형 그리고 패혈증'이다. 수술실에서만 근무했기 때문에 수분과 전해질의 불균형이나 패혈증 환자에 관한 지식은 대학교 때 배운 것이 다이고, 병동이나 중환자실에서 근무하는 동기들에게 들은 이야기가 다일 뿐이지만, 동시에 내가 아는 게 그게 다라서 무섭다.

환자의 기본 몸 상태를 모르고 무작정 1리터의 수액을 주입한다는 것이 얼마나 위험한 일인지를 할아버지 할머니들은 당연히 모른다. 물론 처방받은 수액이라고 하더라도 놓기 전에 혈압이나 맥박, 호흡을 체크하고 특히나 폐나 심장과 관련한 지병이 있는지 평소 몸 상태는 어떤지 문진을 할 것이다. 하지만 노인들이 영양제를 맞아야 할 것 같다고 느낄 정도로 컨디션이 떨어진 경우엔 환자가 제공하는 정보와 기본 검사 결과만을 믿고 응급 장비 하나 없는 집에서 수액을 놓는 것은 위험하다. 물론 동네에서 수액을 놔주다가 환자가 사망하는 일은 천만번에 한 번 일어날까 말까 한 일이며, 많은 간호사가 지인에게 수액을 놔주고는 한다. 하지만 그 천만번에 한 번이 나에게 일어나는 순간 확률은 100퍼센트가 된다.

환자에게 간호 행위를 할 때면, 이 케이스가 법정에 가게 된다면 나는 내 행위가 정당했다고 말할 수 있는가? 내 행위의 근거가 확실한가? 응급 시 백업이 있는가? 나는 응급 상황에서 내가 해야 할 일을 잘 알고 있는가? 등 최악의 상황을 생각하며 일하도록 훈련을 받아왔다. 소심하다고, 용감하지 못하다고 누군가 비꼬아 생각한다고 해도 나는 그런 일에 내 간호 면허를 걸고 싶지 않다. 간호 면허 없으면 나 뭐 먹고 살라고?

호의를 베풀려다가 오히려 사과를 잔뜩 하고 수액 값도 물어준 일이 있은 이후로 더 이상 부모님을 통한 수액 주입 부탁은 들어오지 않았다. 아마도 들어왔을 텐데 엄마가 "저희 딸은요, 진짜로 진짜로 혈관 주사를 못 놔요. 거짓말이 아니에요. 진짜예요. 진짜 주사를 못 놓는 간호사도 있다니까요"라며 거절을 하셨을지도 모를 일이다. 잘 됐다 싶으면서도 창피한 기분. 왠지 모를 찜찜함. '혈관주사는 못 놓지만 저 진짜 좋은 수술실 간호사거든요! 알아주세요!'라고 속으로 외쳐봐야 무슨 소용인가?

진짜 부심

내 경우엔 정맥주사와 수액 주입 그리고 투약에
관해선 스스로가 얼마나 부족한지에 대한 자각
이 있어서 그 부분과 관련해서 나와 환자를 위험에 노출시키는 일이 적
지만 간혹 자신이 얼마나 아는지 혹은 모르는지도 모르는 간호사들은
자신과 환자, 병원을 위험에 노출시킨다. 또한 자신의 실력을 현실적으
로 파악하고 있어도 주변의 압박으로 하는 수 없이 확신 없는 간호 행
위를 하기도 한다.

"저, 이거 안 해봤어요."

"괜찮아. 그냥 하면 돼. 다른 간호사들도 다 하더구먼. 왜 A간호사
만 유난이야?"

그나마 큰 병원에서 일하는 간호사들은 작은 병원에서 일하는 간호
사들보다 이런 위험에 덜 노출되어 있다. 큰 병원에는 간호사들도 각자

의 전문 분야가 있고, 모르면 물어볼 경험 많은 의료진이 있으며, 재교육이나 각 상황에 맞는 프로토콜처럼 간호 행위를 보호해주기 위한 장치들이 있다. 또한 응급 상황이 닥쳐도 그 상황을 해결해줄 자원이 많다. 하지만 작은 병원들은 비용 문제 때문에 큰 병원보다 상황이 열악하다.

꼭 비용 문제가 아니라고 하더라도 병원은 1차, 2차, 3차로 나뉘며 레벨에 따라 환자의 중증도나 케이스의 복잡성이 달라진다. 당연하게도 중증 환자가 많은 3차 병원에 가까울수록 더 까다로운 인증 단계를 거쳐야 하고 그에 따라 갖춰야 할 것들도 많다. 1차나 2차 병원에서 3차 병원에서나 벌어질 법한 응급 상황이 만에 하나 벌어질까 걱정해서 그 수많은 장비와 인력을 갖출 수는 없는 노릇이다. 그런 와중에 만에 하나 벌어질까 말까 하는 일들이 실제로 벌어지고 그런 상황에서 도움을 받을 곳이 바로 협력 병원이다. 만에 하나에 당첨되어 벌어진 응급 상황일 때는 곧 앰뷸런스를 불러서 환자를 3차 병원인 협력 병원으로 이송한다.

일을 하다 보면 종종 '부심'을 부리는 간호사들을 만난다. 간단하게는 정맥주사를 잘 놓는다는 부심, 자신이 나온 대학 부심, 일하고 있는 병원 부심, 자신이 담당하는 케이스 부심, 환자들에게 사랑받고 있다는 부심 등등 그 종류도 다양하다. 나 역시 내가 중증 외상 병원에서 다양한 외상 케이스를 경험하는 동시에 간담도 수술 팀의 일원으로 크고 복잡한 수술을 하고 있다는 것에 자부심을 갖고 있다. 내가 생각하

기에 쉽고 간단한 수술을 담당하는 간호사들에게 종종 "지난 월요일에 9시간짜리 간담도 케이스 했잖아. 힘들어 죽는 줄 알았네"라며 '너 넨 간담도 수술 모르지?'라고 은근히 우월감을 내비친다.

하지만 반대로 누군가 "피곤해 죽겠어. 어제 폐 이식 수술을 하는데 12시간이나 걸렸어"라고 하면 '어쩌라고?'라며 심술을 부린다. '환자는 다 중요하고, 수술 케이스도 똑같이 다 중요하다' 하면서도 '그렇게 간단한 케이스까지 내가 수술에 들어가야겠니? 그런 쉬운 케이스는 신규 간호사 시켜'라는 매너리즘에 빠진 생각을 하기도 한다. 매너리즘에 빠진 생각은 나쁘지만 병원이나 내가 담당하는 수술에 대한 자부심이 꼭 나쁘다고 생각하지는 않는다. 이런 자부심이 간호사로서 내 일을 사랑하게 만드는 큰 이유가 될 수도 있다.

하지만 어느 날 개인 병원에서 일하는 간호사와 이야기를 하다가 문득 이런 생각이 들었다. '사실 가장 부심을 부려야 할 사람은 작은 병원에서 일하는 간호사들이 아닐까?' 큰 병원에서 일하는 간호사들은 각종 안전장치가 마련된 곳에서 선배 간호사에게 트레이닝을 받으며 실력과 자부심을 길러간다. 하지만 개인 병원 간호사들은 일의 내용으로만 본다면 대형 병원에서 몇 명의 간호사가 나눠서 할 일을 한 명이 담당하고 간혹 원무과나 소독실이 할 일도 자신이 다 해결한다. 그간 아무 문제 없었다는 말에 확신 없는 간호를 해야 할 때도 물어볼 경험 많은 선배 간호사나 자료가 부족하거나 없다.

종합병원에 비하면 한참 작은 개인 병원 수술실에서 몇 년간 일했다는 간호사의 수술 중 벌어진 응급 상황에 대한 무용담을 들으며 일이 험하고 힘든 종합병원에서 일해왔다고 힘드네 어쩌네 툴툴거렸던 내가 작아지는 기분이 들었다. 종합병원에선 수술 중 응급 상황이 발생하면 응급 버튼을 누르고 그 즉시 의사들과 간호사들이 우르르 수술방으로 몰려들어 와 응급 상황을 같이 해결해준다. 필요한 혈액이 항상 병원에 준비되어 있고, 각종 검사, 시술 기구들도 있다. 급하면 옆방에서 수술하던 다른 과의 전문의도 달려와서 같이 문제를 해결해준다. 집도의, 마취과 의사, 수술실 간호사, 마취과 간호사 등 네다섯 명이 제한된 자원으로 응급 상황을 해결할 일 같은 것은 없다.

동네 병원 수술실에서 일했던 간호사와의 대화 끝에 '난 그간 투정이나 부리고 있었던 것은 아닌가' 하는 생각이 들었다. 나 자신이 참 작게 느껴졌다. 처음 입사를 했던 병원이 3차 대학병원이었고, 그 이후 옮긴 병원도 중증 외상을 전문으로 하는 종합병원이다 보니 은근히 속으로 '아… 난 작은 병원에선 근무 못할 것 같아. 진짜 간호가 이루어지는 곳은 역시 종합병원이지'라고 건방진 생각을 했다. 응급 상황에서 달려와 줄 사람들도 없는 동네 병원, 요양 간호시설, 지역사회에서 일하는 간호사들이 진짜 실력자이고 진정으로 자부심을 부려도 되는 사람들이다. 아마도 나의 병원 부심, 케이스 부심은 그들에 비하면 귀여운 수준일 것이다.

속상한 크리스마스

평일과 달리 차가 없어 한적한 도로를 운전해 병원으로 가는 크리스마스날 아침. 설, 추석, 크리스마스 같은 날에는 아무도 안 아프면 좋겠지만 누군가는 꼭 아프고 누군가는 사고를 당해 급하게 수술을 필요로 한다. 남들 다 노는 주말이나 공휴일 혹은 남들 다 자는 밤에 출근한 지가 벌써 몇 년인데 여전히 이런 날 출근길은 어쩐지 기분이 조금 가라앉는다. '병원은 24시간 돌아가고, 누군가는 환자 옆에 있어야 하고, 그게 오늘은 나인가 보다'라고 교과서적인 대답을 속으로 되뇌어도, 주말이고 공휴일이라고 나에겐 딱히 특별한 계획 같은 것은 없다는 것을 스스로 잘 알고 있음에도 무거워지는 기분. 왜 주말과 공휴일의 공기는 평일과 다른 것일까? 왜 공기에 느긋함과 즐거움이 묻어 있는 것일까? 평일의 공기와 같다면 출근길이 조금 더 쉬울까?

출근해서 배정표를 살펴니 오늘 근무할 곳은 정형외과 수술이 있는 1번 방. 오늘의 집도의는 정형외과에서도 중증 외상을 맡고 있는 Z교수다. 내일모레 정년퇴직을 앞둔 분으로 성질이 불같고 감정 표현을 절대로 숨기는 법이 없다. 일하는 모습이 마음에 안 드는 어시스트나 간호사에게는 거침없이 "다시는 내 수술에 들어오지 마"라는 말을 해서 대부분의 의사나 간호사들은 교수님 앞에서 항상 긴장한다.

그러나 이렇듯 쓴소리를 거침없이 내뱉는 한편으로 잘하면 칭찬을 아끼지 않는다. 나는 그런 교수님에게 욕먹지 않기 위해 안간힘을 썼고, 그 마음이 통했는지 몇 번 칭찬을 들었다. 하지만 열 번 잘하다가 칭찬 한 번 들었다고 방심해서 실수하는 모습을 보였다가는 또 불호령이 떨어지는 것을 잘 아는 터라 이 교수님과의 수술은 항상 긴장된다. 9시간 근무하면서 그 시간 내내 집중하는 경우는 드문데, 교수님과 수술하면 9시간 내내 집중이라 수술이 다 끝나고 수술방을 나오는 순간 긴장감이 확 풀려 온몸이 흐물흐물해진다. 아, 집에 갈 힘도 없다….

그런 교수님과 하루 종일 함께할 예정이니 손발이 잘 맞는 간호사가 필요했다. 더구나 오늘 1번 방에 배정된 수술을 보니 '대체 이런 수술을 왜 평일에 안 하고 그것도 크리스마스에 하는 거야' 싶은 큰 케이스들. 케이스가 크고 복잡하더라도 수술 내용이 명확하면 괜찮은데 첫 환자의 수술 동의서를 보니 '+/-'가 가득 붙어 있었다. 수술 동의서엔 수술명과 함께 상황을 봐서 이것도 할 수 있고 저것도 할 수 있다는 의미로 +/-가 붙는다. 예를 들면 맹장염인 것 같기도 하고 아닌 것 같기도 한 수술을 할 때면 동의서는 이렇다. '내시경을 통한 맹장 수술 +/- 개복술 +/- 우측 대장 절제술 +/- 인공항문 조성술.' 수술을 하다가 중간에 환자를 깨워서 동의서를 다시 받을 수는 없는 일이니 최악의 상황, 가능한 모든 상황을 다 예측해서 동의서를 받는다. 물론 보호자에게도 동의서는 받을 수 있지만 가능하면 환자 자신에게 받는 것을 최우선으로 한다.

이럴 경우 상황 변화에 따라서 수술 내용이 변경되니 준비도 잘해야 하고 변경된 상황에 빠르게 대처할 수 있는 수술실 간호사가 필요하다. 오늘 정형외과 방 첫 수술이 그랬다. +/-가 몇 개나 붙어서 상황 대처 능력이 빠른 순환 간호사가 필요한 수술. 내가 수술에 들어가 소독 간호사로 아무리 열심히 해도 같이 일해주는 순환 간호사가 손발을 맞춰주지 않으면 욕먹는 건 순식간이다. 순환 간호사는 소독 간호사만큼 혹은 그보다 더 중요하다. 그런 내 방에 나와 함께 배정된 간호사는 C였다.

"저 이 간호사랑 둘이 Z교수 수술 못해요."

"C는 정형외과잖아."

"그 간호사는 정형외과라도 관절 치환술밖에 못해요. 그나마 그것도 제대로 못해서 관절 치환술에 대해서 물어봐도 '어, 글쎄… 잘 모르겠어'라고 대답해요. 수술은 제가 다 들어가겠지만 이 수술 문제없이 해내려면 좋은 순환 간호사가 있어야 해요. C간호사랑 15번 방에 있는 A간호사랑 바꿔주세요."

Z교수의 성격을 잘 알고 있는 수선생님이 나의 불평에 C를 A와 바꿔서 다시 배정해주었다. 수술 중간에 C간호사에게 어쩐지 미안한 기분이 들었지만 결과적으로 +/-가 붙었던 대부분의 것들이 -가 아닌 +인 것으로 드러났고 손발 빠른 A간호사를 택한 것은 잘한 결정이었다고 스스로를 다독이며 죄책감을 씻어냈다. 교수님에게 아무런 욕을 얻어먹지 않고 수술은 잘 끝났고 환자를 회복실로 돌려보낸 후 잠시 숨을 돌리기 위해 휴게실로 갔다.

그 넓은 휴게실엔 C간호사 혼자 앉아 있었다. 내가 들어서자 곧 말을 건네왔다.

"고마워."

"뭐가?"

"나를 A랑 바꿔줘서 고맙다고. 그런데 '우리' Z교수님 수술 들어가는 데 아무 문제 없어."

'우리'란 관절 수술만 하는 재활병원 출신 간호사들을 말한다. 얼마 전에 분점으로 있던 재활병원이 본원으로 통합되면서 재활병원에서 관절 수술만 하던 간호사들이 우리 병원 수술실로 대거 이동되었다. "'나'는 그 교수님과 일하는 데 아무 문제 없어' 하지 않고 '우리'라는 단어를 썼다. 그러면 내가 심리적으로 압박감을 느낄 거라 생각한 건가? 아니면 우리라는 단어 속에 숨어 자신의 무능을 다른 간호사들과 나누려는 것일까? 왜 우리라고 해서 잘하고 있는 재활병원 출신 다른 간호사들까지 끌어내리는가? 우리라고 하고는 다른 재활병원 출신 간호사들에게 뒷담화를 하겠지. '개가 글쎄, 우리를 어떻게 생각하는지 아니?' 그녀가 새침하게 말한 고맙다는 것은 가시가 잔뜩 박힌 빈정거림이었다.

그녀가 '우리'라는 인칭을 쓴 사실을 흥미롭게 생각하다가 문득 내가 그녀를 내 수술방에서 빼냈다는 이야기는 누구에게 들은 것인지 궁금해졌다. 하지만 누가 말했는지는 찾아 무엇하겠는가? 이런 상황을 조금도 생각 안 하고 그녀를 내 방에서 빼지 않았다. 변명을 하거나 이 상황을 무마할 생각은 없었다. 나는 핸드폰 메시지를 확인하며 무심하게 대답했다.

"그래? 그럼 다음엔 네가 하든가."

'스스로 '우리'라 칭한 너네들이 해. 나 빼고. 단, 다음에도 Z교수의 수술이 있고 내가 담당이면 넌 내 방에 없을 거야.'

더 큰 다툼을 만들 용기가 없었던 나는 속으로 빈정거렸다. 그런 한편으로 '다른 간호사의 마음을 이렇게 아프게 해도 되는 것일까' 하는 죄책감이 들면서도 신규도 아닌 간호사의 뒤치다꺼리하기 싫다는, 좋은 간호사 데리고 수술 잘해서 더 인정받고 싶다는 욕구가 다른 간호사의 기분을 배려해야 한다는 것보다 앞선 것이 잘못된 일인가 싶기도 했다.

하지만 내가 C를 못 미더워하는 것처럼 누군가는 나를 못 미더워할 것이 분명하다. 나도 특정한 상황에서는 언제든 C가 될 수 있음을 알면

216

서 '수술을 더 잘하고 싶다는 욕구가 잘못된 거예요?'라는 보기에만 그 럴듯한 주장을 하면서 그녀에게 이렇게 매몰차게 구는 것이 잘하는 일 일까? 기분 상하지 않게 잘 다독여서 내가 원하는 방향으로 일을 이끄 는 방법도 있지 않았을까?

모든 수술이 잘 끝났지만, 크리스마스에 누군가의 기분을 망쳐놨다 는 사실에 운전해서 집으로 오는 내내 씁쓸함이 몰려왔다.

병원 일기
: All OR Nothing

PART
3

욕 안 먹는 신규 간호사 되기 & 올드 간호사가 일하는 법

제목에서 어떤 해답을 바라며 글을 읽겠지만 제목은 떡밥이었고 결론부터 말하자면 욕 안 먹는 신규 간호사가 되는 방법은 없다. 정도의 차이만 있고 얼마나 많은 혹은 적은 사람들이 욕을 하느냐의 차이일 뿐, 신규 간호사는 뭘 해도 욕을 먹게 되어 있다. 일을 못하면 당연히 못한다고 욕을 먹고, 잘하면 잘한다고 좋게 말하면 관심, 나쁘게 말하면 욕을 먹는다. 솔직하게 이야기하면 병원 들어가서 1년은, 내 밑으로 또 다른 신규가 들어오기 전까지는 그냥 숨만 쉬어도 욕을 먹는다고 생각하는 게 마음이 편하다.

이런 내 의견에 동의하지 않은 분들도 있을 것이고, 실제로 지옥 같지 않은 병원도 있을 것이다. 하지만 "내 신규 생활은 너무 편했어. 선생님들이 얼마나 친절했는지 몰라"라는 말을 들어본 적이 있는가? 좋은 이야기보다는 나쁜 이야기를 더 자주 하고 오래 기억하니 그런 일이 있어도 기억하지 못할 수도 있지만, 그런 것을 고려하더라도 우리가 항상 듣는 압도적으로 많은 숫자의 이야기는 괴로워하는 신규의 이야기다. 별 이상한 일로 혼난 이야기다.

대외적으로 그럴싸하게 '네가 잘하면 괜찮을 거야. 항상 긍정적이고 웃는 모습으로 열심히 하면 사랑받을 수 있어'라고 남들이 다 하는 말을 나도 하고 싶지만 한편으론 진짜 현실도 알려주고 싶다. '내가 잘하면 될 거야'라는 희망을 품고 들어가 상처받는 것보다는 최악을 기대하고 들어가서 '생각보다는 괜찮네'라며 약간은 숨통을 틔울 수 있었으면 좋겠다.

말로는 애정 어린 지도라고 하지만 아무리 노력해도 다들 나에게 계속 지적을 해댄다. 그렇다고 이 상황을 피해보겠다고 여기저기 비위를 맞추며 모두에게 사랑받으려는 시도는 접는 게 좋다. 미움을 안 사기 위해 노력하는 것만으로도 힘든데 그것을 넘어서 사랑까지 받으려 한다면 스스로가 너무 힘들 것이다. 장담하건대 모든 사람의 사랑을 받는 방법은 없다. 아무리 성격 좋고 일 잘하는 신규 간호사가 나타나도 나같이 이상한 올드 간호사 한 명이 있어서 '쟨 왜 저렇게 다 친한 척을 하고 다녀?' 혹은 '쟤는 뭔데 저렇게 자신감이 넘쳐?'라며 배배 꼬인 속을 드러낼 것이다. 내가 아무리 잘해도 상대방이 꼬여 있다면 선의도 선의로 안 받아들여지고 진실은 왜곡된다.

그러니 괜한 노력을 하며 상처받지 말자. 아무것도 하지 말라는 것이 아니다. 과하게 사랑받는 일에 매달려서 진을 빼지 말라는 것이다. 날 싫어하면 싫어하나 보다, 좋아하면 좋아하나 보다, 환자나 열심히 보자고 생각하며 병원 사람들과의 관계 속에서 일어나는 수많은 작은 일들에 상처받지 말라는 것이다. 신규 때는 미움을 사지 않고 날 좋게 생각하는 선배의 숫자를 날 나쁘게 생각하는 선배의 숫자보다 조금 더 많게 하는 것 정도면 충분하다.

그래도 한 가지 팁이라면 태도가 좋으면 많은 부분이 좋게 받아들여진다는 사실이다. 많은 올드 간호사들이 '태도가 좋은 신규는 언제나 환영이지'라는 말을 하지만 이 태도라는 것이 알 것 같으면서도 막연한 단어다. 어떤 태도를 말하는 걸까? 올드 간호사들이 바라는 좋은 태도는 조금씩 다르겠지만 내 경우엔 배우려는 자세를 가장 먼저 본다.

저 수술실에 정말 관심 많았어요, 선생님 이것 좀 설명해주세요. 제가 옆에서 같이 해봐도 되나요? 저번엔 이렇게 하셨는데 이번엔 왜 이렇게 하셨어요? 제가 이렇게 하는 게 맞는지 한 번만 봐주실래요? 이 부분 어제 집에서 공부했는데 이해가 잘 되지 않아요, 설명해주실 수 있으세요? 궁금한 것이 많고, 배우고 싶어 하는 의지를 보이고, 일에 애정을 보이고, 잘하려 노력하는 모습을 보인다면 앞으로 성장하리라는 것을 알기에 당장의 실수나 부족한 부분은 크게 신경 쓰이지 않는다.

그런데도 올드 간호사들은 왜 종종 동기들보다 잘하고 있는 신규 간호사조차 못마땅해할까? 대체 바라는 게 뭘까? 올드 간호사는 자신만큼 능숙하게 일을 잘 해내기를 바란다. 현실적으로 불가능한, 신규 간호사에게 바라면 안 되는 것임을 모두 머리로는 알면서 일에 치이다 보면 속에서 불끈불끈 화가 나면서 '왜 대체 나처럼 일하지 못하는 거야?'라고 속 터져 한다.

그럼 올드 간호사들은 어떻게 일하고 있을까? 그들이 경력 속에서 쌓아온 것은 무엇일까?

병원 일은 많은 경우 경중의 차이가 있을 뿐이지 반복적으로 진행된다. 일어나는 문제도 비슷하다. 따라서 다음의 것들을 생각하며 일한다면 당장은 어려워도 곧 동기들보다 꽤 괜찮은 2년차나 3년차가 되어 있을 것이다. 사실 곧 소개할 내용들은 병원에만 해당하는 것은 아니다. 일반 직장을 다니는 사람들에게도 해당한다. 단지 병원은 환자와 관련해서 단기 수행 과제가 많다 보니 이러한 능력이 더 강조될 뿐이다. 정해진 근무 시간 동안 환자 한 명당 해줘야 할 일들이 주르륵 있고, 그런 환자를 몇 명에서 몇십 명까지 보니 일의 강도나 중요도를 떠나 수행 과제의 숫자만 센다면 간호사 한 명이 근무 시간 동안 하는 일의 목록은 끝이 없다.

신규 간호사들에게 당장 이렇게 일을 하라고는 말 못 하겠다. 하라고 해도 어느 날 갑자기 되는 것도 아니다. 단지 병원 일을 하면서 연차에 걸맞은 실력을 가진 간호사가 되기 위해 나아가야 할 지향점 정도로 생각하면 좋을 것 같다.

◇능숙한 멀티태스킹

간호사 일을 하다 보면 '난 손이 두 개뿐이고 몸도 하나뿐이라고!' 외치고 싶은 순간이 자주 생긴다. 대체 이 많은 일을 한꺼번에 어떻게 하라는 건가 싶은데 그런 일들을 시킨다. 특히 간호사 한 명이 많은 환자들을 돌보는 병동은 실제로 당장 해결해야 할 일들이 동시다발적으로 생기며 올드 간호사들도 종종 그 사실을 알면서도 일을 시킨다. 바빠서 그런 것이지 못된 마음에 '너 한번 당해봐라'라는 의도로 시키는 것이 아니다.

물론 멀티태스크를 한다고 실수가 용납되는 것은 아니며, '실수 없이' '동시'에 '여러 가지 일'을 '빨리' 수행하기, 네 가지가 다 요구된다. 한 가지 일을 끝내고 다른 일을 할 시간이 없다. 한 가지를 하면서 중간에 다른 일 한두 가지를 더 진행하는 것이 보통이다. 시간이 지나고 일에 익숙해지고 경력이 쌓이면서 멀티태스크 수행 능력이 늘기는 하지만 (일반적으로 여자가 남자보다 멀티태스크에 능한 것처럼) 주변 간호사들을 보면 기본적으로 타고나는 면도 있는 것 같다.

신규 간호사치고 처음부터 잘하는 사람도 있고 아무리 시간이 지나도 못하는 사람도 있다. 자신이 멀티태스크에 유독 약하다고 생각한다면 병원 간호사 일은 안 하는 것을 추천한다. 병원에 들어온다면 아마 평생 먹을 엄청난 양의 욕을 단기간에 먹게 될 것이다.

◊ 우선순위 정하기

신규 간호사 앞에 열 가지 일이 동시에 주어졌을 때 그 일들 중에서 가장 먼저 완료해야 하는 일과 5분 후, 10분 후에 해도 되는 일이 분명히 있다. 일을 시키는 올드 간호사들은 우선순위를 알겠지만 하나하나 목록을 작성해주며 '이것 먼저 해'라고 친절히 알려주지는 않는다. 왜 이런 순서로 일을 해야 하는지 설명을 해줘야 신규 간호사가 이해를 하고 기억을 했다가 다음번에 그렇게 일을 할 텐데, 보통의 올드 간호사들은 이런 상황에서 '그걸 설명하느니 내가 하는 게 더 빠르겠다'라고 생각한다. 무작정 시켜놓고는 조금 있다 와서는 왜 이것 먼저 했느냐, 저것은 왜 아직 안 했느냐며 싫은 소리를 할 것이고 그렇게 또 한 번 신규 간호사의 하루는 엉망이 된다.

아무도 가르쳐주지 않은 일들의 우선순위가 헷갈릴 때는 해야 할 일들을 한번 쭉 훑어본 후 가장 먼저 벌어질 일부터 하는 것이 쉬운 방법이다. 아니면 지금 당장 안 할 경우에 후폭풍이 가장 큰 일부터 한다. 다시 말해 하지 않았을 때 가장 크게 혼날 일, 심하게는 하지 않았을 때 혼나는 정도가 아니라 병원에서 잘리거나 간호 면허를 취소당할 수도 있는 일 순서로 하는 것도 방법이다.

수술실의 경우엔 병동에 연락을 해서 스케줄에 차질이 없도록 환자를 준비시키고 시간에 딱 맞춰 수술실로 환자를 데려오는 것이 중요한 일 중에 하나다. 이 모든 것이 늦어지고 수술실이 환자를 기다리게 되는 일이 생기거나 다른 스케줄로 변경을 해야 하는 상황이 생겨서 수술실이 비게되면 그 모든 것이 엄청난 비용으로 이어진다.

현재 내가 일하는 호주 정부 병원 수술실의 경우 1분당 비용이 100호주달러다. 환자가 10분이 늦어지면 1,000달러가 사라지는 것이다. 때문에 수술실에선 항상 수술실 회전율을 감시하고 그 비율을 높이기 위한 방안을 모색한다. 수술이 늦게 시작되면 매니저가 득달같이 달려와 이유를 캐묻는다. 물론 이런 것은 신규 간호사들이 알 수 없는 내용이다.

하지만 자신이 알고 있는 수준에서 이런 식으로 일이 진행되지 않았을 경우 환자가 받을 피해, 병원에 생길 손해, 내가 먹을 욕의 정도를 빠르게 생각하다 보면 우선순위가 대충 그려진다. 또한 선배 간호사가 와서 왜 이것 먼저 했느냐고 물으면 그 판단이 맞았든 틀렸든 최소한 근거가 있는 이유를 말할 수 있다. 신규 간호사라고 막연히 아무 생각 없이 일을 하는 것이 아니라 생각하며 일하고 있다는 것도 올드 간호사에게 은근슬쩍 알려줄 수 있다.

◇ 트러블 슈팅Trouble shooting 능력치 키우기

간호사로 일하다 보면 '아니 뭐 이런 일이?' 싶게 황당하고 정말 당장 해결해야 할, 매뉴얼에는 없는 일들이 생긴다. 수술실의 경우엔 수술과 관련해서 많은 기구와 기계들을 사용하고 그와 관련해 교육도 자주 받고 기구와 기계들을 정기적으로 점검하지만 집에서 잘 쓰던 가전제품들이 어느 날 갑자기 아무런 이유 없이 문제를 일으키듯 수술 중에도 가끔 사용하는 기구와 관련하여 문제가 생긴다. 환자가 마취되어 있으니 무작정 기구 회사 직원을 1시간 넘게 기다릴 수는 없어 수술 팀은 시니어 간호사에게 당장 해결하라고 닦달을 한다. 그렇다고 아무거나 시도하면 환자가 위험에 빠질 수도 있으니 손가락이 가는 대로 아무 버튼이나 눌러볼 수는 없다.

간호 현장에서 벌어지는 실제적인 문제에 대한 해결 방법은 대학교에서 책으로 배울 수 있는 것이 아니다. 현장에서 경험을 통해서만 배울 수 있는 것이라 이제 졸업하고 입사한 신규에겐 절대로 바랄 수 없다. 하지만 간호 학생조차도 실습하며 곁눈질로 본 방법으로 환자에게 연결되어 있는 수액 세트에서 공기를 제거하는 법을 알고 있는 것처럼, 다양한 문제가 발생했을 때 선배 간호사들을 잘 관찰하면 그 수많은 문제 해결 방법을 자신의 것으로 만들 수 있다. 그리고 곧 그것은 자신의 실력이 된다.

올드 간호사가 아무 일도 안 하고 스테이션에만 있는 것 같지만 속에는 엄청난 내공이 쌓여 있다. 그러니 그녀가 무거운 엉덩이를 들어올려 무언가를 해결하러 간다면 얼른 따라가서 잘 관찰하자. 그리고 "선생님, 그거 어떻게 하셨어요?"라고 물어보자. 그렇게 하나둘 배우다 보면 어느 날 "○○ 간호사, 이것 좀 해결해주세요" 하고 누군가 나에게 도움을 바라는 날이 올 것이다.

◇빠른 일 처리

모든 일이 환자에 관련된 것이니 중요하고 실수가 용납되지 않지만 그렇다고 모든 것을 완벽하게 한다며 세월아 네월아 시간을 보내서는 안 된다. 할 일이 쌓여 있고, 쌓일 틈이 없이 처리해도 계속 일이 생기기 때문에 정시에 퇴근하고 싶다면 빠른 일 처리는 필수다. 10년이나 같은 일을 해왔으니 빠르게 일을 처리하는 나만의 방법이 몇 가지 있다.

첫째, 일을 시작하기 전에 절대로 놓치면 안 되는 포인트와 시간상 혹은 다른 일이 생겨서 이 일을 중단해야 할 경우 가장 먼저 포기할 것, 건너뛰어도 되는 과정을 마음속으로 정한다.

둘째, 일하는 중간에 비는 시간이 없게 동시에 할 수 있는 일을 물색한다.

셋째, 일을 하는 동안 집중해서 해야 할 부분이 끝나면 일을 마무리하면서 다음에 해야 할 일을 생각하고 그에 필요한 사항들을 머릿속으로 체크해본다.

넷째, 이 모든 생각을 한 가지 일을 하면서 다 하고도 생각할 시간이 남으면 그다음엔 1시간 후까지 마쳐야 할 일, 2시간 후까지 마쳐야 할 일 등을 생각하며 하루 전체 일과를 그려본다.

꽤 많은 생각을 해야 할 것 같지만 이 모든 생각이 짧은 일을 하는 단시간에 이루어진다. 물론 그러기 위해서는 훈련이 필요하다. 신규를 교육시키면서 자주 하는 말이 "해야 할 일이 항상 있어. 계속 '이것 다음엔 뭘 해야 하지? 이것 다음엔 무슨 일이 벌어지지? 그걸 하려면 미리 어떤 것을 챙겨놔야 하지?'를 끊임없이 생각해야 해"다. 손발이 빨라야 일을 빨리할 수 있지만 미리 생각하고 계획하지 않으면 손발이 아무리 빨라도 일의 효율성은 낮아진다. 하루 종일 바쁘게 뛰어다니는 것 같은데 해결되는 일은 별로 없고, 여기저기 일에 구멍이 많은 간호사들의 특징이 그렇다.

'똑같이 일하는데 저 선생님은 왜 더 여유로워 보일까?'라는 생각이 든다면 그 사람은 항상 머릿속으로 생각하고 계획하기 때문이다. 대부분의 올드 간호사들은 자신은 인식하지 못하겠지만 이미 이런 일을 본능적으로 하고 있다. 신규 간호사에게는 당장은 어려운 일 같겠지만 환자에게 처치를 하러 가는 그 순간, 혹은 병실에서 나와 스테이션으로 빠른 걸음으로 걸어가는 복도에서 몇 초라도 이런 생각을 하려고 노력한다면 일의 속도와 효율성은 자신도 모르는 사이에 늘어 있을 것이다.

이 모든 능력을 동시에 짧은 시간 안에 키우는 것은 불가능하다. 목표를 정하고 한 단계씩 나아가야 한다. 신규 간호사는 같은 실수를 두 번 저지르지 않고 오늘보다 내일 더 좋은 간호사다운 모습을 보이는 것만으로도 충분하다.

part 4

종합병원 생활
: 멘탈 털림 방지 가이드

병원 생활에
잡아먹히지 않기 위한 팁

병원 선배들에게 잘 보이고, 병원의 신뢰를 받고, 환자들에게 사랑받는 간호사가 되는 방법 같은 건 모른다. 나는 모든 동료들에게 사랑받는 간호사가 될 생각도 에너지도 없고, 병원의 인정을 받아 승진을 할 야망도 없으며, 몸과 마음을 다 바쳐 환자들을 간호하여 나이팅게일과 같은 명성을 쌓는 일 역시 꿈도 꾸지 않는다.

내가 바라는 것은 병원에서 평간호사로 내 일에 만족하며 특별히 병원 사람들 눈에 띄지 않고 조용히 오래오래 정년퇴직하는 그날까지 환자 옆에서 일하는 것이다. 환자들을 포함한 수많은 병원 내 인간들 속에서 마음 다치지 않고, 남에게 상처 주지 않고 살아남는 것이다. 지난 10년간 고달픈 병원 생활에서 나를 지탱해주었던 것들, 앞으로도 한동안은 나를 지탱해줄 것들을 정리해보았다.

처음에 병원에서 환자를 보기 시작하고 그들의 히스토리를 읽다 보면 환자들은 다 불쌍한 것 같다. 어쩜 저렇게 다들 사연이 있는지 모르겠다. 별다른 사연이 없더라도 일단 환자복을 입고 병원 침대에 누운 환자들의 얼굴은 하나같이 애처롭다. 내가 해야 할 일들을 넘어서 그보다 더 잘해줘야 할 것 같고 하나라도 더 챙겨줘야 할 것 같다. 하지만 오랜 기간 병원 생활을 하기 위해선 진상 부리는 환자에게 내 마음이 상했다고 막 대하면 안 되는 것과 마찬가지로 특별히 더 사연을 가진 환자라고 내가 해야 할 일을 넘어서 마음을 쓰는 일도 위험하다.

전신 마취 상태에서 수술을 받는다는 것은 환자에게 살면서 평생 있을까 말까 한 위기의 순간이다. 많은 순간 우리는 환자의 목숨을 앗아가는 암 환부를 도려내거나, 다시 일상생활을 영위할 수 있도록 부러진 다리를 고쳐주고, 가끔은 수술하지 않으면 금방 죽을지도 모를 환자의 머릿속에 가득 고인 피를 빼낸다.

한 사람의 삶이 위태로운 이 순간에 수술실 사람들의 마음은 어떨까? 나는 어떤 마음일까? 4시간짜리 수술을 한다면 수술 시작하는 순간부터 끝날 때까지 환자에게만 신경을 집중하고 대화의 모든 내용도 환자와 관련된 것이라고 생각하겠지만 그렇지 않다. 환자에겐 평생 한 번 있을까 말까 한 순간이겠지만 수술실 의료진에겐 일상이다. 이 차이를 어떻게 읽는 분들이 부담감 없이 느끼도록 잘 설명할 수 있을까?

예전에 중환자실에 입원한 가족을 둔 보호자가 나에게 하소연을 한 적이 있다. 자기 가족은 죽어가고 있는데 담당 간호사는 저기에 앉아서 다른 간호사랑 수다를 떨고 있더라는 것이다. 누군가는 간호사들이 웃고 있다고도 하고, 태연히 무언가를 먹고 있더라고도 한다. 물론 잘 못된 일이다. 웃을 일이 있어도 면회 시간엔 보호자들을 생각해서 말 한마디도, 행동 하나도 조심해야 한다.

하지만 면회 시간 외에는 어떨까? 중환자실 간호사들은 침묵 속에 조용히 일만 할까? 모두 우울한 마음으로 '내일 내 환자가 사망하면 어 쩌지? 그 가족들은 어떡하나?' 걱정하며 침울해할까? 그렇지 않다. 내 일 사망할지도 모를 환자를 돌보는 것이 중환자실 간호사들에게는 일 상이며 그들은 일을 하면서, 환자의 목숨을 연장하기 위해 최선을 다하 면서 동시에 그 나이에 걸맞은 발랄한 삶을 이어간다. 환자를 돌보다가 가끔은 옆 간호사와 퇴근하고 뭐 먹을까 잠깐 이야기를 하고, 새로 온 인턴 선생님이 이랬네 저랬네 하며 깔깔거리기도 한다.

집에 아픈 가족이 있어서 몇 달만 걱정해도 온몸과 마음이 지치는 데 중환자실 간호사는 하루에 서너 명씩 죽어가는 환자가 눈앞에 있 다. 그 모든 환자들에게 보호자들만큼 감정이입을 하고, 각자의 사정에 파고들면 그 어떤 간호사도 감정적으로 남아나지 않을 것이다. 아마 한 달도 안 돼서 몸보다는 마음이 지쳐서 병원을 그만둘 것이다.

수술실에서도 마찬가지다. 중요 부위를 수술할 때면 모두 숨을 죽이 고 집중하지만 위기의 순간이 지나면 일상의 이야기도 한두 마디 나누 고 가끔은 농담도 하고 웃기도 한다. 어떤 의사는 긴장을 풀기 위해 오 히려 중요 부위를 수술할 때 잡담을 더 많이 한다. 나는 옆에서 최근에 본 영화나 다른 수술실에서 있었던 흥미로웠던 수술 이야기를 하며 수술실 내에 가득한 긴장감을 풀어본다. 큰 사고를 당해서 온 환자를 보며 안타까워하지만 작은 사고로 다리가 부러진 환자건, 큰 사고로 다리가 부러진 환자건, 사회적으로 어떤 배경을 갖고 있건 수술하는 그 순간은 수술에만 집중한다.

이렇듯 매 케이스에 집중은 해도 환자 모두에게 감정이입을 하는 경우는 없다. '평생 일만 하시다가 암에 걸린 우리 아버지가 수술을 받는데 어떻게 수술 중에 잡담을 하고 웃을 수가 있어요?'라고 보호자는 분개할 수도 있지만 우린 그런 환자를 매일 본다. 환자의 기본적 사회 배경을 알고, 그러한 사정을 고려해서 앞으로의 치료 계획을 세우지만, 그 사정에 감정을 과하게 이입하거나 동조하지 않는다. 그래서도 안 된다.

반대로 이런 일도 있었다. 언젠가 십 대 후반의 남자아이가 면허를 따자마자 난폭 운전을 했고 마주 오는 차를 들이받아 상대편 차에 타고 있던 일가족이 죽은 일이 있었다. 수술을 받으러 온 가해자 소년을 보는 순간, '네가 아무 죄 없는 네 명의 행복한 가족을 죽인 그 아이구나?'라는 생각이 들었다. 하지만 그런 생각은 거기까지. 수술에 필요한 의료적 정보가 아니라면 나머지 정보는 수술 시작하면서 다 잊는다.

보호자들이 자신의 가족을 치료하는 의료진이 '이 환자 사정을 알고 있니? 불쌍한 사람이야. 더 잘해줘야 해'라고 생각해주길 바라는 건 가해자를 치료하면서 의료진이 '이 환자가 무슨 짓을 했는지 알아? 고쳐줘서 뭐하니?'라고 하는 것과 같다. 환자 한명 한명의 이야기에 집중하고 그 이야기와 일을 연관 짓다 보면 일도 제대로 안 되고 감정도 남아나지 않는다.

하지만 자신의 성격이나 상황 때문에 감정이입이 많이 될 수밖에 없는 경우도 있다. 병동에 오래 머물렀던 환자나, 입원과 퇴원을 반복하며 서서히 죽어가는 환자를 간호하는 간호사들은 감정이입을 안 하려고 해도 보통의 인간이다 보니 조금씩은 저절로 된다. 환자의 상태에 보호자만큼은 아니더라도 일희일비하게 된다. 적당한 감정이입은 최상의 간호를 제공하는 데 도움이 되기도 할 것이다. 단 선만 넘지 않으면. 그렇다면 그 선이 무엇일까? 병원 밖, 자신이 근무하지 않아도 되는 시간까지 환자를 간호하려는 마음이다.

언젠가 한국인 학생이 급성신부전으로 병원에 왔다. 며칠 전까지는 괜찮았다는데 어떻게 된 일인지 종양 세포가 가슴과 신장에 가득했다. 일단 소변이 나오게 하기 위해 막힌 요관에 인공 관을 삽입하는 수술을 받으러 왔다. 가슴에 퍼진 종양 세포 때문에 호흡에 문제가 있어 수술 후에도 중환자실로 갈 확률이 높았다. 마취과 의사에게 어떻게 며칠 만에 종양 세포가 이렇게 확 퍼질 수가 있느냐고 물으니 자신도 모르겠다고 한다.

나는 한국인 환자를 자주 보지 못하기도 하고, 일단 같은 나라 사람이니 걱정이 되어서 이것저것 물었다. 호주에 있는 먼 친척이 곧 병원으로 올 모양이지만 한국 부모님은 이 일에 대해서 잘 모르고 있었다. 나 역시 수술 내용과 대략적인 상태만 알지 자세한 상황은 모르는 터라 "부모님을 어서 호주로 오시라고 해야 할 것 같아요"라고 말할 뿐이었다.

역시 수술 후 환자는 중환자실로 옮겨졌다. 이후에 환자의 경과도 궁금하고 부모님은 왔는지도 궁금했지만 그날 수술했던 당직 의사는 우리 병원에 상주하는 의사가 아니었고 비뇨기과에서도 협의진료 의뢰를 받아 그 수술만 했던 것이라 그날 그 비뇨기과 의사를 만난다고 한들 그 환자의 상태를 알기는 어려웠다. 궁금한 마음에 중환자실에 가서 물어볼까도 싶었지만, "누구신데 그러시죠?"라고 물으면 "같은 한국 사람이에요"라는 대답 외에 내가 할 수 있는 말이 뭐가 있을까? 이게 얼마나 우스운 대답인가? 나는 그냥 그 환자를 돌봤던 수술실 간호사 중 한 명이고, 걱정되는 마음은 있지만 여기서 더 알고자 한다면 이게 선을 넘는 일이 아닐까? 많은 생각이 스쳐갔다.

모든 환자는 안타깝다. 설령 가해자로 온 환자라고 해도 그들 모두에겐 작게나마 우리가 공감할 만한 사정이 있다. 아무도 아파도 되는 사람은 없고, 죽어도 되는 사람도 없다. 그 모든 환자에게 감정이입을 하면 간호사 일을 할 수 없다. 환자와 보호자의 이야기를 들어주고 공감해주는 태도는 매우 중요하지만 동시에 차가운 마음으로 할 일을 해야 한다. 결정적인 순간에 환자를 위해 제대로 된 결정을 내릴 수 있도록 정신 똑바로 차리고 도와주는 사람이 우리가 되어야 한다. 간호사이기 이전에 나 역시 한 명의 보통 사람이라는 것, 모든 환자에게 감정이입을 하다가는 정신과 마음이 남아나지 않을 거라는 사실도 알고 있어야 한다. 환자의 상태를 보며 우울한 마음에, 괴로운 마음에 매일 밤 술을 마시는 일은 없어야 한다. 간호사라는 이름 때문에 내가 실제의 나 자신보다 강하다고 착각하면 안 된다. 간호사로서 해야 할 일을 넘어 환자에게 감정을 쏟지 말자. 그게 병원 생활 오래 하고, 환자 오래 보는 길이다.

병원 밖
나만의 세계

신규 시절 나를 위로해주던 병원 밖 세계

재주도 없고 재능도 없지만 악기와 음악에 관심이 많았던 나는 직장생활을 시작하면 월급을 받아서 배우고 싶었던 악기를 다 배우는 것이 목표였다. 병원 생활이 워낙 힘들다는 말을 들었기 때문에 이런 목표가 있다면 조금은 견디기 쉽지 않을까 생각했다. 병원 생활은 힘들지만 월급을 주고 나는 그 월급으로 악기를 배울 수 있다. 그러니 아무리 힘들어도 견디자. 다른 사람들이 듣는다면 무슨 결심이 그렇느냐고 할지 모르겠지만 나에겐 꽤나 힘이 되는 주문이었다.

그런 목표가 있었음에도 병원 생활에 혼이 쏙 빠져버렸던 처음 몇 달은 집에 오면 쓰러져 자기에 바빴다. '그냥 이렇게 쭉 사는 건가?' 회의적인 의문이 들던 어느 날 문득 그 목표가 다시 생각났다. '이렇게 일, 잠, 일, 잠만 할 수는 없어. 악기를 시작하자.' 이렇게 결심하고는 퇴근하면서 갈 수 있도록 병원과 집 사이에 있던 피아노 학원에 등록을 했다.

다른 여자아이들처럼 어릴 때 피아노 학원에 다녔지만 다른 아이들과 달리 정말 피아노가 좋아서 쳤던 나는 중·고등학교에 들어가서도 주말이나 방학이면 꾸준히 피아노를 쳤다. 우연히 병원 근처에 있어서 등록한 학원은 전국 피아노 콩쿠르에 나가서 입상하는 수준의 학생들이 다니던, 그저 그런 동네 피아노 학원과는 거리가 먼 곳이었다. 좋은 선생님을 만난 것도 고마운데, 직장인이 다시 피아노를 쳐보겠다고 온 것이 대견했는지 많은 편의를 봐주었다. 오후 5시에 퇴근이지만 수술이 늦게 끝나는 날엔 6시나 7시에 퇴근을 했다. 밤 근무를 하는 날엔 아침에 퇴근하고 피아노 학원에 가야 하는데 그 시간엔 문이 닫혀 있었다.

하지만 선생님이 학원 열쇠를 주어 근무가 늦게 끝나는 날에도, 아침 일찍밖에 시간이 안 되는 날에도, 학원 문을 열지 않는 주말에도 병원 오가는 길에 피아노 학원에 들러서 그야말로 스트레스를 날릴 수 있었다. 퇴근하고 그날 있었던 일은 다 잊어버리고 2, 3시간씩 피아노를 쳤다. 신규로서 병원에서의 내 삶은 선배들에게 사소한 일로도 타고, 하루 종일 눈치나 보고 참 구질구질한데, 피아노 앞에 앉아 바흐나 쇼팽, 베토벤 등 현실의 삶과는 전혀 상관없는 위대한 음악가들의 고전곡들을 치고 있으면 괜히 위로를 받는 느낌이었다. '괜찮아. 네 삶은 구질구질하지 않아. 아직까지는 괜찮아.' 그래, 난 아직 괜찮다.

이러한 위로는 피아노를 치지 않는 시간에도 나에게 힘을 주었다. 선배들이 별것 아닌 일로 태울 때면 '당신은 떠드시오, 나는 퇴근하고 피아노를 치러 간다오' 같은 생각을 하다 보면 참을 만했다. 나에겐 병원 말고도 도망칠 다른 세계가 있다는 사실. 그렇게 슬슬 내 나름대로 스트레스 푸는 방법을 알아갔고 그 범위는 점점 넓어졌다. 오프엔 집에 누워 있다가 1시간 30분 거리의 서울에 가서 보고 싶었던 오페라나 연극을 보고 집으로 돌아왔다. 오가는 3시간이 아깝지 않을 만큼, 가끔은 10만 원이 넘는 티켓 가격이 아깝지 않을 정도로 그런 일들은 꽤나 큰 위안이 되었다.

월요일에 출근하면 선배들은 궁금하지도 않으면서 주말에 뭐 했느냐고 물었고, 나는 '기회는 지금이다!' 속으로 쾌재를 부르며, 하지만 겉으론 무심한 척 대답을 했다.

"〈마술피리〉 보고 왔어요."

"〈마술피리〉? 그게 뭐야?"

"모차르트 오페라요."

"그걸 춘천에서 해?"

"아니요. 서울에서요."

어쩌면 선배 중 누구도 신경을 안 썼겠지만 그런 대답을 할 때면 나는 속으로 뭔가 대단한 복수를 하는 기분이었다. '선배는 〈마술피리〉가 오페라인지도, 그게 모차르트의 곡인지도 모르시는군요. 아, 아무것도 모르시네.' 이렇게 속으로 비웃으며, 그들과 똑같은 방법으로 참으로 삐딱하게 선배들을 바라보았다. 그뿐인가. 1주일에 한 번은 실력이 형편없던 지역 아마추어 오케스트라에서 형편없이 플루트를 연주했고 연말 콘서트 준비도 했다.

지금 생각해보면 내가 대단한 클래식 팬이라든가 그쪽으로 조예가 깊어서가 아니었다. 선배들은 모르는 뭔가를 내가 하고 있다는 기분, 당신들보다 잘 아는 게 나도 있다는 우월감. 수술실 내에 그 누구도 나만큼 피아노를 치는 사람도 없었고, 플루트를 연주하는 사람도 없었으며, 오페라를 보러 다니는 사람도 없었다. 무슨 일을 하든 지적을 당하고 눈치를 받다 보니 힘은 힘대로 들고 자존감도 바닥이었는데 이러한 것들이 그나마 남아 있던 자존감이 사라지지 않도록 지탱해주었다.

'네, 맞아요. 전 신규라서 잘하는 게 없어요. 뭘 해도 선배님 마음에 안 드시지요. 하지만 병원 일 말고 저도 잘 알고 잘하는 게 있답니다. 아마 이런 쪽으로는 선배님께 제가 가르쳐드릴 게 좀 있을 것 같군요.'

이렇듯 속으로 하는 혼잣말은 작은 쾌감을 안겨주었다.

주말마다 공연을 보러 갈 정도로 체력이 좋지는 않았고 한 달에 한 번 보는 공연은 약효가 한 달 내내 지속되지도 않았다. 피아노도 치고 오케스트라 연습도 하고 있었지만 이것도 저것도 여의치 않은 날엔 퇴근길에 예쁜 카페로 가서 다이어리를 끄적거렸고 병원에서 아무 일도 없었다는 듯 여유로운 척 앉아 있었다. 그렇게 혼자 멍하게 앉아서 예쁜 컵에 담긴 맛있는 커피를 마시고 달달한 케이크라도 먹고 나면 또 누군가가 '아직은 괜찮아'라고 말해주는 것 같았다.

책도 읽었다. 책만 펼치면 잘 정도로 책을 읽을 기운도 없었고 그럴 정신도 없었건만 책이라도 읽어야 살아남을 것 같았다. 좋아서 읽었다기보다는 이걸 읽어내야 내 상황이 나아질 거라는 근거 없는 기분으로 읽어나갔다. 물론 선배들이 다 읽는 베스트셀러 연애소설은 읽고 싶지 않았다. '저들이 모르는 뭔가를 읽어낼 거야, 저들이 모르는 뭔가를 나는 알아갈 거야'라는 생각에 어이없게도 나는 경제학 책을 선택했고 알지도 못하는 그 단어들을 꾸역꾸역 눈에 새겼다. 수많은 주제 중, 수많은 학문 중 하나를 선택했고 그것을 아주 조금씩 알아갈 뿐이었지만 그 작은 것이 어이없게 도움이 되었다.

병원 내 사람들이 마치 병원이 이 세상의 전부인 듯 신규라서 저지른 나의 작은 실수를 엄청나게 확대 해석하여 비난할 때면 '지금 세계 경제가 어떻게 돌아가는데 겨우 이 정도로 세상 끝났다고 날 이렇게나 혼을 내는 거예요?' 같은 아주 엉뚱한 생각을 하며 말도 안 되는 곳으로 도피를 했다. 지금도 작은 일로 병원에서 아웅다웅할 때면 '저 멀리 우주 밖에서 우린 보이지도 않아. 우리가 존재하는지도 모른다고. 우주가 얼마나 넓은데 이런 일로 이렇게 힘들어야겠니?'라며 말도 안 되게 큰 세계를 끌어와서는 뭔가 그럴듯하지만 전혀 논리적이지 않은 비교를 하며 심리적 위안을 삼고 있다.

이런 생각을 하는 순간 맥이 확 풀리면서 날 힘들게 하던 모든 것이 의미 없게 느껴진다고 할까? 내가 왜 대체 이런 걸로 힘들어하고 있었던 거지? 이런 순간적인 해탈. 우주에서 보면 난 개미 새끼 한 마리에 불과한데 뭘 그렇게 힘들어하고 있는 거야?

악기, 공연, 책, 예쁜 카페 등 내 삶을 위안하기 위해 이렇게 많은 일을 했던 것은 그만큼 빠른 속도로 내 자존감이 무너져가고 있었기 때문이다. 무너지는 속도만큼 다시 쌓으려니 여러 가지 수단이 필요했다. 아무것도 안 한 채 모든 것이 다 무너지고 '결국 나는 저들의 생각대로 쓸모없는 쓰레기인가?'라는 결론에 도달할 수는 없는 일이었다. 이렇게 여러 가지 일을 쌓아간다면 결국 병원 내에서 몇몇 선배들이 내린 나에 대한 결론이 쓸모없는 간호사일지언정 최소한 간호사가 아닌 인간 정인희는 여전히 유용하고 매력적인 무언가를 갖고 있는 사람일 테니까. 그러니까 나는 병원 외의 곳에서 스스로를 증명할 일들을 계속했어야 했다.

또한 이런 일들이 근본적인 문제를 해결해주는 게 아니라는 것은 알고 있었다. 선배들이 나를 태우는 이유는 잘 알고 있었다. 일을 자신들 기대보다 못하고, 자신들의 기대만큼 애교 많고 다정다감한 후배가 아니라는 것. 하지만 객관적으로 나는 내 연차에 맞게 일을 배우고 있었다. 아무리 생각해도 1년차에게 2년차, 3년차처럼 일하길 바라는 선배들이 문제였다. 1년차가 그만큼의 일을 하면서 타지 않는 방법은 선배들에게 넙죽 엎드려 '선배님들이 최고입니다! 전 그렇게 사소한 일로 타도 쌉니다' 하는 방법밖엔 없었는데, 결국 무릎 꿇고 그렇게 되기 전까지 내 나름대로 할 수 있는 것은 다 해보고 싶었다. 병원만 생각하는 것 같은 선배들에게 '병원 밖에도 많은 세상이 있다고요! 저도 선배보다 잘하는 것이 있다고요!' 외치고 싶었고 몇 년간 그 힘으로 잘 버텼다.

✦ 10년차가 되어도 여전히 나를 시험하는 병원 생활 그리고 나에게 버틸 힘을 주는 병원 밖 세계

그렇게 초반 몇 년을 병원에 내 삶이 잡아먹히지 않기 위해 발버둥을 쳤고, 지금은 병원 생활이 10년이 넘었지만 아직도 내 삶을 위안해주는 일들을 찾아서 하고 있다. 신규 시절엔 10년차쯤 되면 병원 일은 저절로 되는 줄 알았고 아무것도 안 하고도 월급이 나오는 줄 알았다. 날 잡아먹지 못해 안달하는 선배들도 없을 테니 스트레스도 없을 줄 알았다.

하지만 병원 생활을 한 해 한 해 하면서 깨닫는 것은 각 연차에 맞는 스트레스가 있다는 것, 심지어 간호부장님도 신규와 그 종류만 다를 뿐 비슷한 혹은 그보다 더 심한 강도의 스트레스를 받는다는 것이었다. 간호사가 되려는 사람이나 신규 간호사에겐 이게 무슨 암담한 이야기인가 싶겠지만, 사실이다. 월급을 받는 만큼, 연차가 오르는 만큼 스트레스 레벨도 올라간다.

얼마 전 한국에 갔다가 오랫동안 알고 지내던 나보다 수십 년은 선배인 수간호사 선생님을 만났다. 오후 6시에 병원 앞에서 보자는 말씀에 '7시에 출근하면 4시나 늦어도 5시에는 퇴근하지 않나? 웬 6시?'의아한 생각이 들었다.

"선생님, 퇴근 시간이 왜 이렇게 늦어요? 4시나 5시쯤 퇴근 아니세요?"

"그렇지. 그런데 제시간에 퇴근하면 눈치 줘."

"수간호사 선생님도 눈치를 봐요?"

"당연하지! 제시간에 퇴근했다가 무슨 일이라도 나 봐. 그렇게 남들보다 일찍 퇴근하더니 일을 그 모양으로 했다고 얼마나 말이 많은데. 할 일이 없을 리도 없지만 설사 없더라도 그냥 6시까지 앉아 있다가 퇴근하는 게 속 편해."

대체 왜 다들 제시간에 퇴근을 안 시켜주는 것일까? 수당 없는 오버타임은 신규 때만 하면 끝나는 게 아니었나? 10년, 20년이 지나도 여전히 우리는 제시간에 퇴근하지 못한다. 빨리 병원에 적응하고 좋은 간호사가 되기를 바라는 마음에 정성 들여 가르친 신규들은 내 의도는 몰라주고 괜히 자신만 잡는다고 욕을 하는 것 같다. 동료들도 겉으로는 웃으면서 뒤로는 자기 잇속을 챙기며 내 욕을 하는 것 같고, 간호과장님은 내 출퇴근 시간을 감시하며 왠지 내가 쓰는 물품들도 감시하는 것 같다. 이렇게 된 것 최소한 10년은 더, 가능하면 정년까지 병원에 남아 있기 위해서 윗분들의 눈에 나지 않도록 신규 때보다 더 그분들의 기분을 살피고 열심히 아부를 한다.

환자들은 10년 전에도 지금도 나를 언니라 부르며 의사 앞에서는 "네, 네, 선생님" 이러다가 의사가 떠나고 난 다음에야 의사에게 했어야 할 진료와 관련한 온갖 불평을 늘어놓는다. 의사들은 내가 나이가 들어 쓸데없이 아는 것만 많고 고집만 세서는 괜히 인턴과 레지던트들을 잡는다고 욕을 하는 것 같다. 몇 년만 발버둥 치면 언젠가는 평화로운 날이 올 것이라는 희망으로 10년을 병원에서 버텼건만 여전히 병원이라는 세상은 신규 때처럼 나에게만 뭐라고 한다. 10년차가 되어도, 심지어 수간호사가 되어도 신규 때처럼 병원에 치이고, 병원 일에 치이고, 환자에 치이고, 병원 사람들에게 치이고 삶은 여전히 하루가 멀다 하고 구질구질하다.

물론 나는 4년차 초반에 한국 병원을 탈출했으니 이 이야기는 내 이야기가 아니다. 지금 한국 병원에서 훌륭한 간호사로 잘 견디고 있는 동기들과 이제는 친구가 되어버린 선배들의 이야기다. 하지만 놀랍게도 호주에서 10년차가 된 나도 꽤나 자주 한국에 있는 그들과 비슷한 일로 괴로워한다. 강도만 다를 뿐 물품을 아껴 쓰라는 호통은 여기도 똑같고, 신규는 올드를 미워하고, 올드끼리는 자기가 더 일을 많이 하는 것 같다며 억울해하며 서로를 미워한다. 같이 일해보지도 않고 그저 아시안 간호사라는 이유로 은근히 나를 무시하는 호주 의사들이 여기저기서 출몰해서는 나를 흔들어놓는다. 실력은 이미 충분히 보여줬고 인종과 언어의 벽만 넘으면 될 것 같았는데 그 이후엔 이렇게 한국과 똑같은 내용으로 병원에서의 힘든 하루하루가 기다리고 있었다. 신규 때는 나를 유독 태우는 그 한 명만 온 힘을 다해서 미워하면 됐지만 지금은 사방팔방에서 몰려오는 사람들과 싸워야 한다.

그래서 신규 간호사뿐만 아니라 시니어 간호사에게도 자신의 삶을 위로해주는 것들이 필요하다. 물론 신규 때처럼 선배들이 미운 마음에 '제가 간호사로서 일은 선배만큼 못하지만 저도 선배보다 훨씬 잘 하는 것이 있다고요!' 하는 생각으로 누구에게 보여주고 자신에게 증명하기 위해서 그런 일들을 하지는 않는다. 지금은 순수하게 나와 내 삶을 위로하고 인간으로서 모자란 부분을 채워나가기 위해서 병원 외의 세계를 구축해간다.

결혼을 한 시니어 간호사들에겐 그 위로가 배우자나 자녀가 될 수도 있지만 유독 혼기 지난 싱글녀들이 많은 간호직에서 단 한 치의 변수도 없이 나이 꽉 찬 싱글녀로 늙어가고 있는 나에겐 그 위로가 신규 때와 변함없이 결혼이나 연애를 제외한 것들이다.

모두가 내 진심을 의심하며 나만 몰아치는 것 같은 날엔 스쿼시를 하러 가서 공을 벽이 부서져라 치고, 숨이 끊어져라 수영도 한다. 환자의 오물을 치우다가 팔뚝에 묻어서 갑자기 마음이 무거워진 날엔 '낮에 근무하다가 환자 똥이 팔에 묻었어요. 하지만 괜찮아요. 제 삶은 아직도 우아해요~'라며 발레 수업에 들어가 오버스럽게 우아를 떨어본다.

몇 달에 한 번은 커피 값 아껴가며 모은 돈으로 내가 갖고 있는 옷중 가장 비싼 원피스에 일할 때는 신지 못하는 굽이 높은 구두를 신고는 엄청 비싼 레스토랑에 가서 코스 요리에 그 레스토랑에서 두 번째로 싼 와인을 마시며 괜히 허세를 부려본다. 또한 여전히 예쁜 카페에서 예쁜 컵에 담긴 향이 좋은 커피를 마시며, 매년 새로운 다이어리에 새로 나타난 사이코 의사의 이름을 들먹이며 'xx의사 x새끼'라고 적으며 개운해한다. 고맙게도 쇼팽은 이런 나를 예전처럼 위로하고 있고, 피아노도 계속 치고, 새로운 악기들도 배운다. 그리고 여전히 '까만 건 글씨요 하얀 건 종이니'의 상태로 경제학 서적이나 우주, 진화에 관한, 실생활에서는 전혀 알 필요가 없는 다른 세계의 책들을 읽어내고 있다. 꾸준히 한 해 한 해 정신적으로 혹은 육체적으로 도망칠 곳을 여기 저기 마련해나간다. 그리고 그것들은 어김없이 나에게 이런 위로를 던져준다.

'괜찮아. 너의 삶은 구질구질하지 않아. 아직은 살 만해.'

병원 생활 외에는 아무것도 없는 사람들

"도대체 그 선배는 나에게 왜 그럴까요? 너무 작은 것 가지고 뭐라고 해요."

신규 간호사가 생각하는 것만큼 작은 일이 아니어서 그 선배가 그렇게 화가 났을 수도 있지만 신규의 입장에서 이야기를 들어주다 보면 그 선배의 문제는 하나다. 병원 외의 세상이 없다는 것. 온 세상이 병원이라 병원에서 일어나는 모든 일에 반응하고 감정을 담는다. 물론 그 선배에게도 부모가 있고, 친구가 있고, 그 사람의 삶이 있겠지만 결국 온 신경은 병원을 향해 있다. 하지만 24시간 병원 생각을 해도 될 만큼 우리는 월급을 많이 받지도 않는다.

그렇다면 왜 그 사람은 그렇게 병원 생각을 할까? 왜 온 세상은 병원뿐일까? 살면서 처음으로 제대로 인정을 받은 곳이 병원이었는지도 모른다. 인생에서 가장 성공적인 경험을 했던 곳이 병원이었는지도 모른다. 자신을 가장 잘 발견할 수 있었던 곳이 병원이었는지도 모른다. 다른 사람들의 평가와는 상관없이 병원에서의 자신의 모습이 삶 속에서 가장 만족스러운 사람인지도 모른다.

병원 밖에선 친한 친구 한 명 없는 매력적이지 않은 사람이고, 자신을 잘 알지도, 자신과 친하지도 않아 혼자 있는 시간이면 멍하게 인터넷을 하거나 자는 것 말고는 할 줄 아는 게 없는 사람이고, 가족들은 역시 나를 없는 사람 취급하지만 병원에선 뭘 좀 아는 듬직한 간호사라는 사실. 삶 속에서 개인이 취할 수 있는 여러 가지 역할 중에서 그나마 괜찮은 역할이 간호사인지도 모른다.

병원 밖 인생은 어쩌면 굉장히 엉망일 수도 있다. 그래서 병원에서 일할 때면 허용된 범위를 넘어서 남에게 감 놔라, 배 놔라 할 순간들을 찾아다니며 스스로를 확인하고 있는지도 모른다. 병원 밖에선 자신을 확인할 기회가 전혀 없고, 어떤 성취를 느낄 수도 없다. 그래서 더 병원에 집중한다.

이런 사람들에게 '정신 차려요!'라고 말할 수도 없고, 그런다고 그들이 정신을 차릴 리도 없다. 하지만 병원 생활과 병원 밖 생활 사이에 균형을 찾으며 최소한 우리 자신이 그런 사람이 안 되려고 노력할 수는 있다. 하루에 10시간을 병원에서 보내니 병원만큼 큰 세계를 구축할 수는 없겠지만 아무리 작은 세계라도 나를 확인하고 발견할 수 있는 다른 일들을 만들어야 한다. 간단한 취미생활은 물론이고 병원과 관계 없는 일이라면 도덕적으로 옳지 않거나 범법인 일을 제외하곤 어떤 일도 괜찮다. 병원 생각을 잊고 내 마음을 온전히 빼앗길 수 있는 일이라면 아무것이나 괜찮다. 발전적인 일이 아니어도 된다. 작은 일을 큰 일로 만들어가며 병원에서 벌어지는 온갖 일에 관심을 집중하는 사람이 되어 나머지 사람들의 병원 생활을 힘들게 하는 사람이 되지 말자. 간호사 이외의 내 역할에도 충실하며 병원 밖 세계를 구축하자.

인계를 잘 해주고 왔는지, 병원 심사 준비는 잘 되고 있는지, 그 신규는 왜 실력이 늘지 않는지 걱정이 되겠지만 퇴근 후에는 병원 생각은 하지 말자. 그래, 중요한 인계를 안 해주고 왔다면 그것 정도는 걱정해도 되고, 병원에 다시 연락해서 말해줘도 괜찮다. 내가 돌보던 위중한 환자의 예후를 걱정하는 것 정도는 된다. 하지만 제발 쓸데없이 퇴근 후에 안 해도 되는 병원 걱정 좀 하지 말자. 3교대 근무를 하는 이유가 있다. 나 없어도 병원은 돌아가고, 병원 내 한두 사람을 제외하고는 모두 대체 가능하다. 당연히 나도 대체 가능하다. 걱정하는 만큼 월급이 나온다면 해도 된다. 그땐 다 같이 열심히 병원 걱정하자.

나를 알고 남을 알기

나를 힘들게 하는 상황이나 사람이 있다면 무작정 '왜 이렇게 날 미워하는 거야? 힘들어 죽겠어!'라고 불평만 할 게 아니라 마음을 가다듬고 하나씩 분석을 해볼 필요가 있다. 문제가 있을 때 책임이 한쪽에만 있는 경우는 거의 없다. 아무리 저 선배 혼자 미쳐서 날 괴롭히는 것 같아도 그 선배가 내 동기보다 나에게 유독 집중을 한다면 내게도 무언가 있다는 말이다. 그 신규 간호사가 욕먹을 짓만 골라 하는 것 같아도 모든 사람이 그 간호사에게 나처럼 화를 내는 것은 아니니 이렇게 화를 내고 있는 내게도 문제가 있다는 말이다. 병원 생활을 고달프게 하는 것은 환자도, 보호자도, 어려운 케이스도 아닌 같이 일하는 동료들 그리고 나 자신이다. 대체 나는 왜 그럴까? 그 사람은 왜 그럴까?

나는 정상인가?

대부분의 사람들은 자신이 피해자라고 생각한다. 신규 간호사를 힘들게 하는 올드 간호사 역시 자신이 피해자라고 생각한다. 신규가 일을 못해서 내가 다 해야 하는 피해자. 일 다 하는 것도 억울한데 그 와중에 말귀도 못 알아듣는 신규에게 교육까지 해야 하는 피해자. 물론 당하는 신규 입장에선 하나부터 열까지 다 억울하다. 올드 간호사든 신규 간호사든 피해자의 입장에서는 할 말이 많다. 나는 아무 잘못이 없고 상대방이 다 잘못한 거라고 아주 쉽게 결론을 내릴 수 있다. 상대방이 잘못한 이유를 수백 가지쯤 찾을 수 있다.

하지만 잠깐 앉아서 차분히 생각해보자. 사실은 나도 가해자가 아닐까? 두 사람 다 피해자이자 가해자가 아닐까? 사람들은 누구나 자신이 지극히 정상이라고 생각하지만, 그렇지 않다. 누구나 이상하고 꼬인 구석이 있다. 얼마나 그것을 사회적으로 용인될 수준으로 잘 가다듬는지 혹은 남에게 잘 숨기는지의 차이만 있을 뿐이다. 일단 자신이 지극히 정상적인 면도 있지만 남들이 보기엔 '쟤 정말 이상해'라고 말할 만한, 자신은 모르는 부분도 있다는 것을 인정하고 시작해야 한다.

지금 생각해보면 신규 시절 나의 문제는 태도였다. 물론 그때는 그것이 문제라고 생각하지 않았다. 졸업을 하기도 전에 병원 생활을 했던 나는 어이없게도 종종 신규 같지 않다는, 혹시 병동에서 일하다가 온 것 아니냐는 말을 들었다. 속으로는 수만 가지 생각을 하고 감정이 이리 날뛰고 저리 날뛰어도 얼굴은 무표정했고 감정을 잘 내보이지 않았으며 당황하는 모습도 잘 보이지 않았다. 일부러 그런 것이 아니고 어른스러워야 한다는 것을 강요받으며 자란 나는 아주 어릴 때도 감정을 표현하는 일에 익숙하지 않았다.

부모님은 내가 조숙하거나 어른스러운 모습을 보일 때 칭찬을 해주셨고 내면의 나는 '어른스럽게 굴어야 사랑을 받는구나'라고 생각하며 더욱 어른스러운 척 감정을 숨기는 일에 익숙해졌다. 물론 부모님은 자녀 교육이나 심리학 책을 따로 보신 적 없는 아주 평범한 분들이었고 무언가를 생각하고 어른스러울 때만 칭찬을 해주셨던 것은 아니다. 어쩌면 나는 내 또래의 아이들보다 아주 조금 조숙했을지도 모르는데 그 점이 일단 눈에 띄기 시작하니 부모님뿐만 아니라 주변에서도 자주 그 점을 언급했고, 나는 그걸 나 자신의 특징으로 규정하고 스스로 강화했는지도 모른다.

병원에 입사해서는 선배들에게 사랑받으려고 감정을 숨긴 것은 아니고 이미 그런 모습이 나 자신의 일부가 되어 자연스럽게 표출되었다. 병원이나 사회에서 기대하는 신규의 발랄함, 수줍음, 쑥스러움은 없었고 선배를 따라다니며 잘 보이려는 노력도 없었다. 거기다 한술 더 떠서 돌머리는 아니라 남들 배우는 만큼 배울 것이라 믿었기에 일에 대해서도 특별히 안달하지 않았다. '여기 이 사람들 앞으로 몇 년은 볼 텐데…'라는 생각에 특별히 선배들과 빠르게 가까워져야 한다는 조바심도 없었다.

중간에 그만두었던 대학교 동아리 생활을 잠깐 하면서 난 사회가 예상하고 기대하는 신입생의 '선배님~ 저 밥 사주세요~' 같은 것은 못한다는 것을 진작에 알았다. 대학교에 들어가 처음엔 텔레비전에서 보고 배운 대로 신입생다운 역할을 해야 한다는 생각에 시도는 했다. 하지만 나고 키워진 게 귀엽지 않은 성격이라 그냥 '내 돈 내고 사 먹지 어색하게 왜 이러고 있나? 내가 저 사람에게 돈 맡긴 것도 아니고 왜 밥을 사달래?'라는 생각에 신입생 역할 놀이는 곧 끝났고 동아리도 탈퇴했다.

이런 경험이 있었기에 병원에 입사하고 적당히 보여줬어야 할 내 신규 역할에 시큰둥했던 것이다. 이런 나의 태도에 '인희는 참 긴장을 안해서 좋아'라고 말해주는 고마운 선배도 있었지만 '쟤는 신규가 왜 저렇게 딱딱해? 왜 이렇게 뚱해?'라고 못마땅해하는 선배도 있었고 곧 그들의 '내가 너를 뜯어고치고 말겠다!'가 시작된 것이다.

지금이야 그간 병원 생활을 하면서 내가 그런 사람이 아니더라도 적당히 상대방이 원하는, 생각하는 모습에 나를 맞춰주는 것이 많은 도움이 된다는 것을 배운 약간은 여우 같은 사람이 되었다. 별로 웃기지 않아도 적당히 웃고, 상대가 분해하면 적당히 같이 화를 내준다. 그때의 내가 잘못됐다는 것은 아니지만 다시 신규 시절로 돌아간다면 내이익을 위해 그때처럼 행동하지 않을 것이고, 그때의 나와 같은 신규가 지금 내 밑으로 들어온다면 나 역시 탐탁지 않아 할 것 같다. 지금은 상대에 따라 병원 내에서 내 모습을 바꿀 줄 아는 간호사가 되었지만 그럼에도 여전히 나에겐 같이 일하는 사람들의 미움을 사는 이상한 구석이 있다.

신규 간호사들은 교육을 할 때 딱딱하게 설명하는 내 모습을 싫어하고, 바쁠 때 말없이 혼자 일을 다 해버리는 모습을 싫어한다. 일을 다 해버리는 것도 싫은데 해놓고 설명도 안 하는 모습도 싫어한다. 너무 달라붙어서 가르치려는 선배도 싫지만 너무 아무것도 안 가르치고 내버려두는 나에게도 불안감을 느낀다. 동료 올드 간호사들은 내가 기분이 나쁜 날 표정을 숨기지 못하고 일하는 모습을 싫어한다. 무언의 표정으로 '넌 연차가 몇인데 이것도 몰라?'라고 눈치를 준다고 싫어한다. 인간적으로 마음에 안 드는 동료에게 차갑게 구는 내 모습을 싫어한다.

나도 알고 있고 고치려고 노력하지만 성과는 매우 부진하다. 스스로 잘 인식하고 있는 나의 이런 못된 점들 때문에 종종 동료 간호사들과 감정적으로 얽힌다는 것을 알기에 문제가 생기면 상대만 탓할 수는 없다. '내 이런 면 때문에 그 사람이 그랬을 수도 있어. 기분 나빴겠지?'라고 내 책임을 생각해본다. 무작정 모든 일이 상대 탓만은 아니라는 것을 알고 나면 나도 잘못한 것이 있으니 화가 덜 나고 미안한 마음도 든다.

신규 간호사는 선배에게 혼나면 스스로를 돌아보자. 내 말투와 행동, 표정이 어른스러웠는가? 사회생활에 적합했는가? 선배 말처럼 내가 열 번 설명해도 열 번 못 알아들었던 것은 아닐까? 내가 정말로 동기들에 비해서 손이 느리고 발이 느린 것은 아닐까? 남들은 5분이면 할 일을 30분을 붙들고 있지는 않았는가? 지금쯤이면 알아야 할 업무 내용을 모르고 있었던 것은 아닐까? 내 생각과 달리 나는 정말 눈치가 없는 것은 아닐까?

올드 간호사도 신규 간호사를 혼내고 나서 스스로를 돌아보자. 같은 상황에 나와 같은 연차의 동기는 그 신규 간호사에게 이만큼 화를 냈을까? 도가 지나치게 화를 낸 것이 아닐까? 신규였을 때 내가 지금 혼낸 간호사보다 일을 잘했는가? 그 신규가 정말 그녀의 동기들과 비교해 특별히 더 혼날 만큼 일을 못했는가? 내가 남들보다 쌓인 화가 많아 괜히 더 화를 많이 내는 것은 아닐까? 혹시 개인적인 화를 그 간호사에게 풀었던 것은 아닐까?

이렇게 자신에게 질문을 던지며 스스로 어떤 사람인지를 알아갈 필요가 있다. 나는 나 자신과 24시간 살고 있으니 나를 잘 안다고 생각하지만, 그렇지 않다. 거울로 얼굴을 확인하는 것만큼이나 자주 마음과 생각을 들여다보며 자신에 대한 공부를 해야 한다. 나 자신의 이상한 면까지 스스로 잘 알고 자신과 친해져야 병원 안에서 남과도 잘 지내며 버텨낼 수 있다.

+

저 사람은 어떤 사람인가?

선배 간호사들 때문에 신규가 괴로운 이유는 그들이 정도 이상의 화를 내기 때문이다. 이렇게까지 화를 낼 일이 아닌 것 같은데, 이렇게까지 나를 인간 이하로 취급할 일이 아닌 것 같은데 꼭 몇몇은 도를 넘어서 감정을 낭비한다. 일단 일이 생기면 이게 이 정도로 화를 낼 일인가 화내는 사람도 생각해봐야 하고, 당하는 사람도 이 정도로 당할 일인가 생각해봐야 한다. 생각할 때는 사람마다 같은 일에도 기뻐하거나 화를 내는 범위가 다르니 나의 감정 상태를 기준으로 삼으면 안 된다. 내 경우엔 일반인보다 덜 기뻐하고, 덜 심각하게 일을 받아들이고, 약간은 비관적인 경향이 있다. 그러니 자신을 기준으로 삼지 말고 사회적으로 용인되는 일반적인 수준을 머릿속으로 그려본다. 정상인이라면 그 안에서 더 화내거나 덜 화내고, 더 기뻐하거나 덜 기뻐한다.

자신만의 기준을 정한 후에는 상대방이 화를 낸 것이 이 정상 범위 안에 있는가를 생각해본다. 선배에게 싫은 소리를 잔뜩 듣고 난 직후에 이런 생각을 하면 당연히 그 선배가 정상이 아닌 것처럼 느껴질 테니, 일단은 돌아서서 속으로 선배 욕을 실컷 하자. 그 이후에 퇴근하고 좋아하는 카페라도 가서 향기 좋은 차를 시켜놓고 가만히 생각해보는 것이다. '선배가 그렇게나 나에게 화를 낼 일이었던가?'

다짐을 한다고 그렇게 되지는 않겠지만, 상대가 정도를 넘어서 화를 낸 것이라고 판단된다면 너무 많이 속상해하지 말자. 내 잘못을 어느 정도 인정했고, 그걸 감안해도 50 정도만 화낼 일인데 100이나 화를 냈다면 50 정도만 마음 상하자. 물론 이건 훈련이 필요하다. 상대가 나에게 더러운 감정을 100 쏟아냈다면 난 그 절반만 받고 싶어도 대부분의 경우에 그 100이 전부 나에게 넘어온다. 나머지 받지 말았어야 할 50

은 하나하나 이유를 찾아가며 덜어내야 한다.

난 진심으로 그 정도로 잘못하지 않았어. 가르쳐준 대로 했는데 왜 그래?: -30, 그 선배 남자 친구랑 헤어질 것 같다더니 나에게 화풀이하는 거야?: -10, 그 선배 내 동기 ××에게도 전에 별것 아닌 걸로 화를 냈잖아. 원래 화가 많은 사람이 틀림없어.: -10.

마땅히 질책을 받아야 할 일을 제대로 지적받지 않고 넘어가는 것도 자신의 커리어를 위해서 좋지 않지만 과도한 질책을 그대로 다 받아들이는 것도 앞으로 나아가는 데 걸림돌이 된다. 이성적인 판단 없이 혼난 것을 그대로 다 받아들여 자괴감에 빠지고 자신감, 자존감을 잃는 일은 없도록 해야 한다. 잘못한 만큼만 반성하고 마음 상하자.

이런 일은 올드 간호사들 사이에서도 벌어진다. 신규 간호사와 올드 간호사의 관계처럼 대놓고 혼내고 혼나는 관계는 아니더라도 은근한 신경전이 벌어지는 것이다. 언젠가 회의 시간에 제발 아침에 수술실에 웃는 얼굴로 들어오자는 건의가 들어왔던 적이 있다. 왜 뚱한 얼굴로 출근해서는 남의 하루를 망치느냐는 요지의 말이었다.

나는 그 말에 일부분 동의하고 일부분 동의하지 않는다. 같이 일하고 있지만 나는 그 많은 동료들의 삶을 알지 못한다. 그리고 그들이 내가 어떻게 살고 있는지를 알아주길 바라지도 않는다. 그들을 매일 만나서 같이 일을 하고 많은 시간을 보내지만 우리가 아는 것은 표면적인 것이다. 어쩌면 가족 중 누군가 암에 걸려서 죽어가고 있는지도 모르고, 남편이 실직을 했는지도 모른다. 이번엔 임신인 줄 알았는데 또 임신이 아닌 것을 그날 아침 발견했는지도 모른다.

누군가는 이 모든 일을 주변 사람 모두와 나누고 싶어 하지만 또 다른 누군가는 지극히 개인적인 일은 아주 가까운 주변 사람들과만 나누고 싶어 한다. 혹은 아예 말하고 싶어 하지 않는다. "선생님, 오늘 무슨 일 있으세요? 표정이 안 좋으세요"라고 물을 수는 있지만, 내 일을 잘하고 있는데 단지 표정이 안 좋다고 나의 그 모든 비극을 낱낱이 동료에게 말할 이유가 없다.

어떤 사람들은 주변인들의 모든 일을 알고 싶어 하지만 반대로 그렇지 않은 사람들도 있다. 나는 가깝다고 생각하지 않는 사람들의 심각한 일들을 알고 싶지 않다. 내가 무엇인가를 직접적으로 해주는 것은 없어도 이야기를 듣는 것만으로도 나에게 넘어오는 그 삶의 무게가 버겁기 때문이다. 무언가를 해줘야 하는 것은 아닐까? 책임감을 느끼지 않아도 되는 사람에게 잠시나마 느끼는 책임감이 반갑지 않다. 어느 날 친하지 않은 병원 선배 간호사가 술을 마시다가 집안 사정이 힘들다는 이야기를 하며 운다면 '아, 친하지도 않은 나에게 왜 이런 이야기를 하는 거야?'라고 생각할 것 같다.

개인적인 일이 있어서 평소보다 침울해 보이건 아니면 더 많이 웃건, 어쨌든 출근을 해서 프로페셔널한 모습으로 일을 한다면 문제가 없다. 사람들에겐 우리가 알지 못하는, 말할 수 없는 혹은 알고 싶지 않은 각자의 사정이 있고 가끔은 의도하지 않게 주변인들에게 그 스트레스를 풀어낸다. 그 누구도 '난 한 번도 관계없는 사람에게 엉뚱한 스트레스를 푼 적이 없어'라고 단언할 수 없을 것이다. 나 역시 가끔은 병원 밖 스트레스를 엉뚱한 일에 풀어내는 자신을 생각하며 그들을 이해하려고 노력한다. 또한 내 삶이 행복하다고 남도 행복한 삶을 살고 있을 거라 생각하며 행복을 강요하거나, 내가 열심히 하는데 왜 너는 열심히 안 사냐 하는 태도도 갖지 않으려 노력한다. 사람들에겐 각자의 삶이 있고 사정이 있다. 아무도 같은 삶을 살지 않는다. '나는 이런데 너는 왜?' 하는 태도는 매우 무례하고 무지하며 성숙하지 못한 것이다.

상대방의 모든 것을 알 필요도 없고 알 수도 없다. 무언가 분위기가 이상하다면, 이유는 알 수 없지만 평소보다 과하게 화를 낸다면, '요즘 개인적으로 무슨 일이 있는 건가?' 생각하고 상처받지 말자. 처음부터 끝까지 지나치게 화를 내는 사람이 있다면 '성장 과정에 문제가 있었나? 부모님 사이가 안 좋았나?' 대충 짐작하고 넘어가자. 상대방이 도를 넘어서 나에게 화풀이를 한다면 그건 단지 내가 눈앞에 있기 때문에 그 화가 나에게 온 것이다. 사실 그 화는 화를 내는 자신이나 그 사람의 가까운 누군가에게 향해 있다. 이 사실만 인식해도 마음이 덜 힘들다. 크게 마음 상할 필요 없다. 네 탓이 아니다.

병원을 위해서
일하지 않기

얼마 전에 매니저에게 온 메일을 읽고는 몸 어딘가에 큰 구멍이 갑자기 생긴 것처럼 온몸에서 바람과 기운이 쑥 빠져나가는 느낌을 받았다. 나는 현재 하루에 9시간씩 4일, 1주일에 36시간을 일한다. 즉 1주일에 3일의 오프가 있다. 보통은 이 3일의 오프를 붙여서 주거나 최소한 2개의 오프는 붙여주고 사정이 있으면 하나는 떼어놓는 식인데, 어느 날 새로 나온 근무 스케줄표를 확인하니 3개의 오프를 다 떼어놓은 것이었다. 이를테면 월요일: 근무, 화요일: 오프, 수요일: 근무, 목요일: 오프, 금요일: 근무, 토요일: 오프, 일요일: 근무(on/off/on/off/on/off/on) 이런 식이었다.

말도 안 되는 근무표이지만 하루에 근무하는 간호사 숫자를 일정하게 맞추는 것뿐만 아니라 각기 다른 경력의 간호사를 고르게 분배해서 어느 날은 시니어가 너무 많다거나, 어느 날은 주니어 간호사가 너

종합병원 생활
: 멘탈 털림 방지 가이드

PART
4

무 많아 일이 진행이 안 되는 일도 막아야 하는 등 근무표를 만들 때는 많은 것들을 고려한다. 그러한 사정을 알기에 처음으로 그런 근무표를 받았을 때는 아무 말도 하지 않았다.

하지만 같은 상황이 몇 번 반복되자 근무표를 짜는 매니저에게 이메일을 보냈다. 요지는 이랬다. '상황은 이해하지만 이런 근무표라면 나는 일에도 집중할 수 없고 내 일상생활도 할 수 없다. 이건 일을 하는 것도 아니고 쉬는 것도 아니다. 다음 번에는 조금 더 신경 써주길 부탁한다.' 곧 보내온 답 메일에는 내가 짐작한 이유들이 쭉 나열되어 있었는데, 그녀가 하고자 하는 말의 핵심은 메일의 마지막에 공손한 단어들로 앞뒤를 포장하고는 심술궂게 자리하고 있었다. '주는 대로 받아.' 물론 이 이야기엔 비약이 많고 나는 내 입장만 옹호해서 적었다. 하지만 그게 요점이 아니다.

이메일을 받고 우습게도 가장 먼저 든 생각이 이것이었다. '아니, 그동안 내가 얼마나 열심히 일했는데! 이런 나를 몰라주고! 어떻게 이럴 수가 있어?' 순간 화가 났다. 8시에 근무 시작인데 매일 30~40분씩 자발적으로 일찍 와서 수술을 준비했던 몇 년의 시간이 너무도 후회스러웠다. 사표가 쓰고 싶어졌다. 하루 종일 우울했다. 아무리 나 잘났다고 일해도 나는 언제든지 대체 가능한 인력이라는 것을 잘 알고 있었다. 그래서 수술실 간호사로서 내 일을 좋아하는 하지만 너무 많은 의미를 두려고 하지 않았고 특히 병원을 위해서 일한다는, 내가 한 일을 병원에서 알아주길 바라는 마음으로 일하는 태도는 진작부터 없애려고 노력했다.

하지만 그동안의 노력이 얼마나 헛된 것이었는지는 종일 우울했던 내 기분으로 다 설명되었다. '나는 일이 좋아서 하는 거야. 열심히 하지만 그냥 그건 내 성격이 그래서 그런 거야. 환자를 위해서 일하는 거야. 병원엔 애정이 없어. 난 월급만 받으면 돼.' 언젠가 병원으로부터 받을 상처를 두려워하며 스스로에게 되뇌던 말들은 사실 '병원에서 인정받고 싶어!'의 다른 형태였을 뿐이었던 것이다. 내가 듣고 싶은 말은 간단했다. '너도 알다시피 이런 이유로 그렇게 근무표를 줄 수밖에 없었어. 미안하다. 하지만 다음 번엔 조금 더 신경 쓰도록 해볼게. 열심히 일해줘서 고마워.'

종합병원 생활
: 멘탈 털림 방지 가이드

PART
4

좀 재수 없게 들리겠지만 솔직히 이야기하면 인정은 받고 있다. 나는 수술실 간호사로서 내 가치가 꽤 높다는 것을 잘 알고 있다. 그동안 여러 번의 크고 복잡한 수술을 잘 마쳤고 여러 형태로 좋은 피드백을 받아왔다. 겨우 근무표 짜는 매니저 한 명이 나를 중요하게 생각하지 않는다고 수술실 간호사로서의 내 가치가 달라지는 것은 아니다. 머리로는 알면서도 마음만은 여전히 아팠다.

서글프지만 한국 병원은 더하다. 실수하면 언제든지 내 엉덩이를 뺑 차서 병원에서 쫓아낼 준비가 되어 있고, 그들은 내가 받을 상처, 퇴사 후 받을 경제적 문제 등을 전혀 고려하지 않는다. 좋아할 구석이 하나도 없건만, 월급 주는 것 말고는 아무것도 안 하면서 병원은 자신들에 대한 충성심을 강요하고 여전히 나를 눈곱만큼도 생각해주지 않는다. 그들의 이익과 목적에 방해된다면 언제든지 나를 그 누군가로 대체할 준비가 되어 있다. 병원이 직원들에게 근무를 잘할 수 있는 환경을 만들어줌으로써 자연스럽게 애사심을 갖게 하는 것이 이상적이지만, 우리 모두 알다시피 그런 경우는 매우 드물다. 병원을 위해 열심히 일해온 경력과 경험이 많은 장기 근속자들조차 퇴직의 압박을 받는다.

이런 조언을 해야 한다는 것이 매우 슬프지만, 병원에 너무 많은 애정을 쏟지 말자. 병원을 위해서 일하지 말자. 수선생님이나 간호과장님을 위해 일하지 말자. 매일매일 환자를 잘 보살피고 주어진 일을 문제없이 해내는 것도 충분히 칭찬받을 일이지만 그런 것을 칭찬해주는 경우는 거의 없다. 어제보다 조금 더 나아진 나를 알아봐주는 사람도 없고,

처치실에서 물품 아껴 쓸 궁리를 하며 준비를 하는 나를 기특해하는 사람도 없다. 나를 위해서 일하고 환자를 위해서 일하자. 열심히 일한 나 자신에 뿌듯해하며 간호사로서의 자존감을 쌓아가고, 정성을 다해 돌본 환자가 잘 회복하여 퇴원하고 일상으로 돌아가는 모습에서 의미를 찾자. 병원은? '월급이나 주면 다행이다'라고 생각하면 일하기가 조금은 수월해진다. 마음의 상처가 덜하다.

그럼에도 병원을
그만두어야 하는 순간

한국에서 3년 1개월의 대학병원 생활을 하면서 적극적으로 퇴사를 고려한 것은 2년 7개월 되던 시점이었지만 막연하게나마 '이건 아니야, 이렇게 어떻게 20년, 30년을 더 살지?' 하던 시점은 1년 6개월이 되는 때였다.

입사하고는 일을 배우느라 정신이 없었고 야단을 맞아도 그럴 만하니까 그러나 보다 싶었다. 수술에 들어가서 실수하지 않기 위해서 온 정신을 쏟고 집에 돌아와 쓰러져 자다 보니 1년이 지나 있었다. 그 생활에 어느 정도 익숙해지고 병원에서의 '삶'이 보이기 시작했던 것이 2년차. 수술실이라는 좁은 공간 안에서 매일 같은 사람들을 만나 작은 일로 투닥거리다가 겨우 정신을 차리고 6개월 만에 '이 사람들과 몇십 년을 여기에 더 있어야 하는 것인가?'라는 생각이 들었다. 물론 좋은 사람들이 더 많았다. 하지만 좋은 사람들은 언제나 조용히 각자의 할 일을 할 뿐이었고, 원치 않는 소수가 적극적으로 나서서 작은 일로 나의 하루를 망치고, 알고 싶지 않은 생각이나 의견을 크게 말하며 주입시켰다.

어떤 조직, 어떤 그룹에 가도 나를 달가워하지 않는 사람들이 있다는 것을 알면서도 일단 여기는 빠져나가야겠다는 생각이 들었다. '다 똑같지…'라고 체념하며 아무것도 시도하지 않을 수는 없었다. 좋은 사람들을 보면서 '그들처럼 살아남으면 되지'라는 긍정적인 기대보다는 '난 분명 몇 년 후 싫은 소리를 해대는 저 사람 중 한 명처럼 변해 있겠지'라는 부정적 확신이 더 컸다. 그러던 시점에 신경외과 전임 간호사로 자리를 옮기게 되었다. 그 후에는 단지 나 자신이 너무 부족해서 전임 간호사로서의 미래가 그려지지 않았고, 때마침 불어온 미국 간호사 열풍에 적극적으로 퇴사를 고려하기 시작했다.

난 단지 이렇게 살아서는 안 될 것 같다는 심정에 다른 길을 찾아보았지만 어떤 간호사들은 더 큰 병원에서 더 다양한 케이스를 경험하기 위해 이직을 하기도 하고, 입사 시 간호부의 걱정대로 결혼과 출산 때문에 퇴사를 하기도 하며, 처음부터 외국에 가서 간호사를 할 생각으로 한국에서는 경험만 쌓기 위해 입사를 하고 퇴직을 한다. 밤 근무가 싫어서 라이프스타일에 맞춰 개인 병원이나 양호교사, 보건 공무원을 알아보기도 하고, 병원에서 일하다 보니 다른 길이 보이고 그곳이 흥미로워서 제약회사 연구 간호사로 가기도 한다. 모두가 '죽을 것 같아서' 퇴사를 하는 것은 아니다.

종합병원 생활
: 멘탈 털림 방지 가이드

PART
4

이런 개인적으로 퇴사를 하는 이유를 제외하고 합격 소식에 매우 기뻐하며 병원에 뼈를 묻을 생각으로 입사했는데도 사표를 써야만 하는 시점이 있다. 모두 합격의 기쁨으로 병원 일을 시작했고, 그 누구에게도 그런 순간이 안 왔으면 좋겠지만 위에도 언급했듯 '죽을 것 같아서' 병원을 그만두는 간호사들이 분명히 있다.

+

자살 생각이 들 때

이런저런 이야기로 질질 끌 것도 없이 병원을 그만두어야 하는 순간은 아주 명확하다. 자살 생각이 조금이라도 들기 시작한다면 그만두어야 한다. 그전에 병원에서 받은 스트레스로 우울증이 생겨서 '우울증 약을 먹어야 할 상태가 된다면'이라는 자살 전 단계를 언급하고 싶지만, 여전히 한국은 문화적인 이유로 정신과에 가서 상담을 받고 약을 먹는 것이 터부시되다 보니 실제로 그런 상태가 와도 정신과 진료를 보는 간호사는 드물 것이다. 거기다 매일 아픈 환자를 보고 돌보면서도 의료진 중 한 명이 아픈 것에는 굉장히 매몰차게 구는 것이 병원이다. '아픈 간호사가 환자를 제대로 돌보기나 하겠어?'라는 생각, '바빠 죽겠는데 너도 아프다고? 그럼 그 자리는 누가 메우니? 그냥 와서 일해'라는 분위기. 그러니 '우울증을 진단받는다면'이라는 순간은 빼겠다.

자살 생각이 들기 시작하는 시점이 그만두어야 할 때다. 죽지 마라.

하루하루 삶이 괴로워서, 그 삶을 끝내고 싶어서 죽고 싶을 수도 있겠고, 내가 죽어버리면 날 괴롭힌 병원 사람들이 죄책감을 좀 느낄까, 내 억울함을 알아줄까 하는 생각에 죽고 싶을 수도 있다. 죽고자 하는 이유가 무엇이건 병원에서의 일 때문에 자살이 생각나고 그 정도로 황폐한 삶을 사는 것은 전혀 가치가 없다. 내가 죽으면 모든 세상은 끝난다. 내 세상만 끝나는 것이 아니고 나를 사랑했던 사람들의 세상도 반쯤은 죽어버린다. 반면에 내가 죽어도 나를 뺀 세상은, 병원은 내가 존재했는지조차 모를 만큼 잘 돌아간다. 잠시 마음속의 휘청거림을 경험하겠지만 그것은 잠시뿐이다. 지금 다니는 병원을 그만두면 당장 생활은 어떡하고, 주변 사람들의 시선은 어떡하지라는 걱정은 살아 있을 때에나 가능하다. 자살 생각이 들 때는 나만 생각하자. 일단 내가 이 어둠 속에서 빠져나오고 행복한 다음에 주변을 둘러봐도 늦지 않다.

자살에 대한 생각으로 너무 많은 시간을 보내고 정상적인 판단이 흐려지기 전에 병원을 그만둘 계획을 세워야 한다. 막연히 어느 날 갑자기 그만두고 그동안 모아둔 돈을 쓰며 지내거나, 부모님에게 경제적으로 의지하다 보면 병원을 그만둔 후에도 다른 의미로 괴로워지고 죽고 싶어진다. 자살 생각이 들기 시작한 시점에 지금 경력으로 갈 수 있는 병원을 알아보거나 간호사 면허로 할 수 있는 다른 일을 찾아보자.

이렇게 다른 곳으로 시선을 돌리면 가끔은 날 괴롭히던 일들이 무감각하게 느껴지기도 한다. '난 이제 곧 떠날 거예요. 그런 가시 돋친 말을 해도 소용없어요'라는 마음이 들면서 조금 강해진 기분에 몇 개월을 더 버틸 수도 있다. 그사이에 이직 준비를 하자.

자살을 생각하는 와중에도 지금 다니는 병원 타이틀이 아까워서, 월급이 아까워서라는 생각이 든다면 일단 수간호사 선생님과 이야기를 해보자. 대부분의 수선생님들은 신규가 잘 적응하기를 바라고 내 눈에는 안 보이지만 항상 지켜보고 계신다. 힘들다고 그만두겠다는 신규의 말에 '그래, 너 생각 잘했다'라고 바로 그만두게 놔두는 수선생님은 없다. 상담을 하고 힘들게 하는 선배 간호사가 있으면 근무표를 만들 때 그 사람과는 떨어뜨려 놓거나, 너무 힘들다고 하면 잠깐 쉬라고 휴가를 주기도 한다. 수선생님은 신규 하나만이 아니라 과 전체 간호사들을 돌봐야 하기 때문에 중립을 지켜야 하고 직접적으로 나서서 '○○간호사는 ××간호사 좀 그만 괴롭혀요. 자신은 처음부터 일 잘했어요?'라고 편을 들어주거나 그래야만 하는 상황이 아니라면 사건에 직접 개입하는 일은 없다.

신규 간호사의 입장에서 수간호사 선생님이 막연히 무섭고 믿어도 되는 존재일까 고민이 되겠지만 일단 상담을 해보자. 그러고도 도움이 안 되는 상사라는 확신이 든다면 그때 그만두어도 된다. 단 상담 시엔 너무 감정에 취해서 말하면 안 된다. 사실을 바탕으로 현재의 내 감정과 상태를 간단하게 말한다. 수간호사 선생님은 나보다는 나를 괴롭히는 그 선배와 더 많은 시간을 보냈고, 어쩌면 그들이 친한 사이일 수도 있다는 것, 수간호사 선생님에겐 그녀가 자신을 잘 따르는 둘도 없는 후배일 수도 있다는 점을 염두에 두고 말해야 한다. 있는 이야기, 없는 이야기 다 끌어다 다시는 안 볼 것처럼 말하는 일은 없어야 한다.

또한 간호부에 말해서 과를 바꿔보는 것도 괜찮다. 같이 일하는 사람들이 바뀌고 분위기가 바뀌면 기분이 나아질 수도 있다. 간호부에는 적당히 지금의 과도 좋지만 다른 과를 경험해보고 싶다는 정도로 말을 하면 수선생님과 간호부는 대충 무슨 일이 일어나는지 알 것이다. 붙잡아야 할 간호사라면 그렇게 하라고 할 것이고, 그만두어도 상관없는 간호사라고 생각한다면 그냥 그 부서에 있으라고 할지도 모른다. 그러면 그때 그만두자.

간호부에서 안 잡는다고 해서 내가 나쁜 간호사라는 말은 아니다. 나는 단지 맞지 않는 과에 맞지 않는 사람들과 있어서 내 간호사로서의 능력을 보여줄 기회가 없었을 뿐이다. 나에 대해서 간호부에 이야기한 사람이 중립적으로 이야기를 전하지 않았을 확률도 있다. 한 병원의 간호부의 평가가 나라는 간호사의 전체 커리어에 대한 절대적인 평가가 아니다. 간호 면허 시험을 통과할 만큼 충분한 간호 지식을 갖고 입사 시험과 면접을 통과한 능력과 재능을 가진 간호사라는 것을 끝까지 믿자.

나 스스로가 상황을 바꿀 수 없다는 무력감에 빠져 있을 때 자살 충동이 생긴다. 그런 생각이 들기 전에 너무 힘들고 괴롭다면 어차피 힘들게 입사한 병원이니 내가 할 수 있는 것 다 해보고, 쓸 수 있는 카드는 다 써보고 그만두어도 늦지 않다. 도움을 구할 만큼 구했는데도 그쪽에서 도울 의사가 없어서 결국 그만두게 된다면 그건 더 이상 내

탓이 아니다. 그때는 퇴사하는 날 병원 문을 발로 쾅 차고 나오며 욕을 실컷 해도 아무런 죄가 없다. 훌훌 털고 다음 병원으로 가자. 세상에 안 아픈 사람 없고, 병원은 널렸으며, 간호사가 필요하지 않은 곳은 없다.

+

간호사 일 자체가 싫을 때

실습 때 이 길이 내 길이 맞나 싶어 혼란스럽지만 일단 시작을 했으니 동기들 따라서 실습을 마치고, 학교를 졸업하고 취업을 한다. 취업해서 막상 하루에 10시간씩 환자들을 상대하다 보면 그제야 누군가를 보살피는 일, 혹은 수많은 사람들을 만나는 일이 내 적성에 안 맞는 일이었다는 것을 알게 된다. 또는 간호사 일이라는 것이 '간호'보다는 자잘한 병원 물품 숫자나 세고 쓸데없는 일을 더 많이 하는 것 같다는 생각에 회의감이 들기도 한다.

일단 그동안 들인 시간과 돈이 있으니 무작정 그만두어서는 안 된다. 병원 내에는 많은 과가 있고 나처럼 많은 사람들을 만나는 일에 쉽게 피로를 느끼는 간호사도 버틸 수 있는 수술실도 있고 수술실이 싫다면 중환자실도 있다. 물론 신규에게 '여기 자리가 있소~' 하며 외래 간호사 자리나 간호부 자리를 바로 내주는 일은 없겠지만, 수간호사 선생님과 간호부와 상담하여 최소한 다른 과로 옮기는 것을 시도해볼 수는 있다. 신규 트레이닝에는 많은 돈과 시간이 들어 병원 역시 어렵게 뽑은 간호사를 쉽게 잃고 싶어 하지 않는다. 한 가지 과만 경험하고 종합병원 간호사로서의 삶을 결론 내지는 말자.

　종합병원에서 가능한 많은 과들을 경험해봤는데도 병원에서 간호사로서 일하는 것에 회의감이 든다면 그때 그만두자. 가끔 진상을 떠는 환자나 보호자가 아니라 모든 환자가 꼴 보기 싫다면 떠나야 할 시점이다. 그리고 위에서 언급했듯 간호사 면허로 할 수 있는 다른 일에 도전해보자. 간호사 면허가 있다고 꼭 병원 간호사만 해야 하는 것은 아니다.

신규 간호사를 괴롭히는
올드 간호사의 변명과 반성

 호주에도 'Nurses eat their young'이라는 말이 있고 그것에 관한 논문도 쓰일 만큼 올드 간호사의 신규 간호사 괴롭히기는 오래전부터 문제가 되고 있다. 당하던 신규 간호사가 더 이상 버티지 못하고 알아서 그만두는, 당한 신규만 피해를 보는 한국과 달리 피해자가 가해자에게 어느 정도 책임을 물을 수 있는 시스템이 있음에도 여전히 신규 괴롭히기, 다른 간호사 괴롭히기는 계속된다.

한국과 호주의 간호계만 경험해봤을 뿐이지만 어쩌면 병원 일이라는 것이 나라를 불문하고 사람을 독하게 만드는 게 아닐까라는 생각도 해본다. 솔직하게 말하면 인정하고 싶지 않지만 나 역시 신규를 괴롭히는, 동료 간호사를 힘들게 하는 가해자 중 한 명이다.

내 경우엔 방임주의라 특별히 신규 간호사를 혼내지도 않고 가르치지도 않는다. 병원 사정에 따라 몇 주에서 몇 달간 일반외과 책임 간호사 일을 하기도 하고 그렇지 않더라도 시니어 간호사이기 때문에 내 의지와는 상관없이 교육을 하고 있지만 일반외과 수술실을 시작하는 간호사들에게 꼭 알려줘야 하는 기초적인 교육만 하고 있다. 교육을 할 때 적극성을 보이고 뭔가를 더 알려고 할 때는 기꺼이 가르쳐주지만 관심 없는 신규들을 붙들고 내가 나서서 열과 성을 다해서 가르치는 일은 없다. 기초 교육 시 태도가 좋지 않다면 기본만 해줄 뿐 더 이상 가르치지도 않고, 실수를 지적하지도 않으며, 특별히 역할을 부여하지도 않고, 성과를 기대하지도 않는다. 직접적으로 신규 간호사를 괴롭히는 것은 아니지만 나의 이런 태도에 그들이 종종 상처받는다는 것을 알고 있다.

현재 일하는 병원이 교육 병원이라 워낙 실습 학생들도 많고, 단기 계약직으로 들어와서 성과에 따라 계약이 연장되어 남거나 다른 곳으로 옮겨가는 간호사들도 많다. 호주에서의 신규 간호사는 한국처럼 신규 간호사 한 명이 우리 과에 들어온다는 것은 별일이 없는 한 우리와 함께 몇 년이고 같이 일한다는 의미가 아니다. 그렇다 보니 더욱 '가르친다고 과연 수술실에 남을까?'라는 생각을 하게 되고 내 나름대로 기준을 정해서 대충 가르치고 말 간호사와, 조금 더 신경 써서 가르칠 간호사를 나누게 되는 것이다.

물론 그러면 안 된다. 내가 얼마나 열심히 가르치고 적응하는 데 도움을 주느냐에 따라서 관심이 없던 간호사도 수술실에 흥미가 생길 수

있는 일이니 다 똑같이 정성을 다해서 가르쳐야 하지만 불행하게도 나
에겐 그 정도의 에너지가 없다. 이런 이유로 일반외과 책임 간호사직을
제안받았지만 거절했다. 나 같은 사람은 책임 간호사 일을 하면 안 된
다. 잘 따라오지 못하는 신규 간호사들을 다독이고, 가르치고, 신경 써
서 지켜보며 적응을 돕는 일을 잘하는 간호사가 책임 간호사를 해야
한다. 이런 일들을 스트레스로 느끼는 나는 신규 간호사들이 나를 무
서워하는 것만큼 나도 신규 간호사들이 버겁고 괜히 얽혀서 미움을 받
는 것도 지치고 힘들다. 감싸줘야 할 그들을 종종 힘들게 하는 나의 구
차한 변명은 다음과 같다.

+

올드 간호사의 구차한 변명 1

: 나도 상처받는다

교육을 할 때 설렁설렁 듣거나, 자기가 얼마나
똑똑한지 알려주는 것에만 급급해 자신이 아는 것을 말하느라 설명은
잘 안 듣거나, 태도가 좋지 않으면 신규 교육을 그렇게 한 나도, 병원 생
활이 10년이 넘은 나도 매번 상처를 받는다.

'얘는 나의 어떤 것이 마음에 안 드는 걸까? 병원이 마음에 안 드나?
며칠 지나보니 수술실이 적성이 아닌 걸 발견하고 불안한 걸까? 내가
가르치는 게 너무 어려운가? 집에 무슨 일이 있나? 어떡하지?'

신규 간호사가 머릿속으로 수천 가지의 생각을 하는 것만큼 올드

간호사 역시 여러 가지 생각이 든다. 게다가 하루 종일 신규가 하는 일을 살피며 티 안 나게 구멍을 메우고 다녔는데 어쩌다 내가 만든 한 가지 작은 실수를 신규가 기회는 이때다 하고 복수하는 심정으로 지적하면 신규가 받는 상처만큼은 아니겠지만 나 역시 상처를 받는다.

+

올드 간호사의 구차한 변명 2
: 나도 아직 성장하는 중이다

이 부분을 강조하고 싶다. 말로는 병원 생활이 10년이 넘었다고 하지만 퇴근길에 운전하면서 '내가 왜 그랬을까?'라는 반성을 하고 후회를 하는 날이 많다. 나도 내가 뭘 잘못했는지 아는데, 매일 반성해도 변하는 건 쉽지가 않다.

상처를 받네 어쩌네 해도 우리 병원 수술실은 나에게 익숙한 환경이지만 신규에겐 완전히 새로운 공간이니 그가 느끼는 불안감이 나와는 비교할 수 없을 정도로 크다는 것을 이해한다. 하지만 머리로 이해한다고 해서 행동이 바뀌지는 않는다. 정말 매일매일 노력해도 쉽게 안 바뀐다. 안 믿겠지만 퇴근길에 매일같이 '내일은 잘 해줘야지' 이렇게 결심을 한다.

이건 꼭 신규와의 관계만이 아니다. 잘 지내는 간호사들이 있는 반면 어떤 간호사들과는 정말 너무 안 맞는다. 서로 상처받으면서도 끊임없이 몇 년 동안 날카로운 눈빛을 주고받는다. '조금 더 둥글둥글해지자.' 이렇게 다짐하고 사실 조금씩 나아지기는 한다. 하지만 매우 느리게 나아지고 있다. 일에서는 그렇다 치지만 수술실 내 인간관계에 관해선 나 역시 아직도 매일매일 성장 중이라는 것을 신규는 알까?

+

올드 간호사의 구차한 변명 3
: 일이 많다

올드 간호사들이 자주 하는 말이 있다. "그걸 가르치고 있느니 내가 하는 게 빠르겠다." 장기적으로 본다면 가르쳐야 한다. 지금은 신규이지만 배우면서 올드가 되고 지금은 올드인 나 역시 그런 신규 시절을 지나왔다. 태어날 때부터 간호사였던 사람이 없고, 다들 아무것도 모르는 시절이 있었다. 누구도 처음부터 잘하지 않았다. 그럼에도 일에 치이다 보면 '신규의 마음을 신경 쓰는 일'은 지금 당장 내가 해야 할 일 우선순위 리스트의 한 100번째로 밀려난다. '당장 환자에 관련된 일을 해결한다.' 이것만 생각한다. 사실 이건 변명에 지나지 않는다. 어떤 시니어 간호사들은 할 일 다 하면서도 신규도 잘 챙긴다. 그런 사람이 진짜 능력자다.

확실히 말할 수 있는 것은 현재 내가 아는 사람 중에 그런 능력자는 우리 수술실에 한 명뿐이다. 한국보다 일이 적은 이곳에서도 이런데 한국에선 일이 쏟아지고 인력은 항상 부족하니 신규를 돌볼 마음의 여유가 없을 것이다. 호주에서는 '그래, 너에게 열 번의 기회를 줄게. 지금 당장 네가 이걸 잘하리라고 기대하지 않아. 하지만 열 번째는 잘하는 모습을 보여야 한다'라고 말하지만, 한국에선 아마도 그 기회가 많아야 세 번 정도일 것이다. 일이 많다 보니 신규에게 내줄 수 있는 시간이 별로 없다. 한국에선 한 명이 두세 명의 일을 해내길 기대하니 한두 번 가르치고는 곧 한 명의 간호사로서 최소한 한 명의 일을 해내기를 바란다. 그래서 신규가 못했을 때 "세 번이나 했는데 아직도 못해? 너 바보니?"라는 가시 돋친 말을 하게 되는 것이다.

올드 간호사의 구차한 변명 4
: 나도 피해자다

그렇다면 올드 간호사는 왜 그렇게 독한 간호사가 되었을까? 이 부분은 조금 더 큰 이야기다. 그리고 가해자가 한 명이 아니다.

가해자 1 : 병원과 정부

병원이 필요한 만큼 인력을 주지 않고 있는 인력으로 쥐어짜서 돈을 남기려고 하기 때문이다. 인력 부족으로 일이 많아서 실수를 하면 '아, 인력이 모자라서 이런 실수가 나오는구나. 이런 의료 사고를 막기 위해서 인력을 늘려야겠다. 아니면 시스템에 문제가 있나? 그 시스템을 점검해보자'라고 생각하는 건 호주이고, 한국은 '아, 저 간호사가 정신을 못 차려서 이런 실수를 하는구나. 잘라! 쟤 사표 쓰라 그래!'라고 한다. 병원은 사람의 목숨을 다루는 일을 하지만 자선단체가 아니라 엄연히 이익을 추구하는 사기업이다. 쥐어짜는 것은 어쩌면 당연하다. 하지만 그 강도가 심한 것이 문제다. 이러다 사람을 살리는 게 아니라 죽이겠네 싶게 강도가 심하다는 것은 모두 잘 알고 있다. 이 강도 조절을 정부가 하는데 병원뿐만 아니라 사회 전반적으로 노동 강도 조절에 실패하고 있다는 것은 한국 직장인들도 잘 느끼고 있을 것이다. 독한 올드 간호사는 수많은 정부의 실패물 중 먼지처럼 작은 하나일 뿐이다.

가해자 2 : 사회적 인식

간호사를 전문직으로 인식하지 않기 때문이다. 경력에 관계없이 간호사를 쉽게 자를 수 있는 것은 경력 간호사를 경력 간호사로 보지 않고 신규로도 대체될 수 있는 서류 속의 숫자로만 인식하기 때문이다. 전문직이라고 생각한다면 어떻게 마음에 안 든다고 10년 된 수술실 간호사를 내과 병동으로 보낼 수 있을까? 경력을 인정해주는 전문직이라고 생각한다면 재취업 시 왜 전에 다니던 직장이나 그 비슷한 곳에 가는 것이 하늘의 별 따기일까? 더 복잡한 간호를 할 수 있는 능력이 있음에도, 그리고 그러한 일을 원함에도 받아주는 곳이 전에 다니던 곳보다 작은 규모의 병원뿐이라 차선의 차선을 선택해야 하는 것일까? 왜 병원은 경험이 많은 10년차 간호사보다 이제 막 학교를 졸업한 1년차 간호사를 더 선호할까? 사회적으로 간호사를 전문직이라고 생각하지 않기 때문이다. 간호사를 고용하는 병원조차 간호사를 전문직이라고 생각하지 않기에 10년차 간호사가 그만두면 그와 비슷한 경력을 가진 간호사를 뽑는 대신 병원의 명령을 잘 따르고 월급이 훨씬 적은 신규 간호사를 뽑는다.

우리는 스스로를 전문직이라고 주장하지만 씁쓸하게도 사회적 인식은 그렇지 않다. 전문직이 아니기 때문에, 지금 이 병원에서 잘리면 당장 월급이 줄어들고 원하지 않는 수준의 간호를 해야 할지도 모르기 때문에 다들 악을 쓰며 버티는 것이고 그 스트레스는 곧 신규 간호사와 그 주변 간호사들에게 가는 것이다.

신규 간호사에겐 당장 자신을 괴롭히는 올드 간호사 한 명만 눈에 보이겠지만 사실 그 올드 역시 먹이사슬의 제일 마지막에서 겨우 두 번째다. 그 위로 수간호사, 간호과장, 간호부장뿐만 아니라 병원, 사회, 정부라는 수많은 포식자들이 그를 짓누르고 있다. 잘리면 재취업이 안 되니까 지금 다니는 병원에서 실수하지 않기 위해 온 신경을 곤두세우고 스트레스를 받으며 엄청나게 많은 양의 일을 하다 보니 올드 간호사들이 그렇게 다 성격이 더러워진 것은 아닐까? 거기다 자신이 받는 스트레스는 숨기고 환자에겐 항상 웃으며 친절해야 한다는 내면과 외면의 심리적 괴리감이 더 큰 스트레스를 낳는지도 모르겠다. 올드 간호사들도 살아남기 위해 안간힘을 쓰다 보니 남을 돌볼 여력이 없다는 것을 신규 간호사들이 조금은 알아줬으면 좋겠다.

그럼에도 올드 간호사는 신규 간호사에게 잘해줘야 한다. 대체 왜 신규 등짝을 때리고, 욕을 하고, 기구를 던지는가? 말귀를 못 알아듣는 것이 짜증은 나겠지만 그렇게 해서 바라는 것이 무엇일까? 아마도 그 신규가 스스로 그만두길 바랄지도 모른다. 그 신규 대신 간호부에서 더 빠릿하고 똑똑한 신규를 받아와서 내 일이 좀 덜 힘들었으면 하고 생각할지도 모른다.

신규는 4년 혹은 3년의 시간을 지금 이 순간만 생각하며 달려왔을 것이다. 수년간 수천만 원의 학비를 냈고 이제 병원에 간호사로서 취업해서 자기 손으로 돈 벌어가며 스스로에게도, 가족에게도, 환자에게도 자랑스러운 내가 되었다고 뿌듯해했을 것이다. 그런 '사람'에게 내가 일이 힘들고 너무 스트레스를 받는다는 이유로, 너는 왜 그 모양이냐고 비난을 한다. 그 신규가 선배들의 괴롭힘을 참지 못하고 병원을 그만두고 정신적으로 경제적으로 고통을 당하며 지내기를 바라는가?

신규 간호사를 그저 신규로만 보지 말자. 사람이라고 생각하자. 나와 같은 사람. 잘살기를 바라는 사람. 나에게 중요한 '내 인생'이 있듯 신규에게도 내 것만큼 중요한 그녀의 '인생'이 있다. 올드 자신이 간호부장이나 과장에게 찍혀서 사직서를 써야 할 상황에 놓였다고 생각하면 기분이 어떨까? 내가 실수할 때마다 과장님이 와서 "너 돌대가리야? 일하는 게 이게 뭐야?" 하며 등짝을 때린다고 상상해보자. 동네방네 수선생님들에게 내가 한 실수를 소문내고 다닌다고 상상해보자. 병원 생활 10년 넘은 나도 눈물이 펑펑 나면서 앞이 막막할 것 같다. 시작도 못 해보고 사표를 쓰는 신규의 마음은 그보다 더할 것이다.

　간호사 한 명이 변화시킬 수 있는 것은 많지 않고, 우리 모두에게 큰 변화의 능력이 있으리라고 생각하지도 않는다. 간호사 한 명이 사회 전체의 인식을 바꿀 수도 없고, 병원을 바꿀 수도 없다. 그건 너무 큰 문제다. 일을 잘하는지 못하는지는 의문스럽지만 우리에겐 그 큰 문제를 해결하라고 수억 줘가며 뽑아놓은 정치인들이 있으니 그건 그들에게 맡기자. 하지만 부서 문화 정도는 올드 간호사나 수간호사가 바꿀 수 있다. 우리끼리라도 병원에서 일하는 동안은 좀 마음 편하게 잘 살자. 원숭이도 된다는 역지사지를 되새기며 올드 간호사는 신규 간호사의 마음을 헤아리고 신규 간호사는 올드 간호사의 입장을 생각해보자. 이렇게 나는 또 퇴근길에 반성을 하고 다짐을 한다.

병원 생활의 시작과 끝,
뒷담화

안과 수술실 수간호사인 사십 대 초반의 호주인 P는 동양인 간호사들을 싫어하는 것으로 유명했다. 실습을 나온 동양인 간호 학생들도 예외는 아니었으니 그녀의 동양인 간호사에 대한 미움은 참으로 넓고도 공평(?)한 것이었다. 이미 한국에서 경력이 있었기 때문에 말귀를 잘 못 알아들어도 수술실 간호사로서 손발은 그럭저럭 맞추던 나에게도 날벼락의 날은 찾아왔다.

P가 팀 리더로 있는 안과 수술방에서 같이 일하던 날. 간단한 수술을 마치고 나니 P가 차가운 목소리로 점심을 먹고 오라고 했다. 수술이 이제 막 끝났고 정리해야 할 것들과 다음 수술 준비도 해야 하는데 내가 지금 이렇게 밥을 먹으러 가도 되는 것일까? 나는 일단 알았다고 하고는 눈에 보이는 급한 일들을 정리했다. 그런 나를 보더니 그녀는 신경질적인 목소리로 크게 "점심 먹으러 가라고! 말귀 못 알아들어?" 하고

는 한심하다는 듯 눈알을 굴렸다. 하던 일을 바로 멈추고는 점심을 먹으러 나오는데 서러움이 몰려왔다. 말귀를 못 알아들은 게 아니고 바쁜 것 같아 일 더 도와주다가 점심 먹으러 가겠다는데 그게 이렇게 무안 줄 일인가? 밥 먹으러 가라고 해도 한두 번 거절하고 일을 더 하다 가던, 그러기를 기대하던 한국 내 병원 문화에 여전히 젖어 있던 나는 호주에서도 같은 생각을 했던 것이다.

그날 저녁 나와 비슷한 시기에 입사한 비영어권 동기들과 모여 저녁을 먹으며 대체 그 여자는 왜 그러는 것이냐며 하소연을 했다. 나뿐만 아니라 다른 동기들도 그렇게 그녀에게 당한 날은 다들 속이 상해서는 동기들과 퇴근 후 술 한잔을 계획했다. 그렇게 모여서 P의 뒷담화를 한 것만 몇날 며칠. 퇴근 후 맥주 한잔을 위안 삼아 견뎌내던 날들이 조금 더 지난 어느 날. 일을 하고 있는데 간호사들의 움직임이 이상했다. 친한 간호사를 붙잡고 무슨 일이냐고 물었다.

"P의 남편이 지금 우리 병원 응급실에 와 있대. 심장마비라나 봐."

심장마비로 응급실에 오는 환자는 위중한 데다 워낙 흔해서 심장마비 환자의 증상이나 응급처치는 수술실 간호사인 나도 잘 알고 있었다. 게다가 응급실을 통해 들어와 검사를 받고 바로 응급수술을 하는 환자도 자주 본 터라 나는 막연히 P의 남편도 괜찮겠지라고 생각했다. 일단 병원에 도착했다니 응급실에서 그야말로 응급처치를 잘 해줬을 것이고 최악의 상황이라면 곧 수술실로 올라올지도 모를 일이었지만 별일 아니겠지라며 괜한 걱정은 접었다. P는 일을 하다 전화를 받고는 바로 응급실로 내려갔다. 그때가 오전 10시였고, 점심시간 즈음에 P의 남편이 사망했다는 소식이 들려왔다.

P는 친하기는커녕 싫어하던 사람이었고 그녀의 남편은 본 적도 없었지만 그가 응급실에서 사망했다는 소식은 너무나도 충격이었다. 순식간에 큰 죄책감이 몰려왔다. 마치 내가 그동안 동기들과 P를 그렇게 미워해서 그녀에게 이런 일이 생긴 것만 같았다. 사실이 그렇지 않다는 것을 잘 알고 있었지만 죄책감은 며칠이고 가시지를 않았다. 그 이후에 들려온 소식도 남편의 전처와 그 자식들과 법적 분쟁 중이라느니, 당장 집을 비워줘야 한다느니 하는 것이었다. 눈앞에서 배우자의 사망을 본 슬픔을 다독일 사이도 없이 또 다른 자잘한 불행이 그녀를 몰아치고 있었다. P는 이 모든 일을 정리하고 몇 달 후 병원으로 돌아왔다.

그런 일을 겪고도 일하면서 여전히 미운 사람들이 있고, 어김없이 마음 맞는 동료들과 그 사람들의 뒷담화를 한다. 간호사 생활이라는 게 뒷담화와 인계의 연속이니 더 큰일이 생긴다고 해도 아마도 이 못된 습관을 버리는 일은 없을 것이다. 하지만 지금은 미운 사람이 생기면 생각해본다. '나는 이 사람에게 얼마만큼의 불행이 닥치기를 바라는가?' '나는 얼마나 진심으로 이 사람을 온 우주의 기를 모아 미워하는가?'

대부분의 경우엔 나는 그 사람에게 아무런 불행이 닥치지 않기를 바란다. 미워하지 않는다. 단지 같이 일하면서 제 몫을 못 해주는 그 순간이 짜증스러운 것이다. 나는 내가 그러는 것처럼 그들이 그 자리에서 적당히 다른 사람들 속을 썩이면서 그들의 행복한 삶을 이어나가기를 바란다.

당하는 사람 입장에서는 자신이 뒷담화의 소재가 됐다는 것이 속상하고 큰일로 여겨지지만 대부분의 경우 사람들은 별 생각 없이 뒷담화를 한다. 어색해서 하고, 심심해서 하고, 배고파서 하고, 날이 좋아서 하고, 봄이라 하고, 밤이라 하고 진짜 별 생각 없이 아무 때나 한다. 물론 둘 사이의 관계를 돈독히 하기 위해, 자신보다 윗사람과 인간적으로 더 가까워진 기분을 느끼기 위해 묻지도 않은 제3자의 흠을 들먹이며 걱정을 하는 경우도 많다.

남들이 욕해도 할 말 없을 실수를 했다면 그나마 '그래, 내가 잘못했으니까'라고 할 텐데 가끔은 일과는 전혀 상관없는 내 개인적 일들을 들먹이며 뒷담화를 한다. 나도 처음엔 무섭고 힘들었다. 대체 왜 내 신발을 갖고 저 사람들이 소곤거리며 뭐라고 하는 걸까? 뒷담화를 안 하면 좋겠지만 원숭이들이 집단의 결속력을 높이기 위해 상대 털 고르기를 하는 것처럼 뒷담화는 병원 사람들 사이에 결속력을 위한 수단으로 작용한다. 병원만이 아닌 대부분의 직장이 그렇지 않을까?

하지만 이런 뒷담화 인계에 부정적인 면만 있는 것은 아니다. 정맥주사를 심장 쪽이 아닌 모세혈관 쪽으로 놨다던가 하는 심각한 문제는 물론 인계를 해야 한다. 모두에게 다 알려서 그런 실수를 한 간호사를 창피 주려는 것이 아니라 그 간호사를 관찰하고 지도해서 환자에게 일어날지도 모를 사고를 방지하고 그 간호사를 보호하기 위해서다. 선배들이 뒷담화하는 게 싫어서 차라리 아무도 나를 지켜보지 않았으면 하고 바랄지도 모른다. 하지만 좋은 점을 생각해보자. 혼자 사고 치고 환자에게 문제가 생기면 누가 가장 곤란해질까? 어느 의학 드라마에 나왔던 것처럼 우린 회계사나 은행원이 아니다. 틀린 숫자를 고쳐 쓰고 다시 계산한다고 모든 일이 제자리로 돌아오지 않는다. 내가 잘못 계산한 약 용량에, 잘못 주입한 주사에 환자의 목숨이 왔다 갔다 할 수도 있다. 틀린 것 고쳐 쓰면 되는 수준의 일이 아니기에 신규 간호사와 환자를 생각해 모두가 지켜보고 있는 것이다. 올드 간호사들이 심심해서, 할 일이 없어서, 물고 뜯을 건수 하나 찾기 위해서 신규 간호사를 지켜보고 있는 게 아니다.

　내 경우에도 신규 간호사와 한동안 같이 일을 안 하다가 하게 될 때는, 그 간호사가 어느 정도로 배웠고 어느 정도의 케이스를 커버할 수 있는지 알 수 없으니 다른 시니어 간호사에게 묻는다. 물론 본인에게 직접 묻기도 한다. "일반외과 수술실에 있은 지 얼마나 됐니? 가장 최근에 한 수술이 뭐야? 이 수술은 해봤니?" 매번 다른 간호사들에게 물을 수도 없어 가끔은 시간이 날 때 시니어 간호사들끼리 "그 신규 간호사는 잘하고 있니? 얼마나 배웠어?"라고 묻거나, 아무도 묻지 않아도 "그 신규 간호사 있잖아. 어제 ××수술에 들어갔어. 걱정했는데 하는 것 보니까 괜찮은 것 같아. 몇 번 더 하면 ○○ 수술에 참여시켜도 될 것 같아"라고 넌지시 알려주기도 한다. 물론 이렇게 아무런 양념 없이 담백하고 바람직하게 인계를 해주는 것은 아니고 가끔은 그녀들이 했던 신규라 가능한 실수들을 조금씩 과장되게 곁들여서 이야기한다. 이런 대화 후 그 간호사와 일을 하며 '전에 이런 실수를 했다고 했지? 그 점을 주의해서 지켜봐야겠다'라고 생각하는 것이다.

사실대로 말하면 지금은 일과 관련된 것이 아닌 동료들의 개인적 문제에 관한 뒷담화엔 지쳐 있다. 웃기고 어이없는 내용이면 재미라도 있지만 뒷담화라는 것이 부정적인 내용이 대부분이고, 말하는 사람이 부정적 감정을 담아서 쏟아내다 보니 들으면서도 지친다. 가끔 내가 다른 사람 뒷담화를 할 때도 말을 하면 속이 답답했던 것이 풀어질 것 같지만 반대로 그때의 그 감정이 되살아나 반복하면 할수록 피곤해진다. 또한 내가 다른 사람의 삶을 걱정한다고 그 사람의 삶이 나아지는 것도 아니고, 난 대부분의 사람과 그 사람의 삶을 걱정해줄 정도로 친하지도 않다. 나와 가까운 사람들, 내가 좋아하는 사람들이 무슨 생각을 하는지, 무슨 걱정이 있는지, 이번에 받은 보너스로 뭘 샀는지는 궁금하지만 단지 같이 일한다는 이유로 한명 한명의 모든 것이 궁금하지는 않다. 무슨 신발을 신건, 맨발로 다니건, 핸드백 대신 비닐봉지를 들고 다니건 병원에 출근해서 나에게 피해 없이 일만 잘하면 아무 상관 없다.

내가 이렇게 생각해도 병원 생활을 하다 보면 듣기 싫어도 뒷담화를 들어야 할 때가 있다. 요즘은 뒷담화를 듣는 것도, 하는 것도 피곤해서 짧게 끝내는데 나도 이게 바람직한 모습인지는 확신이 없다. 분명 이런 내 모습을 누군가는 또 뒷담화하고 있을 것이다.

대부분의 뒷담화가 별 의미 없는 내용이고, 내가 그들이 정말 불행하기를 바라서 그런 말을 했던 것이 아닌 것처럼 그들도 그런다는 것을 안 이후로는 종종 들리는 내 뒷담화에도 담담하게 되었다. 아주 아무렇지 않은 것은 아니지만 예전처럼 마음이 크게 동요하지는 않는다. 누군가는 격하게 '정인희, 재수 없어. 동양인 주제에'라고 떠들지도 모르지만 더 이상 그런 말에 크게 상처받지 않는다. 그들은 그런 소리를 하면서도 여전히 내 앞에서는 예의를 차리며 웃고 이야기를 한다. 진심으로 온 힘을 다해 날 미워한다면 내 앞에서 아무 일도 없었다는 듯 그렇게 행동하지 않을 것이다. 그리고 무엇보다 나는 누군가에게 진심으로 미움을 받을 만한 일을 하지 않았다는 것을 알고 있다.

누군가 나를 미워하고 뒷담화를 한다면 누구나 다 조금씩 싫은 구석은 있고 아마도 나의 어떤 면이 요즘 그 사람의 무언가를 자극하나 보다 생각하고 지나간다. 내 뒷담화를 해서 당신의 마음이 조금은 편해진다면 그렇게 하라고 너그럽게 봐준다. 그런다고 한들 그들의 삶은 아무것도 변하지 않는다. 그들이 아무리 내 걱정을 해줘도 나 역시 변하지 않는다. 그들은 의미 없이 내 이야기를 하고 어느 날 갑자기 며칠 동안이나 잘근잘근 씹어대던 나 따위는 잊고 또 다른 누군가의 이야기를 한다. 항상 같은 패턴이다. 그러니 누군가 내 이야기를 하고 있다고 해도 신경 쓰지 말자.

의사 잡아먹는 간호사?

 언젠가 인터넷을 돌아다니다가 아주 흥미로운 글을 발견했다. 현재 전문의인 분이 전문의 시험을 통과하고 일할 병원을 고를 후배들을 위해 병원 고르는 방법을 적어놓은 글이었다. 처음이라서 놓칠 수 있을 만한 항목을 꼼꼼하게 잘 적어놓았는데 그중에 간호사로서 가장 인상적인 부분은 이것이었다.

'의사 잡아먹으려는 간호사들 있는 병원은 피할 것.'

그분이 어떤 기분으로, 어떤 상황을 생각하며 이 항목을 썼는지 너무 잘 알 것 같아서 피식 웃음이 나오면서도 한편으론 간호사로서 그런 상황에 직접적으로 연관됐고 제3자로서도 자주 봐온 부정할 수 없는 사실이라 약간은 씁쓸했다.

의사에게 태클을 많이 거는 간호사가 분명 있다. 의사들의 결정과 행동을 비웃고 비난한다. 잘못된 오더를 걸러내고 환자를 위해서 그러는 것이라고 옹호하고 싶지만, 우리가 잘 알듯 많은 경우 '내가 이 병동에서 일한 게 몇 년인데! 저기 저 당신의 보스인 저 교수님이 인턴일 때부터 내가 여기에 있었다고!'의 포스를 풍기며 알아서 모셔달라는 간호사들이다. 사실 이런 올드 간호사들은 새로 온 인턴 선생님이나 1년차 레지던트 선생님뿐 아니라 신규 간호사도 힘들게 한다.

현실에서 이런 간호사는 한두 명이고 보통은 많은 간호사들이 이제 처음 병원 생활을 시작한 인턴 선생님을 무시하기보다는 도와주려고 한다. 물품이 어디 있는지 몰라 어리바리 스테이션을 기웃거리는 인턴 선생님에게 물품을 찾아주고, 1년차 레지던트 선생님이 간단한 오더를 내리지 못해 우물쭈물할 때면 "선생님, 보통은 이럴 때 이런 오더를 내리더라고요. 이 환자분이랑 저 환자분 상태가 비슷하죠? 4년차 선생님이 낸 오던데 이거 보고 참고해보세요"라고 힌트를 주기도 한다.

앞으로 자주 같이 일할 사람들이니 나 역시 친절하게 새로운 의사들을 대하지만 처음 몇 주는 사람에 따라서, 상황에 따라서 기싸움을 하기도 한다. 한국에서는 인턴 선생님들은 자주 바뀌지만 레지던트 선생님들은 잠깐 파견을 갈 때를 제외하고는 한 병원, 한 과에서 4년을 꼬박 채우니 3, 4년차 레지던트 선생님들의 경우 여러 가지로 막강한 내공을 갖고 있다.

하지만 호주는 조금 다르다. 호주에서는 레지스트라라고 불리는, 한국으로 치면 레지던트들이 6개월에 한 번씩 지역 내의 정부 병원을 돌며 근무지를 바꾸는 터라 우리 병원에서 두 번째, 세 번째 텀을 하는 선생님이 아니라면 보통은 병원 시스템이나 각 교수님들의 일하는 방식을 잘 모른다.

팀이 바뀌고 새로운 병원에서 새로운 사람들과 일하려니 낯설 것이다. 6개월마다 새로운 레지던트들이 오는 것을 병원 내 사람들도 잘 알고 있고, 이미 그 상황에 익숙하기 때문에 보통은 다들 호의적으로 대하고 초반에 병원 시스템을 잘 몰라서 벌어지는 실수는 같이 처리해주고는 한다. 이런 시간을 통해서 서로 일하는 스타일을 알아가고 병원과 사람들에 익숙해지는데, 괜히 기선 제압을 한다고 '난 의사, 넌 간호사. 오더를 내리는 건 나다!'의 태도로 시작하려는 레지스트라들이 있다. '호주에도 그런 의사들이 있어?' 싶겠지만 호주도 같다. 한국보다는 의사와 간호사의 관계가 수평적이지만, 오더를 내리고 그 오더를 수행하는 관계에 있다 보니 100퍼센트 수평적일 수는 없다.

이런 의사들의 태도는 알아서 모셔달라는 병동의 올드 간호사들의 태도와 같다. '내가 의사야, 의사. 알아서 안 모셔줘?' 의사를 들들 볶는 간호사는 되고 싶지 않지만 솔직히 이야기하면 나도 그동안 쌓인 내공이 있으니 이럴 경우 '나는 의사, 너는 간호사 놀이'로 규정하고 곧 전투 태세를 갖춘다. '결투 신청인가? 받아주마!' 이렇게 되는 것이다.

간호사들이 마음먹고 일을 도와주지 않으면 큰일은 안 나지만 의사들이 조금 귀찮아진다. '뭐 이래?' 싶겠지만 병원 일은 일일이 사람이 하는 일이다 보니 개인적 감정이 안 섞일 수가 없다. 물론 환자에게 피해가 가는 일은 없다. 환자를 가운데 두고 간호사와 의사가 힘겨루기를

하는 일은 절대로 없다. 그랬다가는 환자의 목숨과 건강, 그리고 각자의 의사 면허, 간호사 면허가 어떻게 될지 모르니 아무도 그 정도로 무모하지는 않다. 단지 아주 작은 일들, 이를테면 찾는 물건이 어디 있는지 알면서도 가르쳐주지 않는다거나, 간단하게 해결할 수 있는 방법이 있는데 스스로 길을 찾아서 헤매도록 놔둔다거나, 회진 전에 체크해야할 것들을 알려주지 않아 교수님에게 한 소리 듣도록 놔두는 식이다.

나는 7년째 매주 월요일에 같은 의사의 간담도 수술에 들어간다. 그

종합병원 생활
: 멘탈 털림 방지 가이드

PART
4

렇다 보니 수술 중 집도의가 테스트 삼아 레지스트라들에게 묻는 수술과 관련된 질문이나 원하는 답, 집도의가 오기 전에 수술실 안 모니터에 띄워놔야 할 환자의 필름, 집도의가 레지스트라들에게 특별히 짜증내는 상황 등을 잘 알고 있다.

보통은 새로운 병원에서 일을 시작하기 전에 그 병원에 있었던 레지스트라들에게 주요 사항을 인계받지만 이런 사소한 모든 것이 인계되는 것은 아니다. 그래서 새로운 레지스트라들이 오면 수술 시작 전에 간단히 브리핑을 해주며 '우리 앞으로 6개월간 같이 잘 해봐요'라는 호의의 제스처를 보낸다. 하지만 오자마자 결투 신청을 하면 당연히 아무런 선의도 보이지 않는다. '당신이 나를 언제 봤다고?'

사실 이런 것은 알아도 그만이고 몰라도 그만이며 레지스트라가 교수에게 싫은 소리 한 번 듣는다고 죽는 것도 아니다. 하지만 이곳의 의사들은 6개월에 한 번씩 병원만 바꾸는 것이 아니고 매 텀이 끝날 때마다 평가를 받으며 5년간의 트레이닝 중 있을 열 번의 텀 중 두 번을 패스하지 못할 경우엔 전공의 프로그램을 떠나야 하기 때문에 집도의의 작은 평가에도 의미를 많이 두는 편이다.

솔직하게 이야기하면 병원 내 모든 사람들, 간호사들뿐만 아니라 의사들도, 방사선과 사람들도, 오더리(병원 일을 돕는 도우미)들도, 원무과도 비슷하게 수동공격적 성향을 보인다. 그들이 원래 그런 사람이 아니더라도 상황만 맞으면 그동안 병원에서 쌓아온 내공으로 언제든지 공격 태세를 갖춘다. 집으로 돌아가서 한숨 돌리고 의자에 앉았는데 뭔가 싸한 기분이 들면서, 특별한 일이 일어나는 것은 아닌데 요즘 따라 묘하게 일이 힘든 것 같다는 기분이 든다면 내가 누군가에게 나도 모르는 사이에 결투 신청을 했던 것은 아닌지 돌아볼 필요가 있다.

하지만 시간이 지나고 처음의 그런 공격적 모습이 사실은 어색했기 때문이었으며, 이해될 만한 사정이 있었던 것으로 드러나고 모두 좋은 사람인 것을 알게 되는 해피엔딩으로 끝나기도 하고, 가끔은 첫인상을 끝까지 유지하며 일하는 내내 같이 일하기 힘든 의사, 간호사로 평생 남기도 한다.

이런 상황 속에서 자잘하게 기싸움을 하고, 도와준답시고 이러저러한 소리를 레지스트라 선생님에게 하다가도 '힘들게 공부해서 이제 의사 됐다고 본인도 자신감이 가득 차 있을 텐데 간호사가 매번 이래라 저래라 하니 얼마나 짜증이 날까' 싶어서 환자와 관련된 사항이 아니면 가만히 있거나 가끔은 나를 향한 소심한 공격에 알면서도 당해준다.

의사 잡아먹으려는 간호사들이 의사들에게 얼마나 폭발할 것 같은 짜증으로 느껴질지는 한 가지 경우를 상상하면 100퍼센트 이해가 된다. 내가 2년차 병동 간호사이고 이제 병동 일 돌아가는 것이 슬슬 눈에 보이는 것 같은데 이 병동에서 10년 근무했다는 간호조무사가 내가 하는 일마다 빈정거리며 기분 나쁘게 실수를 지적한다면 기분이 어떨까? 아무리 맞는 말을 한다고 해도 아마 절대로 그 조무사가 곱게 보이지 않을 것이다.

병원 내에는 각자의 역할이 있고, 넘지 말아야 할 선이 있으며, 조

언어나 의견을 전달할 때는 상대를 깔아뭉개 나 자신을 돋보이게 하려
해서는 안 된다. 이미 내린 결정에 반대하며 내 의견을 말하고 싶을 때
는 확실한 근거가 있는지 점검해본다. 무작정 "선생님, 그거 그렇게 하
는 것 아니에요"라고 말하는 것은 현명하지 못한 방법이다. 모든 의료진
이 그러하듯 나도 환자의 편에서 항상 환자의 이익을 가장 먼저 생각하
지만 동시에 같이 일하는 사람들의 기분도 살피며 내 의견을 전달한다.
상대의 결정을 비난한다고, 환자를 들먹이며 상대보다 더 큰 목소리로
말한다고 당신이 더 나은 의료진이 되는 것은 아니다.

그 어떤 간호사도 "그 병동의 ○○ 간호사 조심해. 아주 사사건건 네
가 하는 일에 태클 걸면서 잡아먹으려고 할 거야"라고 자신이 의사들
사이에서 인계되기를 바라지는 않을 것이다. 의사 잡아먹는 간호사가
되지 말자. 그렇게 하지 않고도 자신이 가진 간호사로서의 지식과 경험
을 보여줄 수 있는 방법은 많다.

원어민 앞에서 영어 잘하는 척하는 방법

호주 간호사 면허 등록 조건을 만족시키는 영어 점수를 받았고, 호주에서 영어를 쓰면서 병원에서 일한 지도 10년이 되었지만 아직도 내 영어는 바보 같다. 한국에서 영어 공부를 할 때는 외국 대학교에서 영어로 공부를 할 정도면 영어를 엄청나게 잘하는 줄 알았고, 아이엘츠IELTS, International English Language Testing System 7점에 목매던 시절엔 그 점수만 있으면 내 영어가 완성되는 줄 알았다. 하지만 병원에서 일을 시작하고 아이엘츠 7점은 병원 내 커뮤니케이션을 위한 최소한의 요구조건이라는 것을 알게 되었으며, 아이엘츠가 다른 영어 시험들에 비해서 실제 영어 능력을 조금 더 정확하게 측정한다는 평가에도 불구하고 시험 영어와 현실 영어 사이의 차이가 엄청나다는 것도 깨닫게 되었다.

10년이 지난 지금? 많은 사람들은 그 정도 시간이면 원어민에 가깝게 영어를 구사할 거라고 기대하겠지만 내가 쓰는 영어는 여전히 불완전하다. 말하는 것보다는 듣는 것을 더 좋아하는 탓도 있을 것이다. 호주에서도 꼭 필요한 상황이 아니면 말을 하는 경우가 드물어서 어쩌면 다른 사람들에 비해서 영어가, 특히 말하기가 늘지 않는 것인지도 모른다.

게다가 병원 일이란 게 한번 적응이 되고 습득이 되면 일 자체는 반복적인 것이라 쓰는 말들도 반복적이다. 특히 수술 전에 환자를 체크하며 묻는 질문들은 수천 번, 수만 번을 반복한 터라 너무 익숙하여 가끔 내가 동양인이라 자신과 같은 동양인의 어눌한 말을 예상하고 있던 동양인 환자들은 "너 호주에서 나고 자랐니?"라고 묻기도 한다. 또한 의학 용어들은 이미 한국에서도 썼기에 일을 하는 데 영어는 크게 문제가 되지 않는다. 오히려 '내 영어가 늘지 않는구나, 아직도 넘어야 할 산이 많구나'라고 느낄 때는 일 외의 것들을 이야기할 때다.

우리는 아카데믹한 영어와 실생활에서는 쓰지 않는 고급 단어들에 익숙해져 있다. 호주에 와서 텔레비전을 보는데 뉴스는 다 알아듣는 반면 드라마의 대화는 못 알아듣는 나를 보며 원어민이 신기해했던 적이 있다. 상상을 해보자. 외국인이 집에 놀러와서 같이 텔레비전을 보는데 경제, 정치, 사건 사고를 전하는 뉴스는 귀신같이 알아듣는데 간단한 스토리의 드라마는 못 알아듣고 어리둥절해한다면 어떨까? 실생활에선 뉴스처럼 정색하며 문장을 구성하여 말하는 사람도 없고, 또박또박 말해주는 사람도 없으며, 책 속의 고급 단어를 쓰는 사람도 없다. 물론 그들은 그 단어를 알고는 있지만 그런 고급 단어를 직접 쓰거나 말해야 하는 상황은 일상생활에서 자주 있는 일이 아니다.

이런 이유로 처음에 호주 병원에서 일을 시작하고 곤란했던 부분이 사람들이 나에게 일을 시키는 순간이 아닌 개인적으로 말을 걸 때였다. 그들은 한국에서 온 간호사가 적응을 잘하고 있는지 관심이 있어서 친절하게 물었던 것인데 나에게는 엄청난 부담이었다. 특히 간단히 말하고 대답하는 것, 이야기를 들어주는 것은 가능했지만 '대화' 혹은 '긴 잡담'을 원하며 말을 걸 때면 식은땀이 흘러내렸다. 실수하지 않기 위해 집중해서 일하는 것만으로도 온 정신이 팔려 있는데, 말을 시키면 또 머리 한구석으로 영어로 단어를 떠올리고, 문장을 구성하고, 자체 문법 검사를 돌리고 하게 되니 그야말로 뇌가 금세 피곤해졌다.

솔직하게 이야기하면 처음 1년은 꼭 해야 하는 말이 아니면 입을 다물고 있었다. 어쩌다 가끔 말을 하더라도 한국인의 영어 악센트에 익숙하지 않은 병원 사람들은 못 알아들었다. 그래서 종종 스펠링을 불러주거나 적어주고는 했다. 나는 내 발음이 인도 사람이나 중국 사람의 영어 발음보다 좋다고 생각했는데 사실은 그렇지 않았다. 아무리 원어민에 가깝게 발음한다고 해도 나의 영어엔 한국어 억양이 가득했다. 나는 우리 수술실의 첫 번째 한국인 간호사였고 수술실의 많은 사람들이 나 이전에 한국어 악센트를 가진 영어를 쓰는 간호사와 일을 해본 적이 없었다. 그렇지만 인도나 중국에서 온 간호사들은 많았고 사람들은 그들이 사용하는 영어에 익숙해 있었다. 내 생각엔 인도 간호사의 영어보다 내 영어가 훨씬 듣기 쉬울 것 같지만 그렇지 않았다. 병원 직원들은 인도 간호사의 영어를 더 쉽게 듣고 이해했다.

그렇다고 이런 문제 때문에 특별히 무시하는 사람은 없었다. 속으로는 '저 영어도 제대로 못하는 애가 나와 같은 월급을 받으며 일을 한다는 말이지?'라고 생각했을지는 몰라도 그걸 밖으로 표출했다가 내가 문제 삼을 경우 자신도 곤란해질 수 있기 때문에 대놓고 "너는 영어가 왜 그러니?" 하는 사람은 없었다. 중간중간 무신경한 사람들이 불쑥 나타나 농담이랍시고 내 영어에 대해서 언급하기는 했지만 신경 쓰지 않았다. 대신 속으로 그들에게 이런 질문을 던졌다.

'내가 너희 나라에서 영어 쓰면서 간호사로서 아무 문제 없이 일하는

종합병원 생활
: 멘탈 털림 방지 가이드

PART
4

것처럼 네가 한국에 가서 한국말 쓰면서 일할 수 있을 것 같니? 아니, 너는 나처럼 이렇게 일 못할걸. 장담해. 일은커녕 간호사 면허조차 받지 못할 거야.'

실제로 알고 지내는 중국인 간호사에게 비슷한 일이 일어났다. 이 중국인 간호사가 의학 용어를 발음했는데 좀 이상했던 모양이다. 옆에 있던 원어민 간호사가 순간 피식 웃었다. 그러자 이 대찬 중국인 간호사가 기분이 매우 상해서 그 원어민 간호사에게 다가가 "너 이 단어가 중국어로 뭔지 아니? 난 알아. 그리고 난 이 단어를 영어로도 알아. 네 생각에 네가 나보다 잘난 것 같니?"라고 했다. 결국 원어민 간호사는 사과를 했다. 그러니 외국에서 다른 나라 말로 공부를 하거나 일을 한다면 자신에게 점수를 후하게 주고 자신감을 가질 필요가 있다. 반대 상황에서 그들은 당신만큼 해내지 못할 것이다.

아이엘츠를 끝낸 이후로 더 이상 영어 공부는 하기 싫었지만 당연하게도 호주에 살고 있으니 영어로 대화할 일은 자꾸 생겼고, 그래서 꾀를 부린 것이 영어 잘하는 척하기. 영어로 많이 읽고, 듣고, 쓰고, 말하며 생활하라는 모두가 알고 있지만 더 이상 하고 싶지 않은 교과서적 해답 말고 내가 그동안 쌓아온 '편법'을 풀어보려 한다. 단, 전제조건이 있다. 내가 아무리 엄살을 떨어도 내 영어가 아주 엉망진창은 아니었다는 것이다. 어찌 됐건 호주 간호협회가 요구한 영어 점수를 만족시켰고 입사하고 지금까지 문제없이 일을 하고 있으니까. 즉 전혀 기본이 안 되어 있는 사람에게는 먹히지 않을 방법이란 말이다.

◊ 과한 악센트와 인토네이션

문법 다 맞춰서 한국식 발음으로 말하는 것과, 문장은 좀 엉성한데 중요 단어에 악센트를 주고 문장 전체에 인토네이션(억양, 어조)을 줘서 말하는 두 경우 가운데 원어민은 두 번째를 훨씬 더 잘 알아듣는다. 국어도 그렇고 영어도 그렇고 상대방이 이야기할 때 대부분의 경우 말하는 문장 속 단어 하나하나를 새겨듣지 않고 문장에서 핵심이 되는 단어만 골라서 듣는다. 그러니 핵심 단어에 악센트를 줘서 발음하는 것이 듣는 사람에겐 더 알아듣기 쉽다. 핵심 단어에 악센트를 줘서 발음하다 보면 자연스럽게 생기는 것이 인토네이션. 한국어는 문장을 말할 때 한 가지 음으로 쭉 진행되는 경향이 있는 반면 영어는 한 문장 속에서 음이 올라갔다 내려갔다 한다. 그러니 리듬을 탄다고 생각하고 악센트를 주면서 문장을 발음해보자.

영어 쓰는 나라에 와서 그들처럼 리듬을 타면서 말하는 것이 당연한데 나처럼 쑥스러움이 많은 사람은 한국 애가 영어 잘하는 척하는 기분이 들어 처음엔 꽤히 민망하다. 하지만 평소 하던 습관을 버리고 한번 과하다 싶게 악센트를 주고 리듬을 타며 문장을 이야기하고 나면 상대방이 평소와 다르게 반응한다는 것을 느낄 수 있다. 문법책 펴면서 잘못된 문장에만 연연하지 말고 악센트와 인토네이션을 기억하자.

◊ 질문 많이 하기

상대가 말하도록 질문을 계속 던지면 대화 중 내가 말할 기회가 많이 줄어든다. 이게 무슨 어이없는 상황인가 싶겠지만 호주 병원 1년차 때는 정말이지 누구랑 대화를 하는 게 가장 큰 스트레스였다. 차라리 지구 온난

화에 대해서 에세이를 쓰라면 쉽게 쓸 텐데 주말에 뭐 했냐, 무슨 영화 봤냐 하는 잡담은 그 정도로 부담이었다. 그렇다고 호의로 다가오는 상대의 대화 신청을 무작정 회피했다가는 앞으로 몇 년은 같이 일할 동료의 마음을 상하게 하고 '저 한국에서 온 간호사 이상해'라는 소문이 돌 테니 피할 수만은 없었다. 그래서 찾은 방법이 대화에 응하기는 하지만 내가 말할 기회는 최소한으로 줄이고 상대방의 이야기는 최대한 들어주는 것이었다.

상대가 하는 말을 온 신경을 곤두세워 잘 듣고 다 이해할 필요는 없다. 다음 질문 만들 것에 필요한 단어나 문장, 주제만 상대방의 말 속에서 잘 찾아내서 그와 관련하여 또 다른 질문을 던지면 된다. 내 질문에 상대가 말을 하면 나는 잘 듣는 척을 한다. 그리고 듣다 보면 내용은 모르겠어도 중간중간에 "어머? 진짜?" 혹은 "그래서?" 같은 반응을 언제 어떻게 해줘야 할지 알게 된다. 자세한 내용은 몰라도 전체적인 흐름이 부정적인 것인지, 웃긴 내용인지도 대충 감이 온다. 이 부분은 말하는 사람의 톤이나 표정, 바디 랭귀지로 추측하기가 쉽다.

이런 기계적 반응을 시기적절하게 하고 이야기의 마지막에 그 이야기를 통해 나도 너와 같은 감정을 느꼈다는 의미로 같이 웃어주거나, 실망한 표정을 짓거나, 살짝 화를 내준다거나 하면 상대는 내가 정말 잘 듣고 있다고 생각할 것이다. 장담한다.

대부분의 사람들은 자신의 이야기를 잘 들어주는 사람을 좋아한다. 그리고 이야기를 듣고 질문을 잘한다는 것은 잘 듣고 있다는 증거가 된다. 또한 질문은 상대방이나 상대가 말하는 주제에 관심이 있다는 표현이 되기도 하니 질문만 잘해도 대화가 되고, 좋은 인상을 남길 수 있다. 누군가는 '이게 무슨 사기를 치는 건가?' 싶겠지만 누구도 외국 병원에서 처음 일하면서 사람들의 반감 속에서 일을 시작하고 싶지는 않을 것이다. 반감을 사지 않고 적당히 사회생활하면서 살아남는 방법 정도로 귀엽게 봐줬으면 싶다. 사실 나는 이 방법으로 1, 2년차를 버텨냈고 효과도 꽤 괜찮았다.

◇ 크게 말하기

수술실에는 PRAPatient Reception Area라고 환자들이 수술 전에 와서 기다리는 곳이 있다. 그곳에 환자가 도착하면 해당 수술실의 간호사, 마취과 의사가 각자 방문해서 환자에게 수술과 관련한 질문을 한다. 우리 수술실엔 15개의 수술방이 있고 각 수술방의 환자들과 수술실 의료진이 들락날락하니 PRA는 항상 많은 사람들로 붐빈다. 처음엔 이곳에서 환자에게 질문을 하고 설명을 하는 게 참 창피했다. 누가 내 말만 듣고 있는 것도 아닐 텐데 혹시 누군가 듣고는 '저 문장 이상한데, 저기엔 in이 아니라 on을 쓰는 건데'와 같은 생각을 할까 봐 제 발이 저려서는 환자에게만 들릴 만한 작은 목소리로 "환자분 금식하셨어요? 몇 시부터 하셨어요?"라고 묻고는 했다.

하지만 문제는 전혀 생각하지 못한 곳에서 터졌다. 귀가 잘 안 들리는 할아버지, 할머니 환자들의 등장! 내가 작은 목소리로 "할아버지, 마지막으로 식사하시거나 뭘 마신 시간이 몇 시였어요?"라고 물으면 할아버지는 큰 소리로 이렇게 되묻는다. "뭐라고? 잘 안 들려. 미안해. 내가 귀가 조금 먹었어." 그러면 나는 조금은 큰 목소리로 똑같은 질문을 하고 할아버지는 또 못 들으시고 결국엔 큰 목소리로 "금.식.하.셨.냐.고.요?"

라고 소리를 질러버리게 되는 상황이 온다. 그 순간 이게 무슨 바보 같은 짓인가 싶었다. 내가 무슨 죄를 지었다고 귀도 잘 들리지 않는 환자에게 소곤대고 있는 거야?

이럴 때 자존감은 큰 도움이 된다. 내 안의 자신감 넘치는 내가 나타나 이렇게 말한다. '야, 여기서 너만 영어가 제2 외국어인 사람이냐? 아니잖아. 저기 중국에서 온 간호사는 나보다 더 발음이 이상하고, 저기 저 의사는 체코에서 와서 악센트가 하도 이상해 환자들이 의사가 하는 말을 못 알아듣잖아. 자신감을 갖고 내지르라고!' 어느 순간 용기 내서 크게 말하니 분명 내가 쓰는 문장은 전과 같은데 환자들이 더 잘 알아들었다. 크게, 천천히, 또박또박. 물론 한국식 또박또박이 아니고 악센트와 인토네이션을 살려서 천천히, 크게, 또박또박. 다른 사람들이 있을 때 하기가 멋쩍으면 할아버지나 할머니 환자와 둘이 있을 때 해본다.

◇시간 : 남들이 내 악센트에 적응할 시간, 실수도 웃어넘길 만큼 관계가 형성될 시간

지금은 내 영어 실력이 좋아진 것도 있겠지만 그보다는 같이 일하는 사람들의 콩글리시 듣기 능력이 많이 향상됐기 때문에 일하는 것이나 대화가 더 쉬워졌는지도 모른다. 가끔은 일하다가 바빠서 정신없이 말해놓고는 '이게 말인가, 똥인가? 저 간호사 못 알아들었을 것 같은데' 싶어서 다시 말하려고 하면 이미 다 알아듣고는 반응을 해준다. 그리고 위에서 언급했듯 외국 사람들은 중국이나 필리핀, 인도 영어에 익숙하지 한국 영어에는 익숙하지 않으니 한국식 영어 발음과 억양에 익숙해질 시간을 줘야 한다.

그럼에도 요즘도 여전히 내 발음을 못 알아듣고는 "뭐라고?" 되묻는 경우가 있다. 특히 몇몇 발음은 아무리 연습을 해도, 내가 듣기엔 원어민 발음과 비슷한 것 같은데도 못 알아듣고는 되묻곤 한다. 아마도 내가 이 단어를 한국 사람들에게 말하면 다들 알아들을 것이다. 너무 어이없게도 쉬운 단어임에도 아직도 매번 신경 써서 발음해야 하는 단어는 바로 bed, burn, stab. 문장에 이 단어들을 끼워서 말하면 발음이 이상해도 문장 전체로 이해하고 문맥 흐름으로 추측해서 듣는 사람이 이해를 하지만 그 단어만 짧게 말할 때는 잘 알아듣지 못한다.

예전에는 이런 난감한 상황에 처하면 창피해서 금방 얼굴이 빨개졌다. 하지만 지금은 "봤어? 난 한국 사람이지 호주 사람이 아니라고, 저런 거 발음 못해. 너 '빨래' 발음할 수 있어? 못하잖아." 아니면 "이렇게 내 발음 알아듣지 못하고 지적질 할 거면 다음엔 한국어로 대화합시다"라고 농담으로 웃어넘긴다. 이렇게 되기까지는 시간이 필요하다. 남들이 내 발음에 적응할 시간, 짓궂은 농담을 해도 웃어넘길 만큼 관계가 형성될 시간, 그리고 어색한 상황에서 농담으로 받아칠 만큼 영어 실력이 쌓일 시간.

◇일 잘하기 : 이 모든 것의 기본

일을 잘해야 한다. 일을 못하면 영어를 아무리 원어민만큼 해도 병원에선 아무런 소용이 없고 의미도 없다. 병원엔 간호사로서 일을 하러 온 것이지 원어민 친구를 만들러 온 것이 아니기 때문이다. 일할 만큼의 기본 영어가 되었다면 일단은 간호사로서 실력을 먼저 보여줘야 한다. 환자뿐만 아니라 다른 병원 직원들과의 라포 형성도 결국은 간호사로서 자신의 일을 잘하는 모습을 보여주는 것에서 시작된다. 맡긴 일 허술하게 처리하고, 환자를 제대로 돌보지도 못하는데 말만 잘한다고 환자나 동료들과 라포가 형성될 리가 없다. 일 잘하는 간호사가 말을 하면 문법에 조금 어긋나고 단어가 적절하지 않아도 모두 귀 기울여 듣는다. 그러니 영어 걱정은 너무 하지 말고 일 잘할 생각부터 하자.

우리는 특별하다

나는 여전히 단점이 가득하고, 실수투성이고, 미운 말을 잘하고, 날카로운 눈빛을 쏘아대고, 삭막한 웃음을 피식 흘린다. 또한 감성적이고, 감정적이고, 사랑과 관심을 받고 싶어 하고, 내 속의 작은 나를 숨기기 위해 끊임없이 연극을 한다. 가끔은 관대한 척하고, 무심한 척하고, 냉정한 척하고, 아무렇지 않은 척하고, 예의 바른 척하고, 친근한 척하고, 성격 좋은 척을 한다.

나와 살아온 시간이 많지만 이런 나를 인식하며 살아온 시간은 길지 않다. 나는 여전히 종종 나 자신을 바라보며 자신과 친해지려 노력하고 나와 불편함 없이 평생을 잘 살아갈 궁리를 한다. 죽기 전에 나 자신을 다 알 수 있을까? 나의 모든 생각과 행동이 나 자신에게 완벽하게 설명이 될까? 그런 날이 올까? 그렇지 않을 것이다. 아마도 죽는 날까지 나 자신의 모순된 모습, 비열한 모습, 공평하지 않은 모습, 관대하지 못한 모습, 성숙하지 못한 모습, 사랑스럽지 않은 모습 등에 고민할 것이다. 나 자신은 미완성이고 앞으로도 완성될 일은 없겠지만 이런 혼란 속에 또렷한 것 하나, 그나마 편안한 것 하나가 바로 간호사로서의 나 자신이다.

외국에서 혼자 살고 있는 나는 한국에서 가족, 친구들에 둘러싸여 살아가는 사람들보다 해야 하는 역할이 많지 않다. 여전히 나는 누군가의 딸이고, 친구이고, 후배이고, 선배이고, 언니이고, 누나이고, 고모이고, 이모이지만 그 앞엔 언제나 '호주에 사는'이 붙어서 여러 가지 변명거리를 만들어주고 나에게 그 역할에서 빠져나올 구실을 안겨준다. 나에겐 꼭 참석해야 할 결혼식도 없고, 꼭 챙겨야 할 기념일도 없으며, 때마다 예의상 만나야 할 사람도 없다. 여전히 그들의 삶 속에 있지만 내 역할과 존재는 '호주에 있는' 이 한마디에 많이 흐려져 있다.

언젠가 이런 역할들이 그리워지고, 그들의 삶에 적극적으로 관여하고 싶어질지도 모르지만, 현재로서는 이런 삶이 나쁘지 않다. 그렇기 때문에 조금 더 나 자신에, 간호사라는 역할에 집중할 수 있는지도 모른다. 여기에도 친구와 먼 친척이 있지만 그들을 만나 다른 역할을 해야 하는 일은 어쩌다 한 번이고 일상생활 속에서 항상 해야 하는 역할, 많은 시간을 보내는 역할은 나 자신과 간호사뿐이다.

이 두 역할 속에서 나 자신은 모순투성이지만 간호사인 나는 비교적 명료하다. 여전히 동료들과 일 외적인 문제로 감정싸움을 종종 하지만 일에 관해서는 수술실 간호사로서 내 역할을 잘 알고 있고 환자와 동료들이 기대하는 점을 알고 있으며 내 역할을 수행하고 그들의 기대에 부응할 능력을 갖고 있다.

출근해서 탈의실에서 수술복으로 갈아입고 수술실에 들어서는 순간 모든 것은 또렷하다. 나는 그 느낌이 참 좋다. 나를 믿고 수술을 진행하는 나의 팀이 좋고, 내가 믿어도 되는 팀이 있다는 것이 좋다. 우리에겐 매일, 매 케이스 분명한 목표점이 있고, 목표에 도달할 수 있는 명확한 계획이 있다는 것, 우리 모두 그 계획과 목표를 잘 알고 있다는 점이 좋다. 문제가 생기면 다 같이 해결할 수 있다는 경험과 믿음이 있다는 것이 좋다. 내가 그 큰 그림의 핵심적인 누군가는 아니더라도 중요한 일부라는 사실이 좋다.

수술 전에 불안감에 온갖 생각을 하는 환자를 만나 가벼운 농담으로 긴장을 풀어주며 자신감 있게 나 자신을 소개하는 그 순간이, 환자가 인생의 위기 앞에서 자신의 모든 것을 맡기며 신뢰의 눈빛으로 나를 바라보는 순간이 좋다. 평간호사로서 환자의 바로 옆에 있는 내 모습이 좋다.

수술실 간호사로서의 나에겐 수많은 좋은 순간들, 뿌듯한 순간들, 자랑스러운 순간들, 감동적인 순간들이 있다. 할 수 있다면 평간호사로서 정년퇴직을 하고 싶다. 그만큼 수술실이 좋고, 수술에서 제 몫을 다해내는 수술실 간호사로서의 내가 좋다.

단순히 나는 운이 좋았는지도 모른다. 적당히 살고 싶어서 고른 간호사라는 직업, 잘 알지도 못하면서 지원했던 수술실이 적성에 맞는 행운이 있었고, 적당한 시기에 나를 자극하던 주변인을 만나는 행운이 있었으며, 좋은 사람들을 만나 적응을 잘하고 인정받는 기회를 얻는 행운이 있었다. 이런 모든 경험을 통해서 간호사라는 내 직업을 좋아하게 되고, 환자에 애정을 갖게 되고, 동료들을 존경하게 되고, 없던 사명감도 조금씩 쌓아가는, 직업인으로서 가장 큰 행운도 얻었다.

하지만 동시에 겨우 10년 조금 넘게 이 직업을 해왔을 뿐이며 앞으로 갈 길이 더 멀고, 배워야 할 것들이 더 많으며, 더 많은 위기가 있을 것이고, 또 많은 날들을 괴로움과 뒷담화로 보낼 것이라는 사실도 안다. 간호사의 모습에 완성형이라는 것이 있다면 나는 그 절반도 오지 못했음을 알고 있다. 또다시 10년이 지나고, 아니 불과 2년 후에 내가 쓴 이 글들을 읽고는 그 건방짐에, 무지함에, 좁은 시야에 과거의 자신에 오싹해하고 있을지도 모른다. 그리고 당신을 찾아가 돈을 줄 테니 제발 내 책을 다시 팔라고 할지도 모른다.

하지만 다 커서 초등학교 시절의 그림일기를 읽어보는 것처럼 '간호사 10년차 때 나는 내 직업을, 동료들을, 병원을, 환자를 이렇게 바라봤구나.' 어리숙했던 그때를 돌아보며 지금의 나를 확인하고 있을지도 모른다. 그런 의미로 간호사로서 20년, 30년을 병원에 계신 분들이 나의 철없는 생각을 읽고는 헛웃음을 지을지도 모르겠다. 선배님들, 존경합니다. 아직도 철들려면 한참은 먼 10년차의 넋두리로 귀엽게 봐주세요.

이 책을 쓴 이유는 딱 하나다. 나는 우리가 조금 더 행복하게 일했으면 좋겠다. 간호사 일은 힘들지만 좋아할 구석이 많은 일이다. 보람이 있고 존경받을 일이다. 인간이 신체적, 정신적으로 가장 약해져 있는 순간에, 누군가가 절실히 필요할 때, 가족에게도 자신의 모습을 보여주고 싶지 않을 만큼 인간으로서의 존엄성이 떨어져 있다고 느껴지는 순간 그 옆에서 24시간 그들을 지키는 사람이 우리다. 남들이 알아주기 전에 우리 스스로 그 가치를 알았으면 좋겠다. 주변의 평가도 중요하지만 간호사인 나 자신을 내가 어떻게 바라보는지 생각하고 간호사인 나를 더 존중하고 사랑하기를 바란다. 화려한 삶을 살고, 누군가의 주목을 항상 받고, 가장 빛나야만 의미 있는 삶은 아니다. 출근해서 조용히 자신의 자리에서 할 일을 하는 그 수많은 간호사 중 한 명인 당신도 이미 충분히 당신만의 빛깔로 반짝반짝 빛나고 있다. 누가 뭐라고 하건 간호사인 당신은, 나는, 우리는 이미 훌륭하고 특별하다.

우리는 특별하다　에필로그

간 호 사 를
부 탁 해

ⓒ 정인희 2017

2017년 11월 15일 초판 1쇄 발행
2022년 2월 16일 초판 6쇄 발행

지은이 정인희
그린이 고고핑크
펴낸이 류지호 · **편집이사** 양동민
편집 이기선, 김희중, 곽명진 · **디자인** 쿠담디자인
제작 김명환 · **마케팅** 김대현, 정승채, 이선호 · **관리** 윤정안

펴낸곳 원더박스 (03150) 서울시 종로구 우정국로 45-13, 3층
대표전화 02) 420-3200 · **편집부** 02) 420-3300 · **팩시밀리** 02) 420-3400
출판등록 제300-2012-129호 (2012. 6. 27.)

ISBN 978-89-98602-57-4 (03810)